U0601368

死亡、名物、女性与政治

个体自觉背景下的
建安文学书写

马黎丽 著

中华书局

图书在版编目(CIP)数据

死亡、名物、女性与政治:个体自觉背景下的建安文学书写/马
黎丽著. —北京:中华书局,2024.8.—ISBN 978-7-101-16690
-3

Ⅰ.I209.342

中国国家版本馆 CIP 数据核字第 20249DN906 号

书　　名　死亡、名物、女性与政治——个体自觉背景下的建安文学书写
著　　者　马黎丽
责任编辑　王贵彬
装帧设计　刘　丽
责任印制　陈丽娜
出版发行　中华书局
　　　　　(北京市丰台区太平桥西里 38 号　100073)
　　　　　http://www.zhbc.com.cn
　　　　　E-mail:zhbc@zhbc.com.cn
印　　刷　三河市中晟雅豪印务有限公司
版　　次　2024 年 8 月第 1 版
　　　　　2024 年 8 月第 1 次印刷
规　　格　开本/920×1250 毫米　1/32
　　　　　印张 8⅞　插页 2　字数 280 千字
国际书号　ISBN 978-7-101-16690-3
定　　价　68.00 元

目　录

序　言

诸葛忆兵

　　攻读博士学位之前已是教授，我的学生中只有马黎丽一位。我总是自豪地向他人介绍：她是怀揣纯粹的读书和学术研究之目的考入中国人民大学的。2016年，马黎丽博一，她儿子大一，成就一段母子携手赴学的佳话。

　　马黎丽一直以魏晋时段文学创作为研究之重点，入学伊始，便与我讨论将博士阶段研究对象确定为建安文学，我当然毫无保留地赞成。学术研究是非常个性化的工作，只有尊重每一位学生的学术兴趣、学术积累，才有可能出现优秀的研究成果。况且，我的研究领域大致限定于宋代文史，与马黎丽不断讨论建安文学，对我也是一种学习过程，是相互督促。话虽如此，我在魏晋文学方面的短板显而易见，因此并不能给予马黎丽更多的指导。在马黎丽完成博士学位论文的漫长过程中，导师的作用可以忽略不计。

　　或许是自己缺乏研究，对马黎丽坚定的学术目标，我私下也曾惴惴不安。建安文学毕竟是历代学者反复耕耘的土地，于此间开辟新的研究领域，其难度超乎寻常。马黎丽读博期间，我们就建安时期的女性观念、如何面对死亡等话题展开多次讨论，也对生命意识、个体觉醒等概念表达各自的观点。我能大致厘清的仅仅是中国传统文化背景下此类观念的一般内涵是什么，马黎丽则深入到建安这一特殊时期，非常具体细致地展开论述，如死亡恐惧与抗衡及其文学表达、作品风格,建安时期男尊女卑观念于文学中的多层次表现,等等。集腋成裘,终以此皇皇论著呈现于读者面前。当我读到该博士学位论文的初稿时,由衷的欣喜难以言说。作为一位不断阅读她读博各个阶段论文且参与讨论者,我认为她无论是学术思考的广度或是深度都有了质的飞跃。这得力于她以往的学术积累,更得力于脱产四年的刻苦攻读。这种学术研究能力大幅度提升的现象,时而发生于在职读博的专业教师身上。在博士学位论文送审和答辩阶段,马黎丽的论文获得一致肯定和高度评价。甚至有审读专家事后特意给我发来微信:"建安文学那篇写得特别好!水平相当高!文笔老到,思虑周详。如今难得看到这样的高手!"该审读专家在《论文评阅书》中以"大气、才气、灵气"予以评说,这是马黎丽四年辛勤付出的应有收获。

说到"大气",不仅仅表现于她的学术视野和学术高度,这也始终是马黎丽的优秀品质之一。对于同学们的善良、关爱、无私付出,日常生活中的"大气",让她自然地获得"马姐"的昵称,我也时常以"你们的马姐"相调侃。她的"大气",更表现于对时下风云的关注,具有传统知识分子的人文情怀。说到"才气""灵气",马黎丽还是一位颇具天赋的诗人,她每一篇诗作落笔,总是让我惊艳,迫不及待地在她朋友圈中点赞。读一篇她作于2020年4月12日集"大气、才气、灵气"于一体的《楚河汉界》:

　　　无数的杂乱的声音
　　　暗夜般涌起
　　　急雨般坠落
　　　每一片颤抖的叶子都流下泪水
　　　渗进历史的浅土层中
　　　打湿那些来不及深埋的往事

过去和现在
历史和现实
猛然间一起剧痛了
落红纷纷
万箭穿心

锁住双唇
不许说出爱你
塞住耳朵
不许听见春风的呢喃
捂住双眼
不许看见温暖的笑意
然而
一颗泪珠逃逸而出
冰凉湿润
寒彻广宇

那不是泪珠啊
是藏着一切有字和无字历史的水晶球
征人空回首少妇欲断肠
策勋十二转天子坐明堂
急鼓咚咚京胡声起一曲夜深沉啊
楚河汉界
明月苍凉

历史是一条泥沙俱下的河
西风古道

踽踽独行的旅人啊
我要和你一起打马飞奔
隔着被岁月放逐的此岸和彼岸
和每一片颤抖的叶子一起哭泣
看风景变幻
看桃花灿烂

我常常对马黎丽说，我的学术成绩略多，是因为年长于你，积累多于你，这是你将来可以达到的；你的诗人天赋，却是我从来不具备的，我只能望尘而已。然而，无论身处何方，无论岁月带来多少变化，"一起打马飞奔"的愿望我们永不消失。

2024 年 3 月 14 日于温州大学溯初园

绪　论

一、关于个体自觉

　　"个体自觉"这个研究维度在建安文学研究领域并不具有创新性①,属于老调重弹,前辈学者亦常用个体意识觉醒、人的觉醒、注重自我、注重个性等意义相近的词组来描述和评价建安文人个体自觉的精神状态,建安文学研究无法绕过的两大命题就是人的觉醒和文的觉醒。但对于建安文人个体自觉的具体内涵如何体现为文学创作中实在可感、可供分析研究的思想观念和艺术手法,并形成怎样的属

---

① 关于建安文学的断限学界存在多种说法,本书采用袁行霈的观点,即认为建安文学指曹氏三祖(曹操、曹丕、曹叡)时代的文学创作,大致包括汉献帝和魏文帝、明帝时期的文学。参袁行霈主编:《中国文学史》第2卷,高等教育出版社2005年版,第47页。根据各自研究的实际需要,学界还有其他断限法,择其要者介绍如下:罗宗强将建安文学起始时限定在建安元年(196)至曹植逝年(232),参罗宗强:《魏晋南北朝文学思想史》,中华书局1996年版,第1页;葛晓音认为文学史上的建安时代从黄巾起义(184)算起,到魏明帝景初末年(239)止,参葛晓音:《八代诗史》,中华书局2007年版,第31页;程章灿将建安赋的时限界定为建安及黄初年间,即公元196年至226年,参程章灿:《魏晋南北朝赋史》,江苏古籍出版社1992年版,第34页;傅刚将建安诗歌分为三期,总跨度从184年至232年,参傅刚:《魏晋南北朝诗歌史论》,商务印书馆2017年版,第8—10页。本书写作与断限的精确度关联不大,所以对这个问题不作专门论述。

于建安文学的风格特征,这个方面的问题还存在一定的研究空间。

当然,首先有必要描述个体自觉的发生过程,厘清"个体自觉"的基本内涵和具体所指,以证明这不是一个随意的标签,不是一个伪命题,也不是一个狭隘的忽视建安文学特征和内涵的研究切入点,而是一个确实存在的属于建安文学的重要特性。

余英时认为汉末党锢之祸促使士大夫阶层群体自觉发生,并同时产生了个体自觉①。那么,党锢之祸怎样促使群体自觉,个体自觉又为什么发生在这个历史节点呢?

葛兆光在《中国思想史》中称战国时代是一个理智昌明的时代,这个时期的儒者以人格修养为追寻目标的理智,墨者以利益实现为追寻目标的理智,道者则以精神超越与人生永恒为追寻目标,试图在社会压力下保护个体生存和精神自由②。战国中期以前就产生的这种关注个体生命存在的思潮有着深刻而持久的背景,它首先源自人类有史以来的生命忧患③。葛兆光称儒者为"着眼于社会秩序的思想家","不太重视个体存在状态的自由与真实",而认为庄子则致力于"寻找个人对生命的完成和精神对生命的超越",是"在无言的宇宙中体会到更多的自然与自由的人"④。可见,早在先秦时期古人就开始关注个体生命的存在,思考个体生命的价值和意义,并且形成了以庄子为代表的追求个体生命完成与超越的思想观念。

但是,秦汉大一统政权建立,国家与君主的绝对权力出现,春秋战国时期形成的文化权力与政治权力之间的相对平衡、社会所具有的一定的公共和自由的空间逐渐消失,知识与精神的独立性立场也

---

① 余英时:《士与中国文化》,上海人民出版社 2003 年版,第 269 页。
② 葛兆光:《中国思想史》第 1 卷,复旦大学出版社 2005 年版,第 128 页。
③ 葛兆光:《中国思想史》第 1 卷,第 180 页。
④ 葛兆光:《中国思想史》第 1 卷,第 182 页。

逐渐消解①。这个时期的士大夫对政权有着极大的依附性,正如罗
宗强所说,两汉士人,是在儒家正统思想的哺育之下成长起来的,君
臣之义是他们立身的基本准则②,所以两汉士人长期以忠心耿耿维
护大一统政权为己任。刘泽华论汉代士人品性,直接将大部分士人
称为"皇权的从属物"③。

　　至东汉末年,大一统政权风雨飘摇,党锢之祸加剧了士大夫阶层
与权力阶层的疏离。罗宗强论及党锢之祸时说:"士人对于朝廷的疏
离意识加深了。他们把对于大一统政权和大一统思想的向心力,转
向了重视自我;崇拜圣人变为崇拜名士。……名士崇拜说明,在社会
心理上正统思想不知不觉地消退,而独立人格在士人心理上地位提
高了。"④党锢之祸发生后,忠而见弃的悲哀和对于腐败朝政的疾视
与批评(抗争与横议),促使士人疏离政权,走向自我⑤。以上正是群
体自觉发生的原因及表现。

　　汉末士人群体走向自我、追求独立人格,使得文化权力与政治权
力之间重新出现某种制衡,知识与精神也随之而获得一定程度的独
立性,同时,随着大一统政权的衰败,经学风气瓦解,儒学独尊的局面
被打破,老庄思想开始流行——个体自觉思潮便由此获得了形成的
契机和节点。建安文学正是在这样的社会和思想背景之下发展起
来的。

　　建安文学具有浓郁的感伤情调,这来自建安文人对人生无常、生
命短暂的深刻体验和深沉感叹。在思考和应对死亡的过程中,他们

---

① 葛兆光:《中国思想史》,第264—265页。
② 罗宗强:《玄学与魏晋士人心态》,天津教育出版社2005年版,第8页。
③ 刘泽华:《士人与社会》(秦汉魏晋南北朝卷),天津人民出版社1992年版,第
　 46页。
④ 罗宗强:《魏晋南北朝文学思想史》,第4页。
⑤ 罗宗强:《玄学与魏晋士人心态》,第16—17页。

形成了自己的思想和精神特质：尊重、爱惜个体生命，注重追求个体自我价值，追求人格独立，突显自我存在，展现自我个性。他们在直面死亡时承受着巨大的痛苦，他们因此感伤、消沉、绝望，同时也激发出更大的勇气和更积极有为的人生态度。他们因而热爱生活、纵情享乐，在"物"的书写里建立起彰显自我存在、寄托个人物欲和情感的亲密的物我关系。他们在珍视个体生命的人道精神影响下，在具有男尊女卑思想观念的同时，形成同情女性和一定程度上尊重女性的进步观念，亦大胆抒写情欲。他们注重人格独立、注重自我人生价值的思想反映在政治生活中，形成了对曹氏政权既依附又保持相对独立的双重心态，他们通过承担和履行个体社会责任来保持自己人格的独立性。以上这些行为的本质归结起来就是个体自觉。

如李泽厚《美的历程》所说，东汉末年到魏晋，意识形态领域的新思潮就是人的觉醒①，其标志就是个人存在的意义和价值的突现②。亦如余英时所认为，与汉晋之际新思潮的产生最直接相关的因素就是个体自觉，个体自觉的含义是自觉成为具有独立精神之个体并充分发挥个性，其具体表现为重视声名，珍视个体自我生命和精神，重视内在之自足自乐，凡士大夫狂放之风、宴乐之习、游谈之俗等都可以反映士大夫内心之自觉③。罗宗强则将建安士人的个体自觉阐释为士人从经学束缚中解脱出来，发现了自我、感情、欲望和个性④。

对于建安时期出现士人的个体自觉，学界具有共识。如前所述，罗宗强指出东汉末年士人开始重视自我，注重独立人格。徐公持指出，建安诸子显示了独立人格意识的某种觉醒⑤。孙明君《汉魏文学

① 李泽厚：《美的历程》，广西师范大学出版社 2001 年版，第 122 页。
② 李泽厚：《美的历程》，第 126 页。
③ 余英时：《士与中国文化》，第 269—291 页。
④ 罗宗强：《魏晋南北朝文学思想史》，第 7 页。
⑤ 徐公持：《魏晋文学史》，人民文学出版社 1999 年版，第 104 页。

与政治》指出,从建安时代开始,士风的总体趋向是士人群体的社会责任感逐步减弱,越来越注重自我和个性①。程章灿《魏晋南北朝赋史》言庄老思想的复兴促进了个体意识的觉醒,导致魏晋哲学中人的觉醒和文学中的生命反思②。王鹏廷《建安七子研究》亦言:士人的思想逐渐从经学束缚中解放出来,个性意识渐趋觉醒③。

运用个体自觉理论研究建安文学,必须重视和解决前辈学者指出的问题和弊端。孙明君曾指出"觉醒派"中个别学者过于强调建安文人对自我和个性的重视,从而忽视建安文学与政治的关系,忽视建安文人的历史使命感和责任感④。孙明君看到了"觉醒说"的弊端,指出了学界研究存在的问题,给后学以警醒和启示。本书亦强调建安文人的社会责任感,注重建安文学与政治的关系。本书认为个体自觉,也就是人的觉醒所张扬的自我、个性,与社会责任感、使命感并不矛盾,因为个人功业本来就具有利他性,心系苍生、胸怀天下也是自我实现。所以,建安文人的社会责任感与他们建功立业的个人理想,既是对个体生命价值的追求,也是有利于社会民生的利他行为的体现。

二、问题的提出

既往的研究成果,因其价值之高,有时候会在研究对象之上形成一层量身定做的壳,包裹住作家作品的丰富性和一些隐微的特点,让人因为难以超越而却步。面对建安文学这片经过研究者精耕细作的

---

① 孙明君:《汉魏文学与政治》,商务印书馆 2003 年版,第 118 页。
② 程章灿:《魏晋南北朝赋史》,第 39 页。
③ 王鹏廷:《建安七子研究》,北京大学出版社 2004 年版,第 25 页。
④ 孙明君:《建安时代"文的自觉"说再审视》,《北京大学学报》(哲学社会科学版)1996 年第 6 期。

文学土壤,很容易在这层"壳"外面感到迷惘和无从下手。但是,在文本细读中不断浮现出来的种种感受和想法,总是使笔者想不自量力地突破这层"壳",去解决那些尚未被学界充分论述以及尚未被关注到的看似分散的众多小问题。

这些看似分散的小问题,实际上并非互不相干的散兵游勇,而是代表着"个体自觉"背景下产生出来的建安文人的生活态度、处世方式以及创作取向,是形成建安文学风格特征的主力军。这些分散的问题归属四大主题:死亡书写、名物书写①、女性书写、政治书写,它们表现出来的值得关注和研究的核心点在于:建安文人面对死亡恐惧时的消极无助和积极抗衡,建安文人书写"物"的态度与手法的转变,建安文人对男权思想观念的表达与反思,建安文人面对曹氏政权时依附性和独立性的共存。

建安文人大量书写死亡,出现了许多感叹人生苦短的诗赋,还有哀悼类作品,诸如哀悼赋、哀辞、诔文、凭吊类诗歌、具有哀悼色彩的战争题材诗歌,以及绝命辞和安排自身丧葬事宜的帝王终制和遗令等。尽管研究者都能关注到建安文学中的死亡书写,但目前学界尚未有人将这些作品全部汇聚集中为一个大类进行分析研究。所以建安文学对死亡书写的深化和丰富,建安文人在书写死亡时的情感体

---

① "名物"一词始见于《周礼》,如《天官·庖人》言:"庖人,掌共六畜、六兽、六禽,辨其名物。"关于名物的定义,可参考刘兴均在《〈周礼〉名物词研究》一书中的界定:"'名物'是关于具体特定之物的称谓,它与物的品类特征密切相关,是根据物的颜色性状等特征命名的。"刘兴均说:"'名物'体现了先民对现实世界的感知领悟以及对万物的类别属性的把握。"参刘兴均:《〈周礼〉名物词研究》,巴蜀书社 2001 年版,第 22 页。"名物"是多义词,本书中出现的"名物"一词,具体含义接近"事物",用以概括和指代建安文学作品中所描写的形形色色的自然物和人造物。《汉语大词典》对"名物"的释义中的最后一个义项是"事物"。参《汉语大词典》,上海辞书出版社 2007 年版,第1514 页。

验和艺术手法的特征,尚有待于全面充分的阐释和论述。本书意欲在全面考察上述死亡书写相关作品的前提下,借助心理学原理,以死亡恐惧为切入点,深入探究建安文人的死亡观及其对文学创作的影响,深入分析建安文人书写死亡的艺术手法的独特性,并揭示建安文人书写死亡的意义所在。

超越死亡是人类一切创造活动的根本动力,文学活动的本质即是为了获得这种超越。建安文人积极向上的人生态度和对死亡的真诚书写,是他们与死亡恐惧抗衡的外在表现,记录着他们与死亡恐惧抗衡的心路历程。对于他们而言,与死亡恐惧抗衡的途径主要有两个方面,一面是享受现实生活,求得今生的欢娱和慰藉,另一面是建功立业以求不朽,确立生命的价值和意义,将生命的影响延续到后世。

今生与后世,亦即当下与未来。对于当下而言,吃穿住用,无疑是第一要务。建安文人大量写"物",包括动植物、食物、衣饰、布帛、兵器、乐器、日用器物、个人珍玩等物品,这些物与他们的个人生活和情感紧密相连,形成日常化、私人化的亲密的物我关系,这个关系促成了建安文人书写名物以及写作咏物赋时的态度和手法的转向,他们以笔下之"物"表达自己的物质欲望、情感寄托和审美需求。建安文人对"物"的书写尚未引起学界足够的关注。

建安文人大量书写女性,这些女性题材的作品吸引了众多研究者的注意力,但学界仍缺乏对建安文人女性观全面而准确的认识。研究者或过于拔高建安文人的女性观,或没有关注到建安文人对男权思想观念的反思,从而呈现出评价上的两极分化;同时,对建安女性题材作品的解读,亦存在不够深入乃至误读的不足。本书认为建安文人一方面在作品里表达男尊女卑思想,另一方面却又表现出对这种观念一定程度的反思和批评,他们的女性观深受时代的局限和约束,但也呈现出进步的一面,理解这个特点,才可以理解他们笔下的女性形象为什么具有类型化的特征,为什么处在婚姻家庭关系之内和之外的女性具有不同的形象和命运,并找出正确解读止欲主题作品的密钥。

在政治生活方面,建安文人选择投靠曹氏集团,以求通过建立不朽的功业实现自我价值,超越生命的有限性。他们投靠汉末乱世最有政治前途和智慧的曹操,从而在政治关系中具有天然的难以摆脱的依附性,但同时他们积极履行自身社会责任,努力保持自身人格的独立性。在依附性和独立性并存的状况下,他们创造出了优秀的文学作品。建安文人同时具有依附性和相对独立性的特点,目前尚未得到关注,以至于学界对建安文人思想自由、个体自觉、有人格独立精神的评价和描述,与认为他们完全依附曹氏政权不具有独立人格的评价和表述,存在着一定程度的矛盾。本书拟论证建安文人在与曹氏政权关系中兼具依附性和独立性的特点,并分析这个特点对他们创作内容、手法及风格的影响。

建安文人对死亡、名物、女性、政治四大主题的书写,表明了建安文人文学创作的根本动机乃在于与死亡恐惧抗衡,展示了他们释放的个体欲望以及享受今世的生活态度中的物我关系和男女关系,形成了他们投身政治追求建功立业过程中的双重心态及其创作特征。本书并非刻意选取这四大内容进行论述,而是在文本细读过程中发现的问题正好可以归结为这四个具有衍生和递进关系的方面。如前所述,死亡恐惧是人类大部分创造活动的根本动力,所以死亡主题是具有母题意义的基本主题,在与死亡恐惧抗衡的过程中,衍生出名物、女性以及政治这样逐一向上一层次递进的主题,这三个主题在众所周知的马斯洛需求层次中,前二者属于情感需求,政治欲望则属于更高的自我实现的需求。建安文人对"物"的书写,并非将其作为生存必需品来观照,而是将其作为个人兴趣、爱好乃至审美和情感寄托的对象进行观照,所以这种书写亦归属情感和审美需求,但毕竟"物"本身的重要性是次于人本身的,所以从逻辑关系上看,名物书写的层次低于女性书写。因此,四大主题的逻辑顺序依次为死亡、名物、女性和政治。

建安文人对死亡、名物、女性和政治的书写并非首创,在回溯历史的过程中都能追踪到这些主题发生的源流。比如先秦时期儒家和道家关于死亡的谈论,尤其庄子直面死亡的思考和哲理性的诗意探讨,都可以纳入最早的死亡书写的范畴。屈原在《离骚》中表达的美政理想以及"汩余若将不及兮,恐年岁之不吾与"的时不我待之感,就是希望以实现政治理想超越有限生命的表现。先秦直至汉代的诗赋中,有大量的女性书写。汉赋中宏富的名物铺陈,天下之物,无不包容。这些作品或许包含着士人个体自觉精神的萌芽和先兆,但对个体生命的尊重和珍视,对个体生命价值的追求,对个性的张扬以及对人格独立的追求,尚未发生普遍的主动自觉的诉求并形成思潮。余英时《士与中国文化》一书论述中国知识分子的原始型态,指出先秦时期知识分子出现之初,其精神实质是以道自任,他们作为道统的代表履行社会责任,注重自我内心修养;至汉末士大夫阶层在党锢之祸的背景下发生了群体自觉,并同时产生了个体的自觉①。

建安文人处于重大的历史转关时代,大一统帝国的崩坏,经学风气的瓦解,老庄思想的复兴,这些因素帮助他们摆脱思想束缚,将个体自觉意识发展为新的思潮,他们继承了先秦士人以道自任的传统,同时也重视自我生命,张扬自我个性,追求自我价值和独立人格,他们把这种精神灌注到文学创作之中。

建安文人对死亡的书写非常真实而深刻,他们抒发面对死亡恐惧时的无助、敏感和消沉,也书写与死亡恐惧抗衡时的积极有为的生活态度和方式,充分体现出他们对生命的珍视,体现出人道精神,也体现出他们对生离死别的深刻认识和对痛苦之情的深度体察。建安

---

① 余英时:《士与中国文化》,第269页。

文人对欲望的书写大胆直接,他们肯定情欲,也肯定物欲甚至表达对"物"的占有欲,但他们并不沉溺于欲望,而是在表达情欲的过程中通过书写女性的悲剧命运反思社会观念、制度和自我,在书写物的过程中表现日常生活的情趣和超越有限生命的渴望,取得了向上的积极的效果。他们书写对功业的渴望,表现出积极昂扬的生活态度,最为难能可贵的是,他们在依附曹氏政权建立功业的同时,努力保持自身人格的独立性,对待政治处境的不同态度以及个人选择的差异,令他们的文学创作呈现出鲜明个性。

所以,建安文人对死亡、名物、女性、政治四大主题的书写,其本质是文人个体自觉精神的外化和表现。

三、问题研究的意义

研究建安文学中的死亡、名物、女性和政治书写,其意义不仅在于论证其中传达出了文人个体自觉的精神,而是要进一步研究个体自觉背景下这些书写所具有的特点怎样聚合为建安文学的风格特征。研究的目的也并不在于单纯描述建安文学的特征,而是侧重于揭示导致这些特征形成的深层原因。

关于建安文学的总体特征,学界研究成果十分丰硕且业已达成共识。刘勰《文心雕龙·时序》的观点广为论者认可并引用:"观其时文,雅好慷慨,良由世积乱离,风衰俗怨,并志深而笔长,故梗概而多气也。"①刘师培论汉魏之际文学变迁,将建安文学的特点归纳为清峻、通侻、骋词、华靡,通侻即渐藻玄思、侈陈哀乐②;王运熙论建安

---

① （梁）刘勰著,陆侃如、牟世金译注:《文心雕龙译注》,齐鲁书社1995年版,第537页。
② 刘师培:《中国中古文学史讲义》,中国人民大学出版社2004年版,第10页。

文学新面貌,认为重抒情和讲究文采是建安文学的显著特征①;徐公
持将建安前期和后期文学的特点分别归纳为慷慨悲凉的衰世文学、
乐观向上的盛世文学②,并认为尚气、慷慨、悲情是建安文学情感取
向方面的特征③;葛晓音以慷慨多气、悲哀苍凉概括建安风骨的特
征,以纵情任性、志高意广形容建安文人④;罗宗强以非功利、主缘
情、重个性、求华美作为建安时期文学思想的特点⑤。徐公持《建安
七子论》言建安赋取材趋于日常化、小型化、普通化,冲淡了赋原有的
贵族性,表现出平民化特点⑥。傅刚《邺下文学论略》亦言,邺下文学
题材拓展,将文学视角转移到日常生活的普遍事件上,使文学具有平
民性,强化了反映现实的功能⑦。

　　综括以上诸家评述,建安文学的总体特征即是王运熙所言重抒
情和有文采,而其情感取向的具体特征表现为慷慨悲情、乐观向上,
其抒情方式表现为自由奔放的通俗,其艺术风格特征则表现为重个
性、求华美,此外,部分作品的平民化特点表现出建安文学相对前代
文学的新变。在对死亡、名物、女性、政治四大主题进行研究的过程
中,可以深切地体会到以上风格特征的形成原因。同时,也能提炼概
括出或许更能凸显建安文学风格特征的关键词。

　　人类共有的死亡恐惧意识,从情感最深处浸染着建安文人的文
字,形成无处不在的悲情色彩,如徐公持所言,建安文学多带有悲情

① 王运熙:《论建安文学的新面貌》,《郑州大学学报》(哲学社会科学版)1979
　　年第 4 期。
② 徐公持:《魏晋文学史》,第 12 页。
③ 徐公持:《魏晋文学史》,第 16 页。
④ 葛晓音:《八代诗史》,第 38 页。
⑤ 罗宗强:《魏晋南北朝文学思想史》,第 11 页。
⑥ 徐公持:《建安七子论》,《文学评论》1981 年第 4 期。
⑦ 傅刚:《汉魏六朝文学与文献论稿》,商务印书馆 2016 年版,第 106 页。

倾向,文士好悲忧之叹。亦如胡旭所言,建安文学继承东汉以来的悲情传统,莫名的感伤无处不在①。建安文人的死亡书写,较之前代更为敏感甚至消沉、绝望,他们的悲忧之叹和莫名的感伤,本质上都是死亡恐惧在人心中的投射。建安文人与死亡恐惧抗衡的途径,除了积极向上追求建功立业,也包括纵情任性,这种心态在文学书写中化为侈陈哀乐、想说什么就说什么的通俍,形成抒情性极强的风格特征。在直面死亡恐惧时的无助和抗衡中,感伤消沉的悲情与积极昂扬的进取情感交织纠缠在一起,形成巨大的张力。

建安文人珍视生命,热爱生活,他们在对"物"的书写中,塑造了和谐的物我关系,他们将笔下之"物"与个人的日常生活和情感紧密关联,表现了日常生活的趣味,创造了日常化、世俗化、个人化、情感化特征极其鲜明的文学作品,从这个意义上讲,或许日常化比平民化更适合形容建安文学的特征。建安文人对"物"的态度,凸显出他们对自我的重视以及对自我内心世界的观照,反映在文学创作中就是追求个性。个性的形成源于对自我观念和情感的真实表达,这样就形成了非功利的创作取向,建安文人继而借此摆脱了汉代注重道德伦理说教的功利主义文学观,这种文学观将创作导向重视个体情感、注重文采修辞的方向,建安咏物赋的创作即是这种导向的结果。

在女性书写中,建安文人的男权思想观念对他们塑造女性形象甚至构建作品情节和主题,都具有决定性的影响。但他们不仅表达了男尊女卑的观念,也对此种观念进行了批评和反思,这种书写方式为建安文学增添了理性思考的色彩。

在功业书写中,建安文人对政权的依附性和相对独立性并存的特点,表现出他们既有变通的人生观,也有人格独立的精神。建安文人具有双重性的处世态度,就像他们面对死亡之时既绝望消沉又通

---

① 胡旭:《汉魏文学嬗变研究》,厦门大学出版社 2004 年版,第 250 页。

达乐观的态度,以及对男尊女卑观念既认同又反思的态度一样,在作品中除了化为自由尽兴的通侻风格之外,还表现为真实诚恳与丰富多元。

建安文人在书写死亡时,努力与死亡恐惧抗衡,除了想要超越生命的有限性之外,也有想要超越庸碌人生的意味;在书写物欲时,他们表现出对永恒的向往;在书写女性时,他们表现出对人生理想的苦苦求索;在书写政治时,他们表现出实现生命价值和意义的努力。

综上,建安文学在思想情感方面呈现出多面性的特点,在慷慨、感伤、通侻、乐观之外,还具有理性、真诚、多元、个人化与追求超越的内涵。

四、研究综述

本书将建安文学四大主题置入个体自觉背景下进行观照,故而开篇即梳理了"个体自觉"的发生过程,介绍了学界关于建安时期个体自觉的共识,并阐释了"个体自觉"的内涵,在研究综述部分,仅针对四大主题研究成果分别进行综述。

(一)死亡书写研究综述

学界对建安文学死亡书写的研究不多,但对文学史上死亡书写的相关研究给予笔者许多启发,择其要者综述如下:

一是揭示死亡书写的意义和作用。如陶东风《中国文学中的死亡主题及其诸变型》一文认为对死的意识铸造了对生的看法,对死的反思乃是对生的反思的集中体现①。陈宪年、查振科、凤文学《略论中国古典文学中的死亡意识》认为死亡文学使人正视现实的苦难,揭

---

① 陶东风:《中国文学中的死亡主题及其诸变型》,《文艺争鸣》1992 年第 3 期。

示现实苦难的根源,通过改造心灵,来使整个人类摆脱死亡、超越死亡①。

二是研究死亡意识的内涵与本质。李建中《魏晋诗人的死亡意识与生命悲歌》从人生哲学层面、审美创造的层面探究魏晋诗人的死亡意识,并认为这种意识最终消释于陶潜的自然主义②。刘建国《向死而生:建安文学的死亡意识》认为建安文学死亡意识的特质在于对生命短促的焦虑升华为热爱生命的积极态度③。

三是分析死亡书写的思维逻辑。如陈显望《〈古诗十九首〉之"死亡"母题探赜》从对死亡的超越方式、意象模式、产生原因等角度出发对其进行研究④。汪泽《汉乐府民歌中的死亡意识》从直面死亡、认知死亡、超越死亡三个层面研究死亡意识的表现⑤。

四是研究曹氏父子的生死观。王巍《曹氏父子与建安文学》一书认为曹氏父子具有坦然通达的生死观,他们认识到死亡是不可抗拒的自然规律,并对此采取积极的应对态度⑥。

五是从生命观与文学生命主题的角度研究建安文学的死亡书写。这方面的代表作当推钱志熙《唐前生命观和文学生命主题》一书,其中有专章论述建安文人的生命情调。这本书以生命观和生命主题涵盖死亡书写研究,探究建安风骨所体现出来的从个体感伤到

---

① 陈宪年、查振科、凤文学:《略论中国古典文学中的死亡意识》,《江淮论坛》1994 年第 2 期。
② 李建中:《魏晋诗人的死亡意识与生命悲歌》,《中南民族学院学报》(哲学社会科学版)1999 年第 1 期。
③ 刘建国:《向死而生:建安文学的死亡意识》,《曲靖师专学报》2000 年第 5 期。
④ 陈显望:《〈古诗十九首〉之"死亡"母题探赜》,《南昌教育学院学报》2018 年第 6 期。
⑤ 汪泽:《汉乐府民歌中的死亡意识》,《宜宾学院学报》2015 年第 1 期。
⑥ 王巍:《曹氏父子与建安文学》,辽海出版社 2011 年版,第 151 页。

"大生命"的关怀、生命短暂与终极关怀、建安文学对生命价值观念的表现之丰富内涵,是具有哲理高度的文学研究。

上述以死亡书写为切入点的研究,主要从死亡意识在文学作品中的具体内涵意义、表现手法等方面着手进行探究,解决了文学怎样描写死亡以及怎样表现对死亡的超越的问题,其关注的对象多为诗歌,研究角度大多立足宏观。

钱志熙的研究以生命主题为切入点,重点落在生命的价值观念上,是关涉死亡书写研究的力作。但因为立足点不同,书中对死亡书写的本质认识不够深入,比如他认为建安文学生命主题占很大比重,正面表现死亡的作品是极少数,且建安文人感慨生命短暂不是因为恐惧死亡,而是担心个人价值不能及时实现①。认为建安文学正面表现死亡的作品很少这一说法不符合实际,忽视了建安时期大量的哀悼类作品;认为建安文人不恐惧死亡这一说法不符合心理学原理和逻辑,因为建安文人不可能超越死亡恐惧,他们只是选择了更为积极向上的抗衡手段。实现个人价值原本就是为了超越生命的有限性,《左传》"三不朽"论就是在谈论有关死亡话题的情境下提出来的。存在主义心理学指出死亡恐惧是人类大部分创造活动的根本动力。本书则拟在全面关注建安诗赋文的基础上,以死亡恐惧为切入点,将研究重点置于作品中传达出的丰富复杂的死亡体验和感受的分析之上,置于文人书写死亡的艺术手法之上,置于建安文学死亡书写在观念上的进步和艺术上的发展之上。

(二)名物书写研究综述

关于建安文人对"物"的书写,学界尚无相关研究,因其与汉代博物风气相关,故简要介绍对本书有启发的汉代文学相关研究。徐公

---

① 钱志熙:《唐前生命观和文学生命主题》,东方出版社1997年版,第214页。

持《汉代文学的知识化特征——以汉赋"博物"取向为中心的考察》①指出,在汉代文学成为展示各种社会知识和自然知识的载体,成为文学史上的一种特异现象,汉赋的实质归结于"博物",汉代文学的知识化对文学创作有利有弊。

本书认为,建安文学对"物"的书写相对前代发生了巨大转向,相比先秦文学以"物"进行比兴象征的修辞之用和汉代文学炫耀博学的功利之用,建安文学对物的书写具有生活化、个人化、情感化的特征,书写对象趋于日常化并成为直接审美对象,用以表达作家的爱赏之心、生活趣味乃至生命意义等情感体验,由此带来创作手法和风格的相应变化。

（三）女性书写研究综述

建安文学中大量的女性书写引起学界较多的关注,专门研究建安女性书写的论文虽不算多,但研究中古、魏晋、唐前女性形象的大量论文,都关注到建安这个时段,这些论文均给予笔者许多启发和帮助。

为了不使综述泛化,本书仅选取从男权观念、女性主义、女性观等角度研究女性书写并关涉到建安文学的学术成果进行分析概括。学术研究的目的是为了在学习既有研究成果的基础上有所突破,所以在综述中不以评述诸文献的优点为重,而是主要针对与本书不同的观点进行评述。

目前学界对建安文学女性书写研究存在的最大问题在于拔高建安文人的女性观,认为建安文人已摆脱男尊女卑的观念。这是不符合历史事实的。

---

① 徐公持:《汉代文学的知识化特征——以汉赋"博物"取向为中心的考察》,《文学遗产》2014 年第 1 期。

如马宝记《建安女性文学及其精神意蕴》一文认为,建安文人在笔下的神女身上发现了一种从未被人觉察到的崇高而神圣的、突破了汉代严格的宗法苑囿而体现在了妇女身上的美,建安文人对于女性的歌颂,是一个时代对妇女地位的肯定,是对妇女价值的确立①。吴从祥《论建安时期女性文学兴盛的原因》一文认为,随着汉末传统价值观的崩溃和思想的解放,人们逐渐摆脱了传统的男尊女卑等观念的束缚,女性逐渐成为人们尊重和赞颂的对象②。魏宏灿《曹氏父子的婚恋心态与建安女性文学》一文认为,曹氏集团对于女性的观点一反汉儒传统的思想,使女性在建安时期有了全新的地位、作用及认识③。秦俊香《试论建安文人诗赋中女性的悲剧》一文认为建安文人突破了儒家思想的束缚,深刻揭露了动乱的社会现实、封建的婚姻制度、纲常礼教和男尊女卑的民族心理给广大妇女造成的不幸④。这一说法相对客观一些,但建安文人女性书写的批判性并没有这么自觉和尖锐。

之所以产生这些不够客观的认识,其原因在于:

一是不够重视汉代以来女性地位日益下降的实际情况,简单地认为汉代女性观落后于建安时期。事实上,汉代女性地位总体比建安时期高,《白虎通》《列女传》《女诫》都是东汉才出现的,其社会效力也逐渐形成,到建安时期,女性地位较之汉代其实是变低了,这在

① 马宝记:《建安女性文学及其精神意蕴》,《许昌师专学报》(社会科学版)1991年第3期。
② 吴从祥:《论建安时期女性文学兴盛的原因》,《中南民族大学学报》(人文社会科学版)2006年第2期。
③ 魏宏灿:《曹氏父子的婚恋心态与建安女性文学》,《阜阳师范学院学报》(社会科学版)2003年第6期。
④ 秦俊香:《试论建安文人诗赋中女性的悲剧》,《河南师范大学学报》(哲学社会科学版)1997年第3期。

建安文人诗赋中是可以找到大量细节作为证据的。

二是将建安文人对女性的同情,误认为是对男尊女卑观念的摆脱。事实上,建安文人依然是男性中心社会的代言人,他们不可能完全超越时代文化和制度的局限,他们只是具有一定反思意识的男尊女卑观念的代表。

三是忽略了建安文人对先秦两汉女性书写传统的承续。比如就止欲赋而言①,张衡、蔡邕以来止欲赋抒情成分增多,女性形象的象征意味增强,加之《蒹葭》《汉广》《四愁诗》塑造具有象征意义的女性形象的写作传统,使得建安文人在止欲赋写作中融入个体身世之感,令赋中女性在传统情欲对象的基础上获得了具有超越性的精神层面的象征意义,所以这并不代表建安文人摆脱了男尊女卑观念的束缚,不厘清这一点,以为这代表着建安文人在思想解放过程中发生了女性观的天翻地覆式的变化,就难免有夸大拔高之嫌。

四是缺乏对建安诗赋的全面观照。建安文人对女性的歌颂和赞美集中于想象中的女性之上,且仅限于神女赋和止欲赋以及少量追寻主题的诗歌。而其余诗赋中大量的思妇、出妇、寡妇形象,她们并没有得到赞美歌颂,甚至连外貌都没有,她们的共同点在于命运悲苦,相对男性而言地位十分卑贱,命运完全由男性主宰。

本书将建安文学中的女性形象分为婚姻家庭关系之内和之外两个类型进行对比,是非常有必要的,唯有如此,才能清楚地观察到建安文人对女性的态度具有复杂性和双重性。建安文人在塑造婚姻家

---

① 笔者对止欲赋有这样的界定:自宋玉《登徒子好色赋》《讽赋》,到司马相如《美人赋》,以及张衡《定情赋》、蔡邕《检逸赋》《静情赋》,形成了一个赋作的类别,这类赋作多描写女性的美丽动人,或设置女子主动勾引男子的情节,或设置男子对女子百般渴求爱慕的情节,尽情抒发情欲,最终多以男子守礼止欲为结局,笔者将此类赋统称为止欲赋,它们被冠以静情、定情、正情、闲情、止欲、检逸、闲邪、弭愁、静思、清虑等名。

庭关系之内的女性时,首先表现女性的柔弱和依附性,表现男性对女性命运的主宰甚至对女性生活状态一厢情愿的意淫,这些都是典型的男尊女卑视角。但同时建安文人在个体自觉的背景下,基于对生命的珍视和热爱,产生了同情女性的心理,他们对男性善变加以批评,认为女性悲剧命运的根源在于男性,又都是对男尊女卑观念的反思和自省。

当然,也有很多论者认识到建安文人男尊女卑观念的存在及其对创作的影响,但他们往往又忽视了建安文人对男尊女卑观念的反思。

王小燕《中古诗歌中的女性形象研究》一文论述了男权在塑造女性形象过程中的作用,指出古代诗歌只有思妇形象却很少看到"思男",是由男权中心的文化形态所约束、规定而形成的[①]。但此文尚缺乏足够的对体现男权观念的具体作品的文本分析,也没有关注建安文人对男权的反思,且仅研究建安诗歌,忽略了建安神女赋和止欲赋中的理想女性,这使得对于文人创作心态的研究难免出现片面倾向。

刘佳媚《曹魏文学中的女性形象研究》认为,曹魏文学中的女性在婚姻生活中体现的是三从四德,在文人的日常创作中体现的是男尊女卑,在社会生活中,女子是皇室贵族随意赠予买卖的对象,在理想生活中,文人将对现实女子的一切美好愿望都赋予在神女佳人身上,借以阐释抒发内心的理想[②]。文章把握住了建安文人存在男尊女卑观念的事实,但论述的重心在于建安文学中女性形象反映出的

---

① 王小燕:《中古诗歌中的女性形象研究》,复旦大学博士学位论文,2011年,第28页。
② 刘佳媚:《曹魏文学中的女性形象研究》,辽宁师范大学硕士学位论文,2019年,第46页。

现实,而不是文人怎样塑造她们,因此没有看到建安文人对男权意识的反思,也无法合理解释他们在塑造女性形象时所表现出来的矛盾:一方面女性地位极为低下,另一方面女性又被作为理想的象征。

周峨《唐前女性题材诗歌研究》一文指出唐前女性题材诗歌在男尊女卑、克己复礼的文化背景下形成的特点,如男尊女卑观念之下形成男子拟闺音的代言体诗歌,克己复礼观念对欲望的否定和防范形成女性题材诗歌领域中"非个人化"的倾向,即诗歌中反映的情感往往并不直接关涉作者自身①。这些观点对笔者有所启发,但是该文涉及建安文学的论述很少,亦没有关注到建安文人的反思。

刘淑丽《先秦汉魏晋妇女观与文学中的女性》一书将曹魏统治者的妇女观总结为政治上歧视女性、生活上重女色以及物化女性,认为建安文人的妇女观是基于哀时言志基础上对女性的同情,并指出建安文人的作品中表现了对女性灵与肉的向往②。除了没有明说建安文人的女性观是男尊女卑观念的反映以及没有关注到建安文人的反思,这个观点比较中肯。

建安文学中女性形象类型化的特点,可谓学界共识。但究其成因,笔者亦与现有研究有不同观点。吴从祥《唐前文学作品中的女性形象研究》一文认为,建安后期文人日渐脱离现实生活,文人与现实生活的隔膜以及与女性的性别隔膜导致了其无法详知个别情事的原委曲折和女性的个体特征,从而只能就其所知晓的共性处着墨③。笔者认为这个观点不够客观,首先任何文人都无法脱离现实生活,脱

---

① 周峨:《唐前女性题材诗歌研究》,复旦大学博士学位论文,2007 年,第 14—17 页。

② 刘淑丽:《先秦汉魏晋妇女观与文学中的女性》,学苑出版社 2008 年版,第 206 页。

③ 吴从祥:《唐前文学作品中的女性形象研究》,山东大学博士学位论文,2006 年,第 101 页。

离现实女性；其次如果这样讲的话，刘兰芝这样个性化的形象必定出
自女性作家之手，同时也无法解释曹植笔下颇具个性化的洛神与类
型化的思妇、出妇并存的现象。本书认为建安文人在男尊女卑观念
下塑造女性角色的刻板印象，应该是造成建安文学女性形象类型化
的重要原因。

此外，学界对建安止欲赋在理解上存在分歧和误读，本书拟在第
三章厘清问题的成因。建安时期还出现了止欲诗，典型代表为繁钦
的《定情诗》，但学界基本视其为男性遗弃女性的失恋诗，笔者亦将在
第三章里详细论述此问题。

（四）政治书写研究综述

本书主要关注建安文人政治生活中体现出来的对曹氏政权的人
格依附性和相对独立性，目前尚无专门论述此问题的论文论著。虽
然许多建安文学研究者亦关注到这一问题并具有精到认识，但已有
的研究成果大多明确强调建安文人的依附性，对于其相对独立性有
认识但表述不够明晰，对于建安文人兼具依附性和独立性的问题，则
尚无人论及。

关于依附性，徐公持认为邺下文人身上保留着传统的对于政治
权力的依附性，多数文人的独立人格尚未真正形成①。夏传才在《建
安文学全书总序》中论建安士人与政治集团的关系，认为他们为某一
政治集团服务，赖以生存并谋求功禄，所以他们具有依附性而不可能
有独立性②。胡旭《汉魏文学嬗变研究》以祢衡、孔融、杨修之死，以
及刘桢被"减死输作"为例，证明曹操对士人进行杀戮和打击，由此认

① 徐公持：《魏晋文学史》，第104页。
② 夏传才：《建安文学全书总序》，夏传才校注：《曹操集校注》，河北教育出版社
　2013年版，第7页。

为文人个性消失①。

　　关于独立性,余英时论汉晋士人的个体自觉精神,虽然没有论及建安文人与曹氏政权的关系,但是他所论述的包含着独立精神的个体自觉思潮,可以作为建安文人个人品质形成的大背景②。徐公持指出刘桢、徐幹、杨修还有孔融、祢衡,都在不同场合、不同程度地表现了文士的自尊心,以及对权势者的疏离甚至轻蔑,显示了独立人格意识的某种觉醒③。张兰花《曹魏士风递嬗与文学新变》论及士人与政权的关系,认为209—217年,士人与政权的关系由与汉献帝的君臣大夫变为与曹氏共同扶政的貌似平等亲密的臣臣关系,曹丕封五官中郎将之后,士人围绕曹氏兄弟形成了类似朋友、宾客式的士人群体交往圈④。孙明君认为建安文人继承汉末党人以天下为己任的精神,在征伐赋、从军诗中流露出天下意识⑤。在这个意义上,建安文人的人生理想是超越个人功禄的,他们与曹氏政权的关系,更像是合作关系而非纯粹的依附关系。

　　显然,对于建安文人是否具有独立人格与个性,以上观点不免存在矛盾的地方,而解决矛盾的方法,就是须看到建安文人对曹氏政权既依附又保持人格独立的特点,这个特点对他们的创作内容乃至艺术手法、风格特征都产生了影响,这将在第四章里一一论述。

---

① 胡旭:《汉魏文学嬗变研究》,第214页。
② 余英时言"个体自觉即自觉为具有独立精神之个体,不与其他个体相同,处处表现一己独特之所在"。余英时:《士与中国文化》,第270页。
③ 徐公持:《魏晋文学史》,第104页。
④ 张兰花:《曹魏士风递嬗与文学新变》,人民出版社2015年版,第47—48页。
⑤ 孙明君:《汉魏文学与政治》,第46—52页。

第一章 死亡恐惧下建安文人的无助和抗衡

死亡是文学的永恒主题之一,死亡书写记录了人们对生离死别的体验,也记录了人们与死亡恐惧共存的心路历程。

建安时期社会动荡不安,战乱、瘟疫频仍,死亡的威胁无处不在,"白骨露于野,千里无鸡鸣"(曹操《蒿里行》),"未知身死处,何能两相完"(王粲《七哀诗》),诗人笔下触目惊心的死亡场景和锥心刺骨的无奈怨愤,传达出生命的极度脆弱、人生的极端无常。身处这样的时代和社会现实之中,建安文人对死亡的体验普遍而深刻,写下了大量感叹人生苦短的诗赋,还有哀悼类作品,诸如哀悼赋、哀辞、诔文、凭吊类诗歌、具有哀悼色彩的战争题材诗歌,以及绝命辞和个性化的帝王终制、遗令等,数量之多,前所未有。王瑶《文人与药》一文写道:"我们念魏晋人的诗,感到最普遍、最深刻,能激动人心的,便是那在诗中充满了时光飘忽和人生短促的思想与情感。"①这种普遍而深刻的人生短促的思想与情感,以及死亡书写中表达出的生离死别之巨大哀痛,都是建安文人死亡恐惧的外在表现。在中国古代文学史中,建安文人的死亡恐惧心理是十分突出的。死亡恐惧不是一种怯懦的认知,不是一种日常浮现的情绪,也不是某类人具有的特殊体验,它是根植于全人类意识之中的具有普遍共通性的深层心理。

---

① 王瑶:《中古文学史论》,商务印书馆 2011 年版,第 145 页。

　　欧文·D. 亚隆在《存在主义心理治疗》一书中论述了什么是死亡恐惧,以及死亡恐惧对人类生活的根本影响。他认为死亡恐惧有三种类型,即死后的情形、临终的情形和生命的终结,其中最核心的是对生命终结的恐惧①。他指出人类对死亡的恐惧是普遍存在的,人将大部分能量都消耗在对死亡的否认上。死亡的超越是人类经验中的一个重要主题,从个人内心最深层的现象到最公开的宏观社会结构,乃至整个生活方式,莫不是这个主题的表现。他还指出死亡恐惧是焦虑的根本来源,而死亡焦虑是人类经验与行为的重要决定因素②。存在主义心理治疗虽然归属西方现代心理学,但其对死亡以及与死亡相关的人类心理特点的研究成果,对于古人和今人以及不同国家和种族的人具有普适性。所以其研究术语以及理论,对于中国古代文学中的死亡书写研究同样具有适用性。

　　《庄子》之《德充符》与《田子方》假托仲尼之言,曰“死生亦大矣”。对于人类而言,死与生是同等重要的大事。死亡的诡异性在于,每个人都终将走向死亡,但每个人都无法了解亦无法传递自身经历死亡的感受,灵魂是否存在,死后情形如何,都十分神秘和无法验证,只能依靠想象和揣度。正如欧文·D. 亚隆所言,死亡焦虑极大程度上决定着人们的经验和行为,人类所有的创造本质上都是死亡的超越这一重要主题的体现③。所以,文人的死亡书写,其本质亦是为了超越内心的死亡恐惧。

---

① 欧文·D. 亚隆引用雅克·柯隆的研究,将死后的情形、临终的情形、生命的终结归纳为死亡恐惧的三种类型。(美)欧文·D. 亚隆著,黄峥、张怡玲、沈东郁译:《存在主义心理治疗》,商务印书馆 2015 年版,第 47 页。
② (美)欧文·D. 亚隆著,黄峥、张怡玲、沈东郁译:《存在主义心理治疗》,第 44—45 页。
③ (美)欧文·D. 亚隆著,黄峥、张怡玲、沈东郁译:《存在主义心理治疗》,第 45 页。

文学意义上的死亡书写,可以定义为对死亡场景的描写、对死后情形的想象,以及因死亡的必然性而触发的对生死的思考和慨叹等。死亡书写大致可分为书写他人的死亡与直面自己的死亡两种类别。书写他人死亡的作品多描写因战争、饥荒、疾病等原因导致的死亡,哀悼类作品即属于这个范畴。但并非所有关涉死亡的作品都可归入死亡书写,比如被命题为凭吊类作品的《吊屈原赋》以及大量的碑文等①。直面自己死亡的作品主要是帝王规定自身丧葬之事的遗令、终制,也包括普通人为丧葬之事敕令子孙后代的遗令,还有绝命之辞。另外,感叹人生苦短的作品亦可视为直面死亡的类型,因为对于人生匆促的想象,必然包含对己身生命长短的度量以及对于死亡的想象。

漫长的先秦时期留存下来的关于死亡书写的文献并不丰富,但人们对死亡的情感心理体验以及对生死的思考范畴基本都已出现在这个时期。其中值得关注的是儒道两家对死亡的态度,先秦人关于生命价值的思考,以及文学作品中反映出的对死亡的恐惧和人生苦短的哀叹。

儒者“更注重人在社会中的现实存在……生前与死后是无需关怀的”②,故而以孔子为代表的儒家对有关死亡的话题采取回避态

---

① 贾谊被贬为长沙王太傅,作《吊屈原赋》,赋作主要为屈原所遭受的不公正待遇鸣不平,借以寄托个人抑郁愤懑之情怀,其中并没有关于死亡的描述以及关于生与死的慨叹与思考。再如东汉蔡邕以及无名氏的大量碑文,以叙述赞美死者生前功德为要务,极少关涉对死亡的描述和对生死的思考,这是由碑文的文体属性决定的。《文心雕龙·诔碑》言:“夫属碑之体,资乎史才。其序则传,其文则铭。标序盛德,必见清风之华;昭纪鸿懿,必见峻伟之烈:此碑之制也。”(梁)刘勰著,陆侃如、牟世金译注:《文心雕龙译注》,第207页。当代学者亦言:“在东汉——碑文创作兴起与文体特征初步形成的时期,碑文的文体职能重在述德,而诔文则重在言哀。”于景祥、李贵银:《中国历代碑志文话》,辽海出版社2017年版,第26页。
② 葛兆光:《中国思想史》,第179页。

度,谨慎小心,不随意发表观点,并基于社会伦理的角度注重和强调人们在现实社会中须尽人事①。以庄子为代表的道家则立足对个体生命存在的关注,基于哲理思辨的角度,主动谈论死亡,欲对生死本质进行彻底的探究和阐释,并主张齐生死、乐死的观念。《左传》中提出以实现生命的价值来超越生命的有限性,从而与死亡恐惧抗衡。范宣子与叔孙豹论"死而不朽"一事,叔孙豹提出了著名的"太上有立德,其次有立功,其次有立言"的"三不朽"论②,对后世影响深远。《楚辞》中《九歌·国殇》书写楚国将士战死疆场、以身殉国的悲壮英勇,即是对将士生命价值和意义的肯定。《诗经》书写了对死亡恐惧的体验和对亡人的哀悼,《秦风·黄鸟》悼念为秦穆公殉葬的子车氏三子,表达对被殉"良人"的痛惜之情,"临其穴,惴惴其栗"的描写,表现了被殉者遭遇活埋之前的心理情状以及这种惨状给予观者的感受,千载以下,犹能传递生命被迫结束时的绝望和恐惧。还有《邶风·绿衣》,程俊英认为是诗人思念亡妻的作品,并称之为悼亡诗之祖③。《诗经》《楚辞》中还有对人生苦短的哀叹。《曹风·蜉蝣》借朝生暮死的蜉蝣叹息人生短促,抒发内心的哀伤④。《小雅·颓弁》

---

① 《论语·先进》中,季路向孔子请教怎样事奉鬼神,孔子回答说:"未能事人,焉能事鬼?"季路又请教什么是死亡,孔子回答说:"未知生,焉知死?"《论语义疏》认为孔子将鬼神视为过去,死亡视为未来,而"周孔之教,唯说现在,不明过去未来"。(梁)皇侃:《论语义疏》,中华书局 2013 年版,第 265 页。《说苑·辨物》载,子贡问孔子:"死人有知无知也?"孔子曰:"吾欲言死者有知也,恐孝子顺孙妨生以送死也;欲言无知,恐不孝子孙弃不葬也。赐欲知死人有知将无知也,死徐自知之,犹未晚也。"孔子以维护孝道为理由,巧妙地拒绝了子贡试图发起的关于死者有知还是无知的讨论。(汉)刘向撰,向宗鲁校证:《说苑校证》,中华书局 1987 年版,第 474—475 页。
② (清)洪亮吉撰,李解民点校:《春秋左传诂》,中华书局 1987 年版,第 567 页。
③ 程俊英、蒋见元:《诗经注析》,中华书局 2017 年版,第 50 页。
④ 程俊英、蒋见元:《诗经注析》,第 305 页。

感叹生命将如雨雪一般疾逝,表达周幽王时贵族及时行乐的灰暗心理①。《离骚》中屈原感叹"日月忽其不淹兮,春与秋其代序。惟草木之零落兮,恐美人之迟暮"以及"老冉冉其将至兮,恐修名之不立",表达了时光倏忽而逝、时不我待的焦虑与感伤。先秦文学中还出现了对灵魂的想象,《鲁颂·闷宫》对祭祀祖先祈求降福的描写,体现了春秋时期的人们试图通过虔敬的祭祀换取祖先灵魂的护佑。《楚辞·招魂》通过描述现实世界的种种可怖以谏止魂魄留滞他乡,又通过铺陈现实生活的种种美好以呼唤魂魄返回故土。

综上,先秦时期的死亡书写涵括了对死亡的好奇与探究,对人生短暂的感伤,对亡人的怀念,对现实生活的享受,对灵魂存在的想象,对实现生命的价值和意义、超越生命有限性的思考,对尽人事的提倡,以及对齐生死、乐死观念的诗意表达。从本质上来讲,以上内容都是先秦时代的人们在对死亡恐惧的体验过程中,以及与死亡恐惧抗衡的过程中产生的情感、观念和行为。

非常有意思的是,先秦时代的人们用来与死亡恐惧抗衡的方法,与现代西方存在主义心理治疗所使用的治疗手段,有许多本质上的相通之处。欧文·D.亚隆在《存在主义心理治疗》一书中列举了一些能够给人提供生活意义的世俗活动,这些活动必须正确、美好,能给人提供内在的满足且不需要靠别的动机来支持,包括利他、为理想奉献、创造、享乐主义和自我实现。其中享乐主义和自我实现与自我相关,其他几种则反映出超越自身利益、为某种外在于或者"高于"自己的人或事而努力的渴望②。而先秦时期人们提出以"三不朽"抗衡死亡恐惧,孔颖达在《春秋左传正义》中这样阐释"三不朽":立德谓

---

① 程俊英、蒋见元:《诗经注析》,第523页。
② (美)欧文·D.亚隆著,黄峥、张怡玲、沈东郁译:《存在主义心理治疗》,第457—465页。

创制垂法,博施济众;立功谓拯厄除难,功济于时;立言谓言得其要,理足可传①。可见,"三不朽"中包含着利他、为理想奉献、创造和自我实现的因素,而《小雅·頍弁》中的及时行乐就是享乐主义。

从先秦时期到建安时期,古人对生死的认知和思考并没有发生本质的变化,但是建安时期人们对死后世界和灵魂的观点,正处在微妙的变化时期。通过研究建安文人的死亡书写,考察死亡恐惧在他们创作中的影响,可以更深刻地理解建安文学风格形成的原因,也可以更深入地观察从先秦到建安时期,作为文学永恒主题的死亡书写,是怎样被不断丰富和深化的。

第一节　建安文人难以慰藉的死亡恐惧

死亡书写是建安文学的重要组成部分,建安文人对死亡恐惧的体验比前人更为敏感和深刻,面对死亡的威胁,他们在作品里流露出更为消沉绝望的情感,但又表现出更加积极有为的态度。二者看似矛盾,但实际上都是建安文人情感心理的真实再现。前者是对死亡恐惧的真实体验,后者则是与死亡恐惧抗衡的方法和途径。建安文学中最耐人寻味、最关键的死亡恐惧,表现在曹操的遗令和曹丕的终制里。之所以称之为"耐人寻味",是因为他们在其中所表达的直面死亡时的情感出人意表,而且他们还对汉代以来的丧葬制度进行了急遽而彻底的变革。之所以称之为"最关键",原因在于曹氏父子对死亡的态度和对丧葬制度的改革,是理解建安文人死亡观的密钥。探究其中的深层原因,可以更加准确深入地把握建安文人书写死亡时的心理感受,把握他们对抒情方式的选择以及随之形成的风格

---

① （晋）杜预注,（唐）孔颖达等正义:《春秋左传正义》,上海古籍出版社1990年版,第609页。

特征。

一、曹操遗令和曹丕终制里的异常情绪

曹丕《终制》言："礼,国君即位为椑,存不忘亡也。"①国君即位之时,就须安排自身丧葬之事,除却礼制的因素不谈,单从人性角度而言,身为国君,不得不提早直面对于死亡的想象和思考。建安十八年(213)五月曹操被封为魏公,七月魏始建宗庙社稷②,同年曹操即作《终令》安排自己的墓葬③。终令、终制就是"营寿陵诏",此类诏令的主要内容是规定自己去世之后的治丧仪式以及墓葬制度。建安时期留存的类似诏令还包括曹操的《遗令》,曹操生前未曾称帝,但后来被追尊为魏武帝,且其生前的地位权力亦与帝王相去不远,所以将其《终令》《遗令》纳入帝王诏令范围。汉代帝王终制一般不具有文学意义上的可读性,但曹操遗令和曹丕的终制却流露出强烈的个性情感和出人意表的情绪,令人印象深刻。曹操《遗令》全文如下:

> 吾夜半觉小不佳,至明日饮粥汗出,服当归汤。
>
> 吾在军中持法是也,至于小忿怒,大过失,不当效也。天下尚未安定,未得遵古也。吾有头病,自先著帻。吾死之后,持大服如存时,勿遗。百官当临殿中者,十五举音,葬毕便除服;其将兵屯戍者,皆不得离屯部;有司各率乃职。敛以时服,葬于邺之西冈上,与西门豹祠相近,无藏金玉珍宝。
>
> 吾婢妾与伎人皆勤苦,使著铜雀台,善待之。于台堂上安六

---

① 夏传才、唐绍忠校注:《曹丕集校注》,河北教育出版社2013年版,第184页。笔者按:《曹丕集校注》中"椑"字误为"椑",径改。
② 张可礼编著:《三曹年谱》,齐鲁书社1983年版,第125—126页。
③ 夏传才校注:《曹操集校注》,第172页。

尺床,施繐帐,朝晡上脯糒之属。月旦十五日,自朝至午,辄向帐中作伎乐。汝等时时登铜雀台,望吾西陵墓田。余香可分与诸夫人,不命祭。诸舍中无所为,可学作组履卖也。吾历官所得绶,皆著藏中。吾余衣裘,可别为一藏,不能者,兄弟可共分之。①

　　曹操《遗令》作为书写濒死体验的文字,其情感表达殊可玩味。曹操《遗令》是临终前的遗嘱,作于建安二十五年(220),开篇写"吾夜半觉小不佳,至明日饮粥汗出,服当归汤",表明曹操自知大限已至;接下来他对自己在军中持法时的"小忿怒,大过失"进行了反省,并告诫子孙后人"不当效也";然后对自己身后的丧葬礼仪及墓葬细节进行了交待;最后对婢妾、伎人的着落进行了安排,并留下了著名的分香卖履的典故。以上内容充分显示出曹操濒死之时内心的温情,真可谓人之将死,其言也善。他对婢妾伎人的牵挂,对诸夫人分香卖履的细致考虑和体贴关怀,都体现出他对人间的不舍和留恋,而"汝等时时登铜雀台,望吾西陵墓田"这样多情甚至带有恳求意味的叮嘱,尤其令人心生恻隐,仿佛他已置身孤寂冰冷的死后世界,在向人间乞求温暖。陆机对曹操这种温情流露的态度颇有微词,他在《吊魏武帝文》中说"若乃系情累于外物,留曲念于闺房,亦贤俊之所宜废乎"②,认为贤俊之人不应当有这样为外物以及儿女之情所累的言行。曹操在死亡到来前流露出的多是对现实世界的不舍和牵挂,表现出担心被现世之人遗忘的忧虑。这种不被陆机认同的带有软弱色彩的态度,与曹操素日里表现出来的雷霆之威、英雄之气形成了巨大

① 夏传才校注:《曹操集校注》,第 182 页。
② (清)严可均辑:《全上古三代秦汉三国六朝文》,中华书局 1958 年版,第2030 页。

的反差。

曹丕《终制》作于黄初三年（222），其中亦流露出了与其素日性情迥异的情感，全文如下：

> 礼，国君即位为椑，存不忘亡也。昔尧葬穀林，通树之；禹葬会稽，农不易亩。故葬于山林，则合乎山林。封树之制，非上古也，吾无取焉。寿陵因山为体，无为封树，无立寝殿、造园邑、通神道。夫葬也者，藏也，欲人之不得见也。骨无痛痒之知，冢非栖神之宅，礼不墓祭，欲存亡之不黩也，为棺椁足以朽骨，衣衾足以朽肉而已。故吾营此丘墟不食之地，欲使易代之后不知其处。无施苇炭，无藏金银铜铁，一以瓦器，合古涂车、刍灵之义。棺但漆际会三过，饭含无以珠玉，无施珠襦玉匣，诸愚俗所为也。季孙以玙璠敛，孔子历级而救之，譬之暴骸中原。宋公厚葬，君子谓华元、乐莒不臣，以为弃君于恶。汉文帝之不发，霸陵无求也；光武之掘，原陵封树也。霸陵之完，功在释之；原陵之掘，罪在明帝。是释之忠以利君，明帝爱以害亲也。忠臣孝子，宜思仲尼、丘明、释之之言，鉴华元、乐莒、明帝之戒，存于所以安君定亲，使魂灵万载无危，斯则贤圣之忠孝矣。
>
> 自古及今，未有不亡之国，亦无不掘之墓也。丧乱以来，汉氏诸陵无不发掘，至乃烧取玉匣金缕，骸骨并尽。是焚如之刑，岂不重痛哉！祸由乎厚葬封树。"桑、霍为我戒"，不亦明乎？其皇后及贵人以下，不随王之国者，有终没皆葬涧西，前又以表其处矣。盖舜葬苍梧，二妃不从，延陵葬子，远在嬴、博，魂而有灵，无不之也，一涧之间，不足为远。若违今诏，妄有所变改造施，吾为戮尸地下，戮而重戮，死而重死。臣子为蔑死君父，不忠不孝，使死者有知，将不福汝。其以此诏藏之

宗庙,副在尚书、秘书、三府。①

　　首先,曹丕对死亡的态度是理性和通达的:"骨无痛痒之知,冢非栖神之宅,礼不墓祭,欲存亡之不黩也,为棺椁足以朽骨,衣衾足以朽肉而已。"这段文字表明了他对待死亡的坦然心态。曹丕认为肉身死后终将腐坏,无须厚葬,故而提倡薄葬,主张取消自身墓葬的寝殿、园邑、神道等一切地面设施。这本是一道公文性质的诏令,但作为文人帝王,他笔下的死亡书写,虽寥寥数语,却不得不说是相当冷静和残酷,具有一定的震撼力:冰冷的尸骨没有知觉,魂灵也不栖息在墓冢里,棺椁和衣衾包裹的躯体,其骨肉皆会腐朽。死寂、丑陋且略有些恐惧色彩的画面,就这样淡淡道出。

　　《终制》又令皇后贵人终没之后不必与自己合葬,正如舜帝葬于苍梧,娥皇女英却葬于他处。况且"魂而有灵,无不之也,一涧之间,不足为远",曹丕对于死后情形的想象,似乎是明亮温情的,仿佛在亡灵世界里,他和妃嫔可以隔着山涧往来,且魂灵无所不之,比活着的人更加自由。但"魂而有灵"可能只是曹丕的假设,也就是说曹丕并不确知魂灵是否存在,死去的人能否重聚,所以他用了这个带有假设含义的句式。如此,这部分描写就难免令人体味到黯淡、凄凉的意味了。

　　在对臣子强调必须遵守他的诏令,不得妄加变动之时,曹丕表现出了令人惊讶的激烈甚至凶狠狰狞的态度:"若违今诏,妄有所变改造施,吾为戮尸地下,戮而重戮,死而重死。"鉴于前代帝王墓葬惨遭盗掘甚至焚尸的教训,曹丕在诏令中列举了春秋时季孙、宋文公以及汉文帝、光武帝等人的丧葬实例,说明厚葬招致祸患、薄葬"使魂灵万载无危"的道理。他不无沉痛地慨叹:"丧乱以来,汉氏诸陵无不发

────────────────

① 夏传才、唐绍忠校注:《曹丕集校注》,第184页。

掘,至乃烧取玉匣金缕,骸骨并尽。是焚如之刑,岂不重痛哉! 祸由乎厚葬封树。"但仅仅阐述这些道理在曹丕看来还不足以警醒后人,所以他发出了恶毒的诅咒。从现存史料和诗文来看,曹丕并非性情暴躁、言语极端之人,相反,他常给人以温文尔雅、好奇多趣的印象,像"戮而重戮,死而重死"这样极端的话语,实难找出第二例,其背后隐藏着曹丕怎样的想法和情感,是值得追问和探寻的。

首先,盗墓之祸殷鉴不远。《后汉书·董卓列传》记载董卓"使吕布发诸帝陵,及公卿已下冢墓,收其珍宝"[①]。《终制》亦言汉氏诸陵被盗掘,墓主遭遇焚如之刑。又言汉明帝不遵守光武帝遗诏,大行封树之事,导致光武帝陵墓被盗掘,造成"爱以害亲"的千古憾事。曹丕十分担心臣下不遵守诏令而厚葬自己,从而将自己置于墓葬被盗掘、尸身被人为毁坏的可能性之中。这种可怕的想象令他极度不安,在他心中唤起了极大的焦虑和担忧。

其次,更重要的是,曹丕的焦虑和担忧引发了他对于世界的无能为力之感,他深知自己死后的现实世界不再由自己掌控,且现在也无法预知死后的情形,这种对于未知的无力无助的感受最终化为愤怒懊恼之情。这种极端的糟糕情绪,与他一开始表现出来的对死亡的淡然通达态度之间形成了巨大的跌宕。

曹操遗令和曹丕终制所流露的异常情绪,反映出他们直面死亡之时内心深处的恐惧心理,包含对生命终结和死后情形的恐惧担忧。在对自己的死亡想象中,曹操感觉到孤独无助,他以示弱的姿态试图要求人间的温情;曹丕则感觉到无奈和恼怒,他以威胁的态度试图保证自己死后的尊严。

从现存文献来看,曹丕对墓葬被盗掘的忧虑程度超过了汉魏时

---

① (南朝宋)范晔撰,(唐)李贤等注:《后汉书》,中华书局1965年版,第2327页。

期其他所有的帝王。如果说两汉之际赤眉军之乱和汉末董卓之乱对汉代帝陵的严重破坏造成了曹丕的心理压力，但与曹丕处于同一历史时期的曹操却没有表现出这种过度的担忧，现存文献证明，传说中曹操为防止盗掘而设置七十二疑冢只是无稽之谈①。曹操《终令》言"古之葬者，必居瘠薄之地"，又叮嘱"其规西门豹祠西原上为寿陵，因高为基，不封不树"。曹操与曹丕都力主薄葬，"薄葬的意义首先在于安全"②，但曹丕仍然表现出过度的担忧。

如果用怯懦怕死来解释曹操遗令、曹丕终制里的反常表现，无疑是肤浅的。曹操戎马一生，英雄之气亦纵贯一生，曹丕亦对死亡本身持通达态度，他们并非简单地害怕生命的终结，他们在安排布置自身丧葬事宜之时流露出软弱或凶狠的情绪，表明那个时刻他们的内心缺乏足以抚慰死亡恐惧的东西。追求人生的价值和意义固然可以帮助人积极勇敢地生活并抗衡死亡恐惧，但当死亡不可避免地出现在眼前，现世的一切成就都难以真正彻底地抚慰人心，而与墓葬紧密相关的死后世界，才是理解生死之谜和死亡恐惧深层原因的密码。欲探寻曹操、曹丕父子复杂心理情感的成因，不妨从古人对死后世界的态度和看法入手。

二、对古人而言死后世界是一个谜

葛兆光认为，据考古发现，上古人已经有了"死后世界"的观念和"灵魂永存"的思想，殷商时代以来，墓葬样式的讲究和对随葬物品的重视，表现了人们形神二元、生死异路观念的萌芽，他们意识到人是会死的，而死后的人在另一个世界③。

虽然人类很早就认识到死亡的必然性，但对死亡的恐惧却无法

---

① 王子今：《曹操七十二疑冢辨疑》，《南都学坛》2010 年第 4 期。
② 王子今：《曹操七十二疑冢辨疑》，《南都学坛》2010 年第 4 期。
③ 葛兆光：《中国思想史》，第 15—24 页。

消除。《史记·秦始皇本纪》载秦皇"遣徐市发童男女数千人，入海求仙人"①。《史记·孝武本纪》载汉武帝"遣方士入海求蓬莱安期生之属"②。由于恐惧死亡，一代雄主秦始皇和汉武帝都笃信方术和虚无缥缈的神仙，并斥重金求仙以期长生不老。当生前求仙的愿望落空之后，对死后世界的想象、追求和营造就成为抚慰死亡恐惧的重要途径。

葛兆光指出，汉墓中大量存在的帛画、画像石、壁画等墓葬艺术最显著的主题是对未知世界的想象，比如昆仑山与蓬莱山所象征的两大理想世界。汉代人生存于现实，向往神奇世界，敬畏死后世界。著名的刘胜墓出土的金缕玉衣，不仅用以炫耀身份，更主要的也许是古人相信玉可以生肌，能保护死者肉身不坏，在另一个世界绵延他的生命③。其他学者如袁胜文也认为，对升天成仙的强烈渴望是两汉时期殓葬玉流行的关键原因，汉代人认为玉可护尸防朽，他们想方设法保证尸体不朽的目的就是为了升天成仙④。至于墓中的装饰艺术，如巫鸿所说，中国的墓葬艺术有数千年历史，墓中的壁画、雕塑和器物在入葬礼仪过程中可以被人看到，但一旦墓门关闭，它们的观者就只能是想象中的灵魂⑤。巫鸿还引用法国文化学者雷吉斯·德布雷的看法，雷氏指出墓葬美术使无形的灵魂变得有形，使短暂的人生成为永恒，艺术使得死亡不再是绝望，而是把死亡变成充满希望⑥。

---

① （汉）司马迁撰，（南朝宋）裴骃集解，（唐）司马贞索隐，（唐）张守节正义：《史记》，中华书局 1982 年版，第 247 页。
② 《史记》，第 455 页。
③ 葛兆光：《中国思想史》，第 205 页。
④ 袁胜文：《汉代诸侯王墓用玉制度研究》，《南开学报》（哲学社会科学版）2012 年第 5 期。
⑤ （美）巫鸿：《美术史十议》，生活·读书·新知三联书店 2016 年版，第 11 页。
⑥ （美）巫鸿：《全球景观中的中国古代艺术》，生活·读书·新知三联书店 2017 年版，第 73 页。

中西学者的研究都表明,由于相信死后世界的存在,所以墓葬的营造能够从一定程度上抚慰人们对死亡的恐惧,这也正是秦皇、汉武均选择厚葬的重要原因。

《中国丧葬礼俗》一书指出,上古时期,在灵魂不灭的观念驱使下,厚葬成为氏族首领炫耀自己地位和财富的象征。尽管春秋战国时期已经出现了提倡薄葬的有识之士,但厚葬观在古代中国一直占有优势①。两汉时期,厚葬之风尤为盛行,汉代墓葬从地面设施、墓葬形制到随葬品都十分隆重考究,尤其以玉衣殓服和各种随葬玉最有特色。如前所述,汉墓还以拥有大量的帛画、壁画、画像石和画像砖为特色。这些奢侈的墓葬,除了炫耀财富和地位之外,也说明相信死后世界存在的观念驱使人们花费大量财力、人力、物力去营造墓葬,赋予死后世界以亲切感和吸引力。在这样的墓葬建设过程中,由死亡带来的恐惧得到了一定程度的抚慰。

余英时论东汉人的死亡观,谈到"汉代存在两种对立的死亡观:一是自然主义的,一是迷信的。自然主义的观点简单地接受死亡,视之为不可避免的事实,是生命遭遇的自然的终点,而且人几乎无能为力。另一方面,迷信的观点只视死亡为此世生命的终点,但相信生命甚至在死后会继续延续"②。但实际上,这两种看似对立的死亡观,有时候会出现在同一个人身上。

汉文帝《遗诏》表现出对死亡的达观态度:"朕闻之,盖天下万物之萌生,靡不有死。死者,天地之理,物之自然,奚可甚哀?"汉文帝还批评时人"咸嘉生而恶死",以至于"厚葬以破业,重服以伤生"③。以

---

① 徐吉军、贺云翔:《中国丧葬礼俗》,浙江人民出版社1991年版,第1—3页。

② 余英时著,何俊编,侯旭东等译:《东汉生死观》,上海古籍出版社2005年版,第78页。

③ (清)严可均辑:《全汉文》,商务印书馆1999年版,第15页。

上材料呈现出汉文帝拥有的自然主义死亡观。然而,当汉文帝来到霸陵,亲见自己死后的归宿之地时,他使慎夫人鼓瑟,自己倚瑟而歌,不由得心下惨凄悲怀,对群臣感叹说:"嗟乎!以北山石为椁,用纻絮斫陈,蓯漆其间,岂可动哉!"①汉文帝对死亡本身表现出坦然接受的态度,但对于自己死后的境况却十分焦虑和担忧,以致"惨凄悲怀",意欲建造坚不可摧的棺椁来保存尸身的完好。这种看似矛盾的心态,实则反映出汉文帝对生命的留恋,也反映出他对于死后情形的想象,对于自己死后尸身可能会遭到破坏感到恐惧和无助。对于庄子而言,尸身只不过是供鸟虫食用的腐肉②,而对于汉文帝而言,保存完好的尸身,则意味着唯有如此他才能进入死后世界。汉文帝应该是信鬼神的,《史记·屈原贾生列传》载:"贾生征见。孝文帝方受釐,坐宣室。上因感鬼神事,而问鬼神之本。贾生因具道所以然之状。至夜半,文帝前席。"③《汉书·贾谊传》亦有相同记载。汉文帝的鬼神观念,表明他相信死后世界的存在,所以他需要确保自己死后尸身完好,以便在死后世界继续享受。然而,死后世界的神秘未知和不可掌控,让他对死亡充满拒斥和恐惧,而生命短暂、死亡将近的迫切事实,又令他无奈而焦虑。汉文帝为了保证尸身不被破坏,最终听从张释之的谏议,施行薄葬④。这一波三折的过程,表现出汉文帝从墓葬中寻求安慰以减轻死亡恐惧的意图。

　　《汉书·王莽传》载:"赤眉遂烧长安宫室市里,害更始。民饥饿

---

① 《史记》,第 2753 页。
② 《列御寇》记载了庄子直面死亡时对待死亡的态度和对于死后情形的想象:"庄子将死,弟子欲厚葬之。……弟子曰:'吾恐乌鸢之食夫子也。'庄子曰:'在上为乌鸢食,在下为蝼蚁食,夺彼与此,何其偏也?'"
③ 《史记》,第 2481 页。
④ 释之前进曰:"使其中有可欲者,虽锢南山犹有郄;使其中无可欲者,虽无石椁,又何戚焉!"文帝称善。参《史记》,第 2753 页。

相食,死者数十万,长安为虚,城中无人行。宗庙园陵皆发掘,唯霸陵、杜陵完。"①汉文帝因为薄葬而保全了陵墓,曹丕《终制》即肯定汉文帝薄葬乃明智之举:"汉文帝之不发,霸陵无求也。"总体而言,汉文帝对于人必有一死的态度是达观理性的,但他仍然试图通过营造墓葬来寻求抚慰以对抗死亡恐惧。汉文帝之孙汉武帝则好神仙方术,期望长生不老,对生的贪恋必然导致对死的加倍恐惧,所以汉武帝茂陵选择厚葬。尽管汉文帝与汉武帝对丧葬方式的选择存在很大差异,但是从本质上说,他们都在墓葬形式上寄予了对死后世界的期待和想象,并以此来获得对死亡恐惧的抚慰。

余英时《东汉生死观》论及汉代关于神灭与葬俗的争论,说"一般而言,赞成厚葬者倾向于视神不灭且独立于形体,而另一方面,赞成薄葬者坚持彻底相反的观点"②,这确乎是一般情况下主张厚葬与薄葬者的分歧所在,但是在汉文帝那里,这两种观点明显呈现出界限的模糊——文帝主张薄葬,其目的却是为了避免被后世盗墓破坏尸身,从而失去进入死后世界的机会。

至东汉帝王,他们营造墓葬的态度亦表现出对死后世界的不确定认知。如光武帝《营寿陵诏》规定自己的墓葬"无为山陵,陂池栽令流水而已",并抒发情感:"临平望平阴,河水洋洋,舟船泛泛,善矣夫! 周公、孔子犹不得存,安得松、乔与之而共游乎?"③这份诏书作于光武帝"始营陵地于临平亭南"之时④,光武帝对死亡的态度亦十分通达,所谓圣人都不能长生,谁能与神仙共游呢? 他主张墓葬建造从简,但他不由自主地对自己陵墓的选址表现了满意之情,"河水洋

---

① (汉)班固撰,颜师古注:《汉书》,中华书局1962年版,第4193页。
② 余英时著,何俊编,侯旭东等译:《东汉生死观》,第97页。
③ (清)严可均辑:《全后汉文》,商务印书馆1999年版,第12页。
④ 官辑本《东观汉记》:"四月始营陵地于临平亭南,诏"。(清)严可均辑:《全后汉文》,第12页。

洋,舟船泛泛"不仅是眼前令人心旷神怡的实景,也是他最终将要归去的死后世界的环境,可见,光武帝亦在墓葬建造中,得到了对死亡恐惧的抚慰。可惜的是,光武帝之子汉明帝并没有遵从其父"无为山陵,陂池栽令流水而已"的遗诏,而是厚葬其父,导致光武帝墓在后世被盗掘。汉明帝《寿陵制》规定自己的葬制以及身后所享祭祀从简:"令流水而已,石椁广一丈二尺,长二丈五尺,无得起坟。万年之后,扫地而祭,杅水脯糒而已,过百日,唯四时设奠,置吏卒数人,供给洒扫,勿开修道。"对身后祭奠之事的规定,虽表达了丧葬从简的意图,但同时也表达了对灵魂享受祭奠的在意和重视。或许汉明帝厚葬其父的用意,不仅在于体现阳间的孝道,亦与他自己对死后世界的期待相关,希望父亲能安享死后世界,同时他也需要通过想象自己在死后世界安享祭祀仪式的情形来抚慰自己内心的死亡恐惧。

张三夕《死亡之思与死亡之诗》指出:"中国封建帝王之所以不惜血本地营建自己的坟墓,是有其深刻的思想原因的。他们深信有一个实实在在的死后世界的存在,实现这个世界的条件就是坟墓。"①当然,这也是一般的情况,事实上,如前所述,主张薄葬的帝王譬如汉文帝、光武帝、汉明帝等,其行为的本质也是为了顺利进入死后世界。

这种通过营造墓葬、安享死后祭祀寻求抚慰的心理,到汉顺帝发生了变化。汉顺帝《遗诏》言:"死则委尸原野。"又言:"无起寝庙,敛以故服,珠玉玩好,皆不得下。"②汉顺帝诏令后人不修寝庙,不用玉衣殓服而用故衣,不以珍贵之物随葬,甚至采取了"委尸原野"的极端措辞。李虹在《死与重生——汉代的墓葬及其信仰》一书中写道:"承认生命另一种形式的存在并为之提供重生的途径是汉代墓葬信仰的主题及任务。在中国人的观念中,死亡并不意味着生命终结,而

----

① 张三夕:《死亡之思与死亡之诗》,华中理工大学出版社 1993 年版,第 29 页。
② (清)严可均辑:《全上古三代秦汉三国六朝文》,第 509 页。

是生命在另一个世界延续,丧礼是联系生死两个世界的方式,墓葬则是这种联系的具体事物体现。"①应该说这种试图通过墓葬实现重生的信仰在东汉以后逐渐发生了变化,随着桓谭、王充等人的无神论思想之影响逐渐扩大,对重生和死后世界的信仰开始动摇,所以汉顺帝认为死后就当"委尸原野",并力主薄葬,这大致可见其对死后世界持怀疑态度。有限的文献资料,让今人无法了解汉顺帝面对死亡恐惧时的心理,但他对自身丧葬的态度,已与曹操、曹丕十分接近了。

　　除去帝王遗令和终制,汉代亦留存一些普通人的遗令,从中可以了解汉代社会对死亡认识的普遍状况。如杜邺《临终作墓石文》言:"骨肉归于后土,气魂无所不之。何必故丘,然后即化。"②杜邺认为人死之后,骨肉腐朽,若气魂尚存,则什么地方都可以去,又何必一定要将死者安葬于故乡呢? 袁安《临终遗令》言:"备位宰相,当陪山陵,不得归骨旧葬。若母先在祖考坟垄,若鬼神有知,当留供养也。其无知,不烦徙也。"③这里所谈的"鬼神"与杜邺所谓"气魂",都是指人死之后与肉体分离的精神,也就是灵魂。袁安的目的在于阻止儿女将妻子的坟墓迁徙与自己合葬,所以他说无论鬼神有知还是无知,存在还是不存在,妻子的坟都应当留在祖坟中,自己则葬于帝陵附近。从遗令的语气推测,袁安与杜邺并不相信灵魂的存在,但他们也并没有断然否定灵魂的存在,他们对于灵魂的存在,持暧昧的态度。有些遗令仅仅交代薄葬事宜,如马融《遗令》言"穿中除五时衣,但得施逢绢单衣。……冢中不得下铜唾壶"④,对随葬品从简的规定,似乎亦透露出马融对于灵魂和死后世界存在的怀疑。

---

① 李虹:《死与重生——汉代的墓葬及其信仰》,四川人民出版社 2020 年版,第279 页。
② (清)严可均辑:《全上古三代秦汉三国六朝文》,第 396 页。
③ (清)严可均辑:《全上古三代秦汉三国六朝文》,第 637 页。
④ (清)严可均辑:《全上古三代秦汉三国六朝文》,第 571 页。

汉代最有名的丧葬遗令出自西汉杨王孙,其《病且终令其子》提出了在当时颇为惊世骇俗的"裸葬"主张:"吾欲裸葬,以反吾真,必亡易吾意。死则为布囊盛尸,入地七尺,既下,从足引脱其囊,以身亲土。"①杨王孙之子既不愿违抗父命,又不忍心从命,只好请求父亲的朋友缯它来劝说。缯它《与杨王孙书》言:"窃闻王孙先令裸葬,令死者亡知则已。若其有知,是戮尸地下,将裸见先人,窃为王孙不取也。且《孝经》曰:'为之棺椁衣衾。'是亦圣人之遗制,何必区区独守所闻?愿王孙察焉。"②缯它认为,人们无法确定死者有知还是无知,倘若有知,那么裸身而葬是不能面见逝去的先人的。杨王孙《报祁侯缯它书》则言:

　　且夫死者,终生之化,而物之归者也。归者得至,化者得变,是物各反其真也。反真冥冥,亡形亡声,乃合道情。……且吾闻之,精神者,天之有也;形骸者,地之有也。精神离形,各归其真,故谓之鬼,鬼之为言归也。其尸块然独处,岂有知哉?裹以币帛,鬲以棺椁,支体络束,口含玉石,欲化不得,郁为枯腊,千载之后,棺椁朽腐,乃得归土,就其真宅。繇是言之,焉用久客!③

杨王孙学黄老之术,其观念深受先秦道家思想影响,他认为死亡乃返璞归真,人死之后精神与形体分离,各自回归自然。杨王孙主张裸葬,除了受道家薄葬思想影响之外,还有针对当时的厚葬之风"将以矫世"的意图。杨王孙直言人死之后躯体是无知的,当取消厚葬,令其尽快回归泥土,以此回应缯它关于死后有知还是无知的问题。

---

① (清)严可均辑:《全上古三代秦汉三国六朝文》,第249页。
② (清)严可均辑:《全上古三代秦汉三国六朝文》,第249页。
③ (清)严可均辑:《全上古三代秦汉三国六朝文》,第249页。

不过,须注意的是,杨王孙虽然说死者的躯体是"无知"的,应该任其腐烂早点回归泥土,但是他也说"鬼"即是"归",意即人死后精神会离开形体而"归真"——这种形神二元论的观点并没有明确否定死后世界的存在。

与杨王孙一样受到庄子生死观影响的还有东汉张衡,其《骷髅赋》模仿《庄子·至乐》,借骷髅之口言说"死为休息,生为役劳"的观点。但是张衡对乐死观点的接受却走向了与庄子截然不同的一面,其《冢赋》表现出与庄子迥异的对待死亡的方式:

> 有觉其林,以构玄室。奕奕将将,崇栋广宇。在冬不凉,在夏不暑。祭祀是居,神明是处。修隧之际,亦有披门。披门之西,十一余半,下有直渠,上有平岸。舟车之道,交通旧馆。寒渊虑弘,存不忘亡。恢厥广坛,祭我兮子孙。宅兆之形,规矩之制。希而望之方以丽,践而行之巧以广,幽墓既美,鬼神既宁。降之以福,于以之平,如春之卉,如日之升。①

龚克昌《两汉赋评注》引《古文苑·冢赋》章樵题注所言"汉之人主多预为陵庙,则士大夫必有预为冢兆者。详观此赋,其平子预为筑之冢邪",认为其言可从,《冢赋》当是张衡为自己选冢时所作②。《冢赋》以愉悦的口吻称赞墓葬的华美舒适,言其墓室高大宽敞,气温宜人,墓道等设施一应俱全,坟丘气派美观合乎规矩,实乃理想的灵魂安身之所。赋作透露出张衡对死后世界的想象,他相信灵魂的存在并认为灵魂可以在墓葬中安身享乐,并赐福于后人。张衡虽然继承了庄子乐死的思想,但他对于华丽墓葬的赞美态度与庄子的薄葬观点相

---

① 龚克昌、苏瑞隆评注:《两汉赋评注》,山东大学出版社 2011 年版,第 695 页。
② 龚克昌、苏瑞隆评注:《两汉赋评注》,第 695 页。

去甚远。庄子《至乐》论述生与死的轮回是气、形、生的周而复始的变化,从无到有,从有到无,所谓死亡只不过是自然轮回的一个环节,人为的墓葬不具备任何意义,不如归葬大自然。但是对于张衡而言,墓葬是保存遗体、安放灵魂的重要场地,这种认知在汉代应该是比较普遍的,是汉代厚葬风气形成的重要原因。其实,相信灵魂和死后世界的存在,本身就是与死亡恐惧相抗衡的途径,对死后世界的美好想象抚慰了人们的心灵。尽管庄子对于死后世界灵魂是否存在没有进行过正面阐述,但是研究者仍从庄子的言论中找到依据,证明庄子相信灵魂不死,并且说相信灵魂不死的人对死亡的态度可能比其他人更为乐观①。

关于人死之后有知还是无知,意即灵魂和死后世界是否存在的问题,对于汉代人来说,是无法给予完全肯定或否定回答的,许多人对此持模棱两可的态度。刘向《谏营昌陵疏》批评汉成帝大肆营建昌陵,不仅会埋下盗墓隐患,而且已经劳民伤财,给国家社会带来灾难:"发民坟墓,积以万数,营起邑居,期日迫卒,功费大万百余。死者恨于下,生者愁于上,怨气感动阴阳,因之以饥馑,物故流离,以十万数。"刘向劝谏汉成帝说:"以死者为有知,发人之墓,其害多矣;若其无知,又安用大?"②可见,刘向对于死后有知还是无知的问题,亦不作确定的结论。

应劭《风俗通义》记载:"俗说亡人魂气飞扬,故作颞头以存之。"又言墓上树柏,路头石虎的来历,是因为人们相信坟墓之中有魍象,好食亡者肝脑,《周礼》中记载方相氏入圹驱魍象,但人家不能常令方

---

① 张松辉、张海英:《论庄子灵魂不死思想》,《湖南大学学报》(社会科学版)2010 年第 1 期。
② (清)严可均辑:《全上古三代秦汉三国六朝文》,第 329 页。

相立于墓侧,故而以柏树石虎震慑魍象①。这些记载表明,对于当时普通百姓而言,人死之后魂气会离开躯体,要以颅头将其保存下来;人死之后还必须保持尸身完好,不能被魍象偷食肝脑。与庄子所言人死之后任由蝼蚁、鸢鸟所食,这代表着不一样的死亡观。一般来说,试图保存尸身完好的古人,都相信死后世界的存在,在那里人们可以继续享乐,这也是造成厚葬之风长盛不衰的一个重要原因。正因为厚葬与灵魂鬼神观紧密相关,王充在反对厚葬风气时,重点论证了"死人无知,厚葬无益"的道理,他的《论死篇》《薄葬篇》集中论述了"人死不为鬼"的无神论思想②。

综上,直至汉代,人们对于死后世界大多持模棱两可的态度,这一方面是因为受限于科学认知的水平,更主要的原因则在于他们对死后世界有期待、有幻想,他们需要这种精神的抚慰来冲淡生命短暂而脆弱的悲哀,这与宗教信众心目中想象的极乐世界和天堂是同样的道理。那些没有留下文字的不相信灵魂和死后世界的人,后人无法知道他们怎样安放直面死亡时内心的恐惧,或者竟至无处安放,只剩下痛苦、害怕和无助。而曹操和曹丕留下了文字,由于对灵魂和死后世界的不确信,甚至存在否定的倾向,当他们直面死亡时,作出了彻底的对丧葬制度的变革,同时也因此而无法得到通过幻想死后世界带给人心的抚慰,故而流露出反常的情绪。

三、曹氏父子对死后世界的怀疑

应当说汉顺帝的思想观念与王充之后的无神论思想是一致的,这种思想观念影响了建安时期曹操、曹丕父子并促使他们从根本上

---

① (汉)应劭撰,王利器校注:《风俗通义校注》,中华书局 2010 年版,第 574 页。
② 关于王充丧葬观的概述引自《中国丧葬礼俗》。参徐吉军、贺云翱:《中国丧葬礼俗》,第 60 页。

改革了墓葬制度。建安二十三年（218）曹操作《终令》言"择定西门豹祠西原上为寿陵，因高为基，不封不树"，建安二十五年（220）《遗令》又言及治丧礼仪从简、殓以时服、无藏金玉珍宝等事宜，同年所作《题识送终衣衾》亦吩咐"有不讳，随时以敛。金珥珠玉铜铁之物，一不得送"①。曹丕的《终制》则进一步强调对墓葬的简化。如刘振东所言：曹魏墓葬地面设施的消失和墓葬形制的变化是急遽和较为彻底的。比如地面不封不树，禁止立寝殿、造园邑、通神道，简化地下棺椁、墓室，禁用玉衣，随葬品以陶器为主，可以不合葬等等，这些规定基本上在曹操时代已创出，曹丕对某些部分进行了强化，标志着曹魏墓葬制度正式确立②。

　　曹操、曹丕引领下曹魏墓葬制度急遽而彻底的改革，一方面与当时长期战乱社会经济落后的状况紧密相关，曹操《遗令》即言"天下尚未安定，未得遵古"；另一方面也与汉末盛行的盗墓风气紧密相关，曹丕《终制》言"自古及今，未有不亡之国，亦无不掘之墓"。但不可忽略的是，曹魏葬制急遽而彻底的变革，更与曹操和曹丕对死后世界的认知紧密相关。曹操《遗令》中吩咐众人："吾有头病，自先著帻"，曹操常年遭受头痛折磨，临死前首先想到的是要以头巾保护自己尸身的头部，但同时又吩咐自己死后只须"敛以时服"。前者似乎是为了保护自己的尸身，后者却又有任其腐朽的意思。或许"自先著帻"只是一种自我怜惜的行为，是对臣下、后人料理自己后事时须更为体贴细致的要求。从这里面复杂的心态上看，曹操对死后世界至少是持怀疑态度的。

　　曹丕力主薄葬，彻底取消墓地的一切地面建筑，简化墓葬形制，

---

① 夏传才校注：《曹操集校注》，第 181 页。
② 刘振东：《冥界的秩序——中国古代墓葬制度概论》，文物出版社 2015 年版，第 183—185 页。

并禁用玉衣，提出任由尸身腐烂。同样是薄葬，汉文帝的目的是保证尸身不被破坏，而曹丕明确表示任由尸骨腐朽，这意味着汉文帝对死后世界抱有幻想，而曹丕对死后世界虽然不一定完全持否定态度，但至少是持怀疑态度的。尽管曹丕抱持通达的死亡观，能理性地看待死亡，但这并不等同于他能够欣然接受死亡。对生命的留恋，对死亡的焦虑和抗拒，毕竟是人之常情。曹丕虽贵为帝王，但是他深知己身死亡之后对现实世界不可能再拥有主宰之权，即使是生前遗嘱能否被忠实地执行这等事情，也令他感到无法确定和掌控。加之曹丕对死后世界持怀疑态度，那么所谓升天成仙都不过是痴心妄想，死亡成为一个更加绝望死寂、与世永隔的归宿，曹丕无法从营造墓葬的过程中获得对死亡恐惧和抗拒的抚慰。以上种种，使曹丕的死亡书写呈现出不安、恼恨和愤怒的极端情绪变化。之前还在温情脉脉地言说自己与妃嫔"魂而有灵，无不之也，一涧之间，不足为远"，紧接着就面目狰狞地威胁要将胆敢变改造施自己遗令的人"戮尸地下，戮而重戮，死而重死"，这种令人讶异费解的跳跃性的巨大情绪转折，正是缘于曹丕直面死亡时突然感受到的无力、无助而又极度愤怒懊恼的心理。

曹丕敕令薄葬，言"棺椁足以朽骨，衣衾足以朽肉"，足见他根本无意保持尸身的完好，那么他为什么会产生强烈的、超出他人的害怕墓葬被盗掘破坏的心理呢？应该说，曹丕不是担心尸身被破坏后无法进入死后世界，因为他对死后世界原本是怀疑的，他"严厉的遗言"①反映出来的是对墓葬可能被破坏一事的愤怒、耻辱、无能为力和懊恼。

关于曹氏父子对灵魂的认知，钱志熙的观点具有启发性。他指

---

① 王子今称曹丕《终制》是严厉的遗言。参王子今：《中国盗墓史》，九州出版社2007年版，第111页。

出在日常的世俗行为中,建安人没有受死后灵魂之有无的困扰,但当他们想到死后的问题时,又对灵魂产生依依想望,这是人类复杂心理的表现①。当曹操和曹丕不得不直面自己的死亡,他们的行为呈现出的正是这种复杂性,而这种复杂性产生的根本原因即在于死亡恐惧。

因为对死后世界的存在持怀疑态度,加之对安全因素以及经济条件的考虑,曹操与曹丕都坚定不移地推行彻底的薄葬。同时也因为这种怀疑,曹氏父子都无法获得所谓死后世界给予人类的抚慰。张三夕《死亡之思与死亡之诗》指出,"中国古代哲人倡导薄葬思想,主要着眼于政治、经济利益的考虑,而缺乏哲学、心理、情感、文化方面的深刻阐述"②,正因为如此,曹操曹丕父子一方面怀疑死后世界的存在而敕令薄葬,另一方面又无法从薄葬中获得情感、心理的支持和抚慰,去消解人类难以克服的死亡恐惧之情,这种痛苦在曹丕笔下表现为无能为力、过度担忧乃至愤怒凶狠,在曹操笔下则表现为带有软弱色彩的牵挂和恳求,如前所述,这与他们生前一贯的性情、形象正好都是不一致的。

曹丕《终制》作于黄初三年(222),同年,他作《毁高陵祭殿诏》,下令拆除曹操高陵的地面祭祀建筑,这个行为一方面是为了显示"从先帝俭德之志"的孝道,另一方面应当也是为了防止后世盗掘而采取的措施,并以此为大家做一个榜样,以期自己的遗嘱得到顺利贯彻。同时,这也是曹丕在怀疑死后世界的基础上做出的选择。他决定比父亲曹操更为彻底地改革墓葬制度,这种对待死后世界的决绝表现,多少带有一点直面死亡的悲壮意味。

曹丕对死后世界和灵魂鬼神的怀疑,在他的《曹仓舒诔》中亦有

---

① 钱志熙:《唐前生命观和文学生命主题》,第211页。
② 张三夕:《死亡之思与死亡之诗》,第41页。

显现:"贻尔良妃,褖尔嘉服。越以乙酉,宅彼城隅。增丘峨峨,寝庙渠渠。姻媾云会,充路盈衢。悠悠群司,炭炭其车。倾都荡邑,爰迄尔居。魂而有灵,庶可以娱。"①曹冲夭亡于建安十三年(208),二十三岁的曹丕在诔文中记录了曹冲的盛大葬礼,冥婚,嘉服,高大的坟丘寝庙,热闹的冥婚仪式和浩荡的送葬队伍,并称假如魂灵存在的话,希望曹冲能从中得到快乐。"魂而有灵,庶可以娱"并非毋庸置疑的口吻,而是带有假设意味的。如果说曹丕对鬼神是否存在尚不十分明确,曹植在《毁鄄城故殿令》中则明确提出"况于死者之无知乎"的观点,并质疑鬼神的存在。鄄城有汉武帝曾经临幸的旧殿,年久失修,曹植打算拆除它用来修建房舍。恰好当时曹植生了一场病,于是有人认为这是汉武帝的魂神对曹植的报复。曹植斥责这种说法为"医巫妄说",并下此令为无知之人释疑。曹植以历史上各个朝代灭亡后宫室尽毁为例,对鬼神的存在表示质疑和否定。

　　不过值得关注的是,曹操生前写过大量游仙诗,曹植也如此,曹丕则很少写作游仙题材,但这并不能说明他们对待神仙世界的态度存在分歧。关于曹操、曹植父子是否相信神仙世界的问题,钱志熙的观点十分中肯,他认为建安文人与神仙观念具有理性和幻想的双重关系,他们的理性表现在继承东汉思想家疾虚妄的传统,在理智的行为上比较坚定地拒弃了神仙长生观念的诱惑,并且对世俗的求仙行为作出了明确的否定;他们的幻想表现在大量写作游仙题材,但这种行为主要应该看作是一种文学的精神,对他们现实的生命行为没有产生实质性的影响②。张三夕《死亡之思与死亡之诗》认为游仙诗的本质"不过是政治遭遇的折射",言"游仙诗与其说是抗拒个人生命

---

① 夏传才、唐绍忠校注:《曹丕集校注》,第88页。
② 钱志熙:《唐前生命观和文学生命主题》,第203页。

的死亡(人生无常),不如说是想抗拒政治生命的死亡"①。从这个角度来说,游仙想象是无法慰藉死亡恐惧的。

将游仙书写和死亡书写对照起来考察,可以更加清晰地认识到以曹氏父子为代表的建安文人,他们对生命的有限性和死亡本身的认识是理性和达观的,但他们依然承受着死亡恐惧的困扰,他们对死后世界的存在持怀疑甚至否定态度,因此在直面死亡时难以得到抚慰。他们也因此向往和艳羡神仙世界,对于人生苦短和时不我待有着更为深刻的体验,对人生价值的实现有着更为迫切的渴求。

四、建安诗赋中的感伤、消沉和绝望

建安文人关乎人生短促、生命无常的文学书写很多,这个时期人们已普遍认识到生命的有限性并为之低徊悲慨,他们的文字中充满了死亡恐惧带来的感伤、消沉和绝望。

曹操和曹丕对死亡及死后世界的认知和情感体验,在建安时期应当具有代表性,由此可知,建安文人在思考死亡和直面死亡时比前代文人更加感伤、消沉和绝望,原因正是他们怀疑死后世界,得不到死后世界所能带来的抚慰。

相比前代和后世的文人,建安文人正好处于死亡观发生变化的转关时期。东汉之后,王充的无神论思想渐渐深入人心,如前所述,汉顺帝主张不修寝庙,不用玉衣殓服而用故衣,不以珍贵之物随葬,就反映出对灵魂和死后世界的怀疑,表现出死亡观的变化。同时,建安文人又处于帝国衰落、战乱纷起、灾难频仍的历史时期,他们对死亡威胁的体验更为普遍和频繁。曹植《说疫气》一文描写时疫造成的惨相:"建安二十二年,疠气流行,家家有僵尸之痛,室室有号泣之哀。

---

① 张三夕:《死亡之思与死亡之诗》,第 182 页。

或阖门而殪,或覆族而丧。"①时时面对死亡,又无法拥有死后世界的抚慰,所以,建安文人的死亡书写,在整个文学史上都是突出的,具有普遍的、感伤的、悲哀的甚至消沉、绝望的特点。

　　如果说建安之前的人们大多从对死后世界的幻想中得到了抚慰,那么建安之后的人们呢?钱志熙的思考可以用来回答这个问题。他说:无论玄理还是山水,都只能做到淡释生命情绪,无法真正解决生命问题;中古生命思潮最后还是在佛教生命观的作用下退潮的②。而处在生死观变化转关时期的建安文人,无疑承受着比前人与后人都更为深重的死亡恐惧。

　　曹操《短歌行》写道:"对酒当歌,人生几何?譬如朝露,去日苦多。"曹植《赠白马王彪》写道:"人生处一世,去若朝露晞。……自顾非金石,咄喑令心悲。"曹丕《曹仓舒诔》写道:"惟人之生,忽若朝露。役役百年,亹亹行暮。"刘桢《失题诗》其三写道:"天地无期竟,民生甚局促。为称百年寿,谁能应此录。低昂倏忽去,炯若风中烛。"早晨露、风中烛,无不形象地摹写出生命的脆弱和无常;天地之恒久、金石之坚固,无不鲜明地反衬出生命的渺小和短暂。"役役百年,亹亹行暮",则是对人生不仅短暂而且劳苦不休的感叹。丁廙妻《寡妇赋》言"惟人生于世上,若骐骥之过棙。计先后其何几,亦同归乎幽冥",极言时光飞逝如白驹过隙,倏忽之间死亡降临,人们同归黄泉。曹丕《感物赋》言"涉炎夏而既盛,迄凛秋而将衰。岂在斯之独然,信人物其有之",从甘蔗涉夏历秋、先盛后衰联想到人乃至所有事物都必然经历盛衰变化,将自己感伤的生命体验投射到万物之上。其《柳赋》感叹十五年前所种柳树枝繁叶茂,而左右仆御已多亡,不禁感物伤怀,惆怅难言。树木之盛与人

---

① (三国魏)曹植著,赵幼文校注:《曹植集校注》,中华书局 2017 年版,第262 页。

② 钱志熙:《唐前生命观和文学生命主题》,第 313 页。

命之衰,在时光飞逝的背景之下,令人倍觉生命的短暂和死亡的无情。

曹植对人生苦短的体验最为敏感,其诗赋中类似情感的抒发俯拾皆是。建安十六年(211),曹植新见宠于曹操①,随军西征马超,路过洛阳作《送应氏》二首,其二写道:"清时难屡得,嘉会不可常。天地无终极,人命若朝霜。"友人离别,更显清时嘉会之难得;人生苦短,徒羡天地时空之恒久。在描写贵族公子游乐生活的《名都篇》中,曹植写"白日西南驰,光景不可攀",给斗鸡走马的欢娱生活印上淡淡的伤感色彩。《赠徐幹》写"惊风飘白日,忽然归西山",《箜篌引》亦写"惊风飘白日,光景驰西流。盛时不再来,百年忽我遒",曹植以极度夸张的手法,形容时光短暂仿佛遭遇了惊风的偷袭,百年盛世转眼成空,给人以深刻的触动和无尽的慨叹。另如《浮萍篇》写"日月不恒处,人生忽若寓",日月亦非恒久不变者,生命就更像天地间匆匆的寄居客了。再如《节游赋》先写游园饮酒之乐,然后笔锋陡转,以"念人生之不永,若春日之微霜。谅遗名之可纪,信天命之无常"抒发乐极生悲之叹。《愁思赋》写悲秋之情,因秋景萧瑟联想到生命短暂,青春易老,神仙难慕,人寿有限:"居一世兮芳景迁,松乔难慕兮谁能仙。长短命也兮独何怨?"《慜志赋》写"岂良时之难俟?痛余质之日亏",美好的时光既不可待,自己的身体却在迅速亏损消磨。《闲居赋》写"何吾人而介特,去朋匹而无俦。出靡时以娱志,入无乐以销忧。何岁月之若骛,复民生之无常",抒发孤独、郁郁寡欢之情,以及光阴易逝、人生无常之慨叹。曹植诗赋对人生苦短的抒写,正是"一弹再三叹,慷慨有余哀"。

曹植生命的后期遭遇曹丕父子的抑制,作品更为悲凄,其《感节

---

① 《三曹年谱》言建安十五年(210)曹操宠爱曹植,虽又言"备考",但此年曹植确因登铜雀台作赋得到曹操赏识。参张可礼编著:《三曹年谱》,第113页。

赋》吟咏人生无常、生命短暂之悲,尤为令人动容①。赋作开篇写与友生同游,由征夫长勤之叹触发对时间流逝的忧惧:"惧天河之一回,没我身乎长流。"继而抒写想留住时间的幻想:"折若华之翳日,庶朱光之长炤。"再抒写欲化作飞鸟的幻想:"青云郁其西翔,飞鸟翩而上匿。欲纵体而从之,哀予身之无翼。"种种幻想破灭后,曹植以大风四起、黄尘冥冥、野兽惊散、草木落英来渲染内心的绝望哀伤,这段描写生动再现了一个人在命运与时间之流中苦苦挣扎、不甘心被埋没、不甘心被吞噬,最终却无从超脱与幸免的悲剧,读之令人怅然。

可见,曹植对人生苦短的书写,贯穿着他一生的创作,无论身处逆境还是顺境,无论正在经历人间痛苦,还是正在享受人世欢乐,对时光飞逝、生命短暂的慨叹总是如影随形,给他的文字濡染上悲凉感伤的色彩。

如果说建安文学中人生苦短的死亡书写在曹植作品中最为集中、敏感,那么最为消沉、灰心、绝望者则当推阮瑀,其《失题诗》言:

> 白发随栉坠,未寒思厚衣。四支易懈倦,行步益疏迟。常恐时岁尽,魂魄忽高飞。自知百年后,堂上生旅葵。②

诗人身被重病,白发脱落,身体惧寒,四肢倦怠,行动无力,疾病的折磨令他十分痛苦,时时感受到时光的飞逝和死亡的威胁,担心魂魄会突然离开躯体而去。而自己一旦死去,将无处觅踪,只余堂上旅葵顾

---

① 《全三国赋评注》认为此赋为曹植后期之作,赵幼文《曹植集校注》将其列入太和年间之作,二者观点出入不大。参龚克昌、周广璜、苏瑞隆评注:《全三国赋评注》,齐鲁书社 2013 年版,第 436 页;(三国魏)曹植著,赵幼文校注:《曹植集校注》,第 747 页。

② 林家骊校注:《阮瑀应场刘桢合集校注》,河北教育出版社 2013 年版,第 19 页。

自生长,生命的价值和意义竟无处依附。肉体和精神的双重痛苦,令诗人灰心绝望,充满恐惧和迷惘,这种情绪令诗歌不堪卒读。

《七哀诗》其一是阮瑀又一首沉痛绝望的死亡书写之作,诗中的描写前所未有,令人触目惊心:

> 丁年难再遇,富贵不重来。良时忽一过,身体为土灰。冥冥九泉室,漫漫长夜台。身尽气力索,精魂靡所能。嘉肴设不御,旨酒盈觞杯。出圹望故乡,但见蒿与莱。①

诗中描写美好易逝、生命短暂,人死之后堕入冥冥九泉、漫漫长夜,身体化为土灰。那失去躯体与气力的灵魂,也不能再有什么作为,连坟前祭祀洒扫的酒菜都无法享用,只能走出墓穴,眺望故乡,然而故乡遥不可及,只有满目蒿莱、遍地野坟。借用灵魂视角书写死亡体验,乃阮瑀首创,但这样的灵魂和死后世界,令人更加绝望灰心,丝毫不能给人以慰藉,与其说阮瑀相信灵魂与死后世界,不如说这是生活的苦难在诗人想象中的投射。可以说在阮瑀之前,未见如此消沉绝望之文字,令人对死亡充满恐惧和悲哀。

建安时期的死亡书写表现出浓郁的感伤悲怆情调,表现出死亡恐惧之下强烈的无助无力的情感体验,从这个意义上讲,建安文学是非常真实和坦诚的。这与建安文人无法得到直面死亡时的抚慰紧密相关,与他们身处乱世、深切地体会到生命的脆弱和无常紧密相关,也与建安文人更为珍视生命,更注重生命本身的价值和意义从而更加拒斥死亡紧密相关,这些正是个体自觉的表现。

---

① 林家骊校注:《阮瑀应玚刘桢合集校注》,第13页。

第二节　建安文人与死亡恐惧的抗衡

一、纵情享乐、积极有为、保己延年和乐天知命

汉代文学虽亦不乏对人生苦短的悲叹，但总体并不像建安文学那样沉重，而是以及时行乐的呼声、追求荣名的宣言和游仙想象的快乐抵御死亡恐惧，其中没有多少消沉绝望的情绪，有时反而略带玩世不恭的放纵气质。将汉代文学与建安文学相对照，更能凸显建安文学书写人生苦短体验的变化。

汉代乐府古辞《怨诗行》是一首别致的作品：

> 天道悠且长，人命一何促。百年未几时，奄若风吹烛。嘉宾难再遇，人命不可续。齐度游四方，各系太山录。人间乐未央，忽然归东岳。当须荡中情，游心恣所欲。①

这首诗最大的特点在于除了最后一句，其余每句都在书写死亡：人命匆促，如风中烛火，生命无法延续，每个人都难逃一死，尽管人间欢乐未央，但人们总是倏忽之间就一命归西了。连续五句，营造出步步紧逼的艺术效果，死亡就像一串一刻也不停止念诵的咒语，笼罩着世间的每一个人。然而作者并没有刻意抒发和渲染人生苦短的悲凉哀伤，只是客观冷静地告知读者，死亡是必然的，不可抗拒、不可逃避，所以人生在世，就请及时行乐、随心所欲吧。

东汉末年《古诗十九首》中的死亡书写亦表现出及时行乐的思想，代表作如《驱车上东门》：

> 驱车上东门，遥望郭北墓。白杨何萧萧，松柏夹广路。下有

---

① 逯钦立辑校：《先秦汉魏晋南北朝诗》，中华书局 1983 年版，第 275 页。

陈死人,杳杳即长暮。潜寐黄泉下,千载永不寤。浩浩阴阳移,
年命如朝露。人生忽如寄,寿无金石固。万岁更相送,贤圣莫能
度。服食求神仙,多为药所误。不如饮美酒,被服纨与素。①

诗人登高望远,遥看城北墓地。他不禁想到,在郁郁苍苍的松柏树
下,埋葬的死人们犹如堕进漫漫长夜,沉睡黄泉之下,千载不复苏醒。
这阴郁的想象唤起诗人内心对死亡的拒斥和恐惧,触发他内心人生
如寄的感慨。但他深知死亡是不可避免的,圣贤和凡人都无法从中
逃脱。那些服食求仙药希望长生不老的人,最后都上当受骗了。诗
歌从对死后黑暗冷寂情形的想象,转而联想到世间之人种种徒劳的
努力,最后得出不如及时行乐、享受现世生活的结论。

还有《迴车驾言迈》倡导对荣名的追求:

迴车驾言迈,悠悠涉长道。四顾何茫茫,东风摇百草。所遇
无故物,焉得不速老。盛衰各有时,立身苦不早。人生非金石,
岂能长寿考? 奄忽随物化,荣名以为宝。②

春天到来,万物复苏,草木新生,但这欣欣向荣的景象并没有令诗人
感受到快乐,反而令他意识到时间又流逝了一年,人又老了一岁。草
木荣枯的次数越多,人衰老的程度也就越深。仿佛只在倏忽之间,死
亡就将到来。唯有追求荣华名利,才能与死亡抗衡。诗歌以春季万
物生长的蓬勃生命力反衬人的渐趋衰老与颓废,二者的鲜明对比和
巨大反差颇有出人意表的艺术效果。

与此同时,游仙想象也是人们试图摆脱死亡困扰的方法。

---

① 逯钦立辑校:《先秦汉魏晋南北朝诗》,第 332 页。
② 逯钦立辑校:《先秦汉魏晋南北朝诗》,第 331 页。

郊庙歌辞《日出入》写道：

> 日出入安穷，时世不与人同。故春非我春，夏非我夏，秋非我秋，冬非我冬。泊如四海之池，遍观是邪谓何？吾知所乐，独乐六龙。六龙之调，使我心若。訾黄其何不徕下！①

周而复始、无穷无尽的日出日落，无休无止更替的四季，广袤无垠的四海之地，在这个背景之下，个体的生命如此短暂、渺小，仿佛要被时空的无限所吞噬。"时世不与人同"带来无尽的悲怆怅恨，唯有升天成仙、驾驭六龙才能叫人欢喜，故而诗歌结尾转为对神仙世界的呼唤和向往。《日出入》等《郊祀歌》作于汉武帝时期，反映了汉武帝好神仙的思想观念，同时也表现出时人的死亡恐惧，所以寄希望于神仙世界，以此寻求抚慰和解脱。

尽管人生苦短是一个沉重而令人低落感伤的话题，但汉代文人在及时行乐、纵心所欲、追求世俗荣华名利的人生宣言里，在游仙想象的快乐逍遥中，其死亡恐惧在满足个人欲望和逃避现实生活的方式中得到了一定程度的释放和抚慰，作品里的情感就不显得那么低落和沉重。在《驱车上东门》中，诗人悲叹"潜寐黄泉下，千载永不寤"，这只不过是感叹肉身无法复活，并非否认灵魂与死后世界的存在。事实上，汉代人较为普遍地相信死后世界的存在，由于相信人死后会作为"鬼"而存在②，继续享受生前的世俗生活③，所以死亡本身

---

① 逯钦立辑校：《先秦汉魏晋南北朝诗》，第 150 页。
② 余英时说，"在汉代，相信死后存在鬼根深蒂固且流传极广"。参余英时：《东汉生死观》，第 85 页。
③ 《东汉生死观》提到，从西汉到东汉，墓葬中的生活必需品越来越齐全，"死后生活变得完备无缺"，且"死后世界只是人间的延伸"。参余英时：《东汉生死观》，第 93 页。

就不会令人彻底地绝望和悲观。

不同于汉代文人的是，建安文人对死后世界和灵魂的怀疑，导致他们在面对死亡恐惧时无法得到抚慰，所以他们笔下的死亡书写有极为消沉、绝望的一面。同时，在他们与死亡恐惧抗衡的过程中，亦与汉代人一样，借助在生活中放纵享受、追求功名以及沉浸游仙想象等方式达成目的，但是，因为与死亡恐惧的极度对立，他们被激发出比汉代文人更为积极进取的生活态度，其价值观也表现出更多利他的成分。

关于建安文人纵情任性，罗宗强《魏晋南北朝文学思想史》列举了曹操、曹植、曹丕不置威仪、脱略礼法之种种行为，以及建安文人在诗歌中表现出的种种纵乐情形①；孙明君《建安士风的走向》一文亦言建安文人"饮酒不节、喜好俗乐、两性关系上突破了礼教束缚、生活中充分展现其个性"等等②。

建安文人纵情享乐的情形，在他们留下的诗文中也有书写。曹丕《与吴质书》曰："每念昔日南皮之游，诚不可忘。……高谈娱心，哀筝顺耳。……白日既匿，继以朗月，同乘并载，以游后园。"《又与吴质书》曰："昔日游处，行则连舆，止则接席，何曾须臾相失！每至觞酌流行，丝竹并奏，酒酣耳热，仰而赋诗。"可见曹氏兄弟与建安诸子歌舞欢宴、诗酒优游、夜以继日的盛况。从当时留下来的诗歌，还可见众人尽情尽兴、乐不知疲的情景：曹植《公宴诗》"公子敬爱客，终宴不知疲"，应玚《侍五官中郎将建章台集诗》"公子敬爱客，乐饮不知疲"，王粲《公宴诗》"常闻诗人语，不醉且无归。今日不尽欢，含情欲待谁"，刘桢《公宴诗》"永日行游戏，欢乐犹未央"③，这些诗句不约

① 罗宗强：《魏晋南北朝文学思想史》，第9—10页。
② 孙明君：《汉魏文学与政治》，第114页。
③ 以上所列诗歌，《建安七子年谱》均系于建安十六年阮瑀等六子与曹氏兄弟在邺中宴集时所作。参俞绍初辑校：《建安七子集》，中华书局2005年版，第431—432页。

而同地描绘了当时人们纵情诗酒、及时行乐的生活场景。繁钦《与魏太子书》一文,记录了自己访求"异妓"以供享乐一事,文中对薛访车子的音乐口技进行了生动描绘,并希望曹丕早日将公务处理完毕以欣赏精彩的表演,并言"宴喜之乐,盖亦无量"①,可见当时士人追求声色之娱的风气。而当时的主人五官中郎将曹丕,又是一个轻礼法、重女色之人。《世说新语·贤媛》载:"魏武帝崩,文帝悉取武帝宫人自侍。"②此乃小说家言不足为据,但曹丕重色轻礼、放纵情欲实非空穴来风,他曾因"见其颜色非凡"而纳袁熙妇甄氏为妻,又不顾大臣反对而令郭氏"因爱登后"③,这些均见于史书记载。

　　建安文人沉迷声色、纵情享乐的时风,与他们强烈的死亡恐惧情绪分不开,他们用这样任性的方式来与死亡威胁所带来的感伤消沉甚至绝望的情绪抗衡,在声色犬马中寻求生命的慰藉。但是,耐人寻味的是,当建安文人书写死亡时,他们却并不呼吁或标榜及时行乐。

　　如上所述,建安文学中有很多关于纵情享乐的书写,也有很多关于人生苦短的书写,但在建安文人笔下,这二者之间一般没有必然联系,也就是说文人并不将享乐主义作为慰藉人生苦短的最终选择。比如诗歌名篇曹操《短歌行》,诗人虽然写"何以解忧?唯有杜康",然而饮酒作乐并非他解脱人生苦短愁绪的手段,诗人的愿望,在于建立天下一统的大业,"周公吐哺,天下归心",这才是他用来抗衡死亡

① 《与魏太子书》,引自《三曹七子之外建安作家诗文合集校注》。参张兰花、程晓菡校注:《三曹七子之外建安作家诗文合集校注》,河北教育出版社2013年版,第58页。
② 徐震堮:《世说新语校笺》,中华书局1984年版,第364页。
③ 《三国志·后妃传》甄皇后本传注引《魏略》记载曹丕因甄氏颜色非凡而称叹,曹操遂为之迎娶一事。郭皇后本传记载栈潜进谏曹丕不要"因爱登后,使贱人暴贵",但曹丕不从,仍立郭氏为后一事。(晋)陈寿撰,(宋)裴松之注:《三国志》,中华书局1959年版,第160—165页。

恐惧的根本方法,这与汉代诗歌主张及时行乐有根本区别。曹丕在建安文人中是比较特殊的存在,他较少抒发建功立业之想,但是也并不主张以及时行乐去对抗人生的短暂。在《大墙上蒿行》中,他反复慨叹人生苦短:"四时舍我驱驰,今我隐约欲何为?""人生居天壤间,忽如飞鸟栖枯枝。我今隐约欲何为?"曹丕铺陈人生中的种种美事诸如"佩服之美,宫室、女乐、酒醴之盛",似乎希冀以此获得慰藉①,然而他最终并没有得到内心的宁静和满足,而是更为伤感地哀叹"为乐常苦迟圆,岁月逝,忽若飞,何为自苦,使我心悲",整首诗歌至此余哀未尽。在直面死亡威胁的时候,大多数建安文人提倡建功立业、留名后世以求不朽,以实现人生价值来与死亡恐惧抗衡,表现出积极昂扬的时代精神。

　　面对朝露一般短暂的人生,曹操抒写"周公吐哺,天下归心",曹植《薤露行》写"人居一世间,忽若风吹尘。愿得展功勤,输力于明君",陈琳《游览诗》其二言"骋哉日月逝,年命将西倾。建功不及时,钟鼎何所铭。收念还房寝,慷慨咏坟经。庶几及君在,立德垂功名",吴质《思慕诗》言"随没无所益,身死名不书",无不以积极有为的姿态直面无情的死亡。曹植《与杨德祖书》言"辞赋小道,固未足以揄扬大义,彰示来世也",又言"吾虽德薄,位为藩侯,犹庶几勠力上国,流惠下民,建永世之业,流金石之功"。身后之名、永世之业、金石之功,都是针对今生的短暂而言,都意味着传之后世、不被磨灭的声名。

　　生命的短暂与脆弱是无法逃避的,死亡终将来临并结束一个人所有的追求和梦想,唯有寄希望于传之后世的声名,方可超越生命的有限性。曹植在他的诔文中,也一再表达了这样的观念。其《任城王诔序》言"凡夫爱命,达者徇名。王虽薨徂,功著丹青。人谁不没? 贵有遗声",《王仲宣诔》言"人谁不没,达士徇名,生荣死哀,亦孔之

① 夏传才、唐绍忠校注:《曹丕集校注》,第30页。

荣",曹植反复强调"达者徇名",提出"人谁不没？贵有遗声",正是
要表明一个人生前的美好名声,是其人生价值和意义的体现,可以流
传后世,超越生命的长度,故而可以用来对抗死亡恐惧,令人心得到
抚慰。即使很少作豪壮之言的曹丕,其《又与吴质书》里亦写道:"少
壮真当努力,年一过往,何可攀援!"惜时奋发,正是曹丕对待有限人
生的态度。《又与吴质书》结尾处,曹丕深情地问询吴质"顷何以自
娱？颇复有所述造否"①,这句话的深意在于,曹丕希望吴质在有生
之年多写文章,从而超越短暂的人生,实现自己生命的价值,这与曹
丕以"撰其遗文,都为一集"的方式来纪念逝去的建安诸子,用意正是
一致的。

　　建安文人这种心态与叔孙豹"三不朽"论、屈原欲立修名的思想
一脉相承,其本质都在于借助实现生命的价值来对抗生命的有限性,
对抗死亡带来的恐惧和焦虑,是由死亡的必然性触发的思考和行为。
这种积极有为的观念,尤其对于有志之士而言,能起到激发勇气和力
量的作用。而且,建安文人所追求的功业,与《回车驾言迈》所说的
"荣名以为宝"相比,具有更多的利他性。荣名以为宝偏重个人声名
和利益,主要是利己的,而曹操的"周公吐哺,天下归心",曹植的"勠
力上国,流惠下民",其功业与整个国家和百姓的利益分不开。

　　建安文学中,亦有以养生之道与天命观慰藉死亡恐惧的,如曹丕
《芙蓉池作》言"寿命非松乔,谁能得神仙。遨游快心意,保己终百年",
与曹操《步出夏门行·龟虽寿》所言"盈缩之期,不但在天。养怡之福,
可得永年"一样,都是主张通过养生延年益寿以对抗生命的有限性,这
是进步的思想,也是珍惜生命的贵生思想的体现,这种思想是建安文人
人道精神的基础,这将在下文中予以论述。曹植《箜篌引》言"生存华
屋处,零落归山丘。先民谁不死,知命复何忧",则是将人无不死的事实

---

① 夏传才、唐绍忠校注:《曹丕集校注》,第111页。

视为天命，主张人应当乐天知命，以此对抗死亡恐惧。

二、诗人临终与现实社会的决裂

以视死如归的方式表达与现实社会的决裂和抗争，主要见于绝命辞。绝命辞的特殊性在于，它们是作者临终前留下的文字。当死亡迫近，生命处在最后一刻，作者内心的所思所想，没有深思熟虑、字斟句酌、吟哦再三的机会，绝命辞所表现的，是作者内心最直接、最纯粹的反应。

建安孔融有《临终诗》，叙写自己临终前对自身命运的反思以及对现实的谴责批判：

> 言多令事败，器漏苦不密。河溃蚁孔端，山坏由猿穴。涓涓江汉流，天窗通冥室。谗邪害公正，浮云翳白日。靡辞无忠诚，华繁竟不实。人有两三心，安能合为一。三人成市虎，浸渍解胶漆。生存多所虑，长寝万事毕。①

孔融晚年屡屡反对曹操，并多有嘲弄讥讽，深为曹操忌恨。《后汉书·郑孔荀列传》记载，"曹操既积嫌忌，而郗虑复构成其罪，遂令丞相军谋祭酒路粹枉状奏融"，路粹给孔融罗织了诸如招合徒众、欲规不轨，谤讪朝廷，不遵朝仪、唐突宫掖，跌宕放言，大逆不道等罪名，孔融下狱弃市，时年五十六，妻子皆被诛②。陈寿《三国志》卷十二对孔融之死有如下议论："太祖性忌，有所不堪者，鲁国孔融，南阳许攸、娄圭，皆以恃旧不虔见诛。"③可见，孔融所为，不过是言语行为放任，

---

① 杜志勇校注：《孔融陈琳合集校注》，第 11 页。
② 《后汉书》，第 2278 页。
③ 《三国志》，第 370 页。

谨慎不足;对曹操有恃无恐,恭敬不足。虽然有论者认为孔融忠于汉室并试图阻止曹操政治野心的扩张,但事实上孔融也并没有采取实质性的反对曹操的行动。所以,仅因放任言语而惨遭弃市的孔融,可谓蒙受了天大的冤屈,遭遇了最残忍的对待,其胸中的愤激悲怆是无法形容的。他反省自身言多必失、祸从口出,他分析自身陷入绝境的原因乃是由于微小祸端的长期累积,他斥责谗邪小人妨害公正,他批评浮夸言辞缺乏忠诚,他揭露小人各怀私心,他痛恨谣言惑众,他感叹人生诸多烦恼,不如长眠了却万事。

作为一首绝命辞,孔融《临终诗》在表现出直面死亡的愤激悲怆之情时,亦表现出判断局势的清晰逻辑,对世事人情的冷静洞察,以及对谗邪势力的严正谴责,对浮夸轻信风气的痛恨惋惜,对自身命运的无奈认同——在离死亡最近的人生节点,《临终诗》对死亡本身的书写仅"长寝万事毕"一句,视死亡为脱离尘世纷扰的途径和归宿。在其他类型的死亡书写中,常可见到关于死亡的各种想象,但在绝命辞中,尤其是当死亡在意料之外到来时,作者呈现出的多为由命运的不公激发出的与现实紧张对立的情绪,这种情绪充满对现实世界的失望和不满,并最终促使作者视死如归,以拥抱死亡的态度表达与现实世界的决裂;与此同时,死亡恐惧在现实与自我的激烈对立之中,被冲淡和有意忽略了。

汉代留存的绝命辞可与孔融之作参看。西楚霸王项羽垓下被围,四面楚歌,他和虞姬都唱出了一生中最后的心声,项羽作《歌》:

> 力拔山兮气盖世,时不利兮骓不逝。骓不逝兮可奈何,虞兮虞兮奈若何?①

---

① 逯钦立辑校:《先秦汉魏晋南北朝诗》,第89页。

虞姬作《和项王歌》：

> 汉兵已略地，四方楚歌声。大王意气尽，贱妾何乐生。①

英雄项羽一生威赫的功绩与最终穷途末路的悲愤无奈，虞姬满怀的忠贞之情，还有对大王意气已尽的无限怅恨哀怨，都凝聚在短短的诗歌中。死亡来得猝不及防，项王和虞姬不约而同地表达了赴死的决心，而不是对生命的留恋和对死亡的恐惧，对于他们而言，生命存在的意义和价值——项王的盖世功绩、虞姬的旷世情意，都已经彻底无所依附，他们万念俱灰，别无选择，死亡成为最好的归宿。

少帝刘辩被董卓鸩杀前亦作《悲歌》：

> 天道易兮我何艰，弃万乘兮退守蕃。逆臣见迫兮命不延，逝将去汝兮适幽玄。②

一再退让自保，最终为叛臣加害的悲惨命运，令未成年的少帝深感悲愤和无奈，他感叹局势突变，自身命运何其艰难，这是诘问，也是愤恨的心声。他以"幽玄"描述死后之地的漆黑深幽，但为了远离叛臣董卓，他宁愿前往死地。

项王、虞姬、少帝的绝命辞都是在死亡突如其来的情境下所作，死亡在意料之外迫近，激发了他们心中莫大的惊愕与悲愤，现实的绝境带来的压力，比死亡更加令人绝望窒息，所以他们不约而同地表达出赴死的决心和勇气。

对于孔融而言，突如其来的迫害，激发了他内心深处对现实世界

---

① 逯钦立辑校：《先秦汉魏晋南北朝诗》，第89页。
② 逯钦立辑校：《先秦汉魏晋南北朝诗》，第191页。

的激烈反抗和对立,这与项羽、虞姬以及少帝刘辩的临终感受正好有着本质上的相通之处,他们因此均视死亡为最好的归宿。

与以上绝命辞比较相似的还有汉代留存的部分遗嘱,其特征在于以自身的丧葬方式来表达与现实社会的对立和抗争。如赵岐《遗令敕兄子》抒发"有志无时,命也奈何"之牢骚怅恨,其《临终敕其子》言"我死之日,墓中聚沙为床,布簟白衣,散发其上,覆以单被,即日便下,下便掩",在薄丧薄葬的要求中,隐隐包含着不苟同人世并与人世决裂的意愿。

范冉《遗令敕子》嘱咐后人对自己薄丧薄葬,并明确表示自己要以这样的丧葬方式区别于世间的淫侈之俗:

> 吾生于昏暗之世,值乎淫侈之俗,生不得匡世济时,死何忍自同于世。气绝便敛,敛以时服,衣足蔽形,棺足周身,敛毕便穿,穿毕便埋。其明堂之奠,干饭寒水,饮食之物,勿有所下。坟封高下,令足自隐。知我心者,李子坚、王子炳也,今皆不在,制之在尔,勿令乡人宗亲有所加也。①

即使死后也不肯"自同于世",要以彻底的薄葬方式表达对昏暗之世的不满和不妥协。

再如李固因得罪梁冀,下狱而死,其《临终敕子孙》言自己乃戴罪之身,不得葬于祖坟:

> 素棺三寸,幅巾,殡殓于本郡垚埠之地,不得还墓茔,污先公兆域。②

---

① （清）严可均辑:《全上古三代秦汉三国六朝文》,第849页。
② （清）严可均辑:《全上古三代秦汉三国六朝文》,第737页。

李固要求薄丧薄葬,固然有着"污先公兆域"的担心,但其所言也不乏对梁冀擅权的不满与愤懑,对自己遭遇诬陷与迫害的命运的悲愤,同时他也预料到自己死后会连累家人,归葬祖坟并非易事。果如其所料,《后汉书·李杜列传》记载,李固死后,其子李基、李兹亦下狱致死,唯李燮逃脱,且"冀乃封广、戒而露固尸于四衢,令有敢临者加其罪"①。

　　在这些遗嘱和绝命辞中,死亡书写的独特性在于当作者与现实处于紧张对立状态时,往往会达成对死亡的认同以及与死亡的和解,表现出视死如归的情态。即将到来的死亡不再充满恐惧,而是成为作者表达不满、与现实抗争的途径,虽不免悲怆感伤,却又因其与现实决裂的果决之意平添了赴死的勇气和悲壮。

三、建安文人尊重、爱惜生命的人道精神

　　建安文学的死亡书写蕴含着尊重、爱惜生命的人道精神,突出体现在凭吊、哀悼题材的作品中。

　　汉代文学中凭吊题材的死亡书写,目的主要在借古鉴今。如司马相如随汉武帝田猎,过宜春宫,作《哀秦二世赋》:

　　　　坟墓芜秽而不修兮,魂亡归而不食。夐邈绝而不齐兮,弥久远而愈休。精罔阆而飞扬兮,拾九天而永逝。②

司马相如凭吊秦二世胡亥,哀叹他"持身不谨、亡国失势、信谗不寤",以致宗庙灭绝、坟墓荒秽、祭祀不享,最后灵魂无依消逝于九天。赋作以古为鉴讽谏汉武帝,同时也描写了秦二世墓地的荒凉破败,感叹

---

① 《后汉书》,第 2088 页。
② (清)严可均辑:《全上古三代秦汉三国六朝文》,第 244 页。

孤魂无依，飘散九天，无人祭祀供养。生前贵为帝王的秦二世，死后落得如此下场，具有警醒后世的效果。

建安文学中凭吊题材的死亡书写，即曹植、王粲、阮瑀咏"三良"的诗作，则具有更为丰富深刻的内涵。"三良"是指为秦穆公殉葬的子车氏三子。据考古发现，中国古代社会早在夏代确立殉葬制度，商代达到高峰，随着文明的成熟和制度的变化，至西周时，人殉制度渐趋衰落。春秋战国时期，殉葬制度仍有残存，在秦国这样相对偏远的国家甚至盛行人殉风气，最残酷的人殉事件，就是秦穆公死后以一百七十七人殉葬。其中，子车氏三子是当时有名的贤臣，他们与奴隶一起殉葬，引起了秦人的普遍同情和对秦穆公的不满，《诗经·秦风·黄鸟》即是对这一事件的控诉①。《黄鸟》悼念子车氏三子，主要表达对被殉良人的痛惜之情，如前所述，"临其穴，惴惴其栗"的描写，表现了殉葬者遭遇活埋之前的心理情状以及这种惨状给予观者的感受。

《黄鸟》主要表达对三良从死的痛惜之情，为国家痛失良才而惋惜不已，对穆公以良人为殉的残忍进行了批判控诉。《诗经》时代人们尚没有鲜明的痛惜生命本身的意识，故而表示愿以百夫代替三良赴死，且对一同殉葬的一百多名奴隶的生命无动于衷。到了建安时期，珍惜生命的意识逐渐清晰，对三良的评价也有了相应的变化。曹植《三良》言：

> 功名不可为，忠义我所安。秦穆先下世，三臣皆自残。生时等荣乐，既没同忧患。谁言捐躯易？杀身诚独难！揽涕登君墓，临穴仰天叹。长夜何冥冥，一往不复还。黄鸟为悲鸣，哀哉伤肺肝。②

---

① 参看《中国丧葬史》第一、二、三章关于殉葬制度的介绍。徐吉军：《中国丧葬史》，武汉大学出版社 2012 年版，第 6—199 页。

② （三国魏）曹植著，赵幼文校注：《曹植集校注》，第 200 页。

王粲《咏史诗》言：

> 自古无殉死，达人共所知。秦穆杀三良，惜哉空尔为。结发事明君，受恩良不訾。临殁要之死，焉得不相随？妻子当门泣，兄弟哭路垂。临穴呼苍天，涕下如绠縻。人生各有志，终不为此移。同知埋身剧，心亦有所施。生为百夫雄，死为壮士规。黄鸟作悲诗，至今声不亏。①

阮瑀《咏史诗》其一言：

> 误哉秦穆公，身没从三良。忠臣不违命，随躯就死亡。低头窥圹户，仰视日月光。谁谓此可处？恩义不可忘。路人为流涕，黄鸟鸣高桑。②

　　张可礼等编选《曹操、曹丕、曹植集》评曹植咏三良之诗，认为曹植一方面基于君臣之道歌颂三良的忠义，一方面立足于人道，痛惜三良遭杀身之祸。这反映了古代愚忠愚孝和人道之间的矛盾，昭示了曹植重忠义而又珍惜生命的价值观③。此论十分精到。曹植《三良》虽肯定"功名不可为，忠义我所安"，但更多的笔墨，却用在诉说对生命本身的痛惜悼念，以及对死亡的抗拒："谁言捐躯易？杀身诚独难！揽涕登君墓，临穴仰天叹。长夜何冥冥，一往不复还。黄鸟为悲鸣，哀哉伤肺肝。"

---

① 张蕾校注：《王粲集校注》，河北教育出版社 2013 年版，第 21 页。
② 林家骊校注：《阮瑀应场刘桢合集校注》，第 10 页。
③ 张可礼、宿美丽编选：《曹操、曹丕、曹植集》，凤凰出版社 2014 年版，第 164 页。

　　相形之下，阮瑀诗歌中"忠臣不违命""恩义不可忘"似乎少了一些人道的关怀，多了一些对忠义的褒扬。但阮瑀诗歌比较委婉含蓄，在"低头窥圹户，仰视日月光"以及"路人为流涕，黄鸟鸣高桑"的抒写中，蕴含着对生命的痛惜悼念和对死亡的恐惧。王粲诗歌开篇批评殉葬的残忍，表达对三良的痛惜，但后半部分却开始歌颂三良死得其所，突出三良因"结发事明君，受恩良不訾"而从死，乃是"人生各有志"，并以"生为百夫雄，死为壮士规"作结，肯定这种以死报恩的行为。

　　建安十六年(211)，曹植、王粲、阮瑀等随曹操西征马超，归途道经三良墓，故有此作①。对于曹植而言，身为公子，又新得宠于曹操，正是任情纵性之时，作诗但求展示才情识见，不必曲意逢迎。而王粲、阮瑀作为随军的文学侍从，则表现出一定的迎合曹操之意。王粲诗歌非常明显地表达了"士为知己者死"的意愿，情绪昂扬地暗示了自己报效曹操的决心。诗歌最后以"黄鸟作悲诗，至今声不亏"的高昂语调作结，纯然以歌颂三良的忠义为主，表现出着意于建功立业、飞黄腾达的"躁竞"心思。阮瑀虽委婉肯定了知恩图报的行为，似乎亦以此暗示了自己对曹操的忠心，但他用笔隐晦，诗歌情绪低落哀怨，相比王粲而言，政治意味减少，对于死亡的敏感以及对生命意义的思考成分增强。其诗歌以"路人为流涕，黄鸟鸣高桑"结尾，似有无尽余哀。

　　方东树《昭昧詹言》卷二认为王粲咏三良诗较曹植更胜一筹，称其文势浩瀚，意本屈子②。这种观点正是忽视了曹植诗歌的人道关怀而强调愚忠愚孝的结果，况且屈原因楚国将亡而在绝望悲哀中投

---

① 俞绍初辑校：《建安七子集》，第 436 页；张可礼编著：《三曹年谱》，第 118 页。
② （清）方东树著，汪绍楹校点：《昭昧詹言》，人民文学出版社 1961 年版，第 76 页。

江殉国,是主动的选择,是其人身价值的体现,三良被要求殉葬,乃是被动的决定,是与文明相对立的野蛮与蒙昧的表现,此二者是不能够相提并论的。

王粲所表达的以死报恩的观念,建安早期祢衡在《鹦鹉赋》中亦有类似表达:"期守死以报德,甘尽辞以效愚。"古代中国舍生取义的精神传统由来已久,《孟子·告子上》言:"生,亦我所欲也;义,亦我所欲也。二者不可得兼,舍生而取义者也。"《史记·刺客列传》亦肯定荆轲等人"士为知己者死"的报恩行为。在人生价值的天平上,忠义孝道的砝码显然重于生命本身。东汉末年邯郸淳《孝女曹娥碑》即为表彰孝烈而作。《后汉书·列女传》载:汉安二年(143)五月五日,曹娥年十四岁,其父曹盱在祭祀潮神时被大浪卷走,其尸身无处可寻,曹娥在岸边悲泣十七天后,投江而死①。《孝女曹娥碑》描写观者目睹曹娥投江殉父之后"千夫失声,悼痛万余"的情形,但碑文的写作目的不是为了寄托哀思,而是为了表彰孝烈,纪念曹娥殉父的行为,并将其树为榜样,"生贱死贵,利之义门"即是邯郸淳对曹娥人生价值的总结和褒扬。在主张忠义孝道高于生命的思想传统中,曹植、王粲、阮瑀对忠义的肯定是必然的,但曹植同时又能表现出珍惜生命的人道精神,殊为不易。

杨修被杀后,卞夫人修书杨修之母袁氏以表抚慰,其《与杨彪夫人袁氏书》可算吊唁之作,信中言"卞姓当时亦所不知,闻之心肝涂地,惊愕断绝,悼痛酷楚,情不自胜",虽然是带有公文礼仪性质的安抚之文,但卞夫人的言语主要表达了对于杨修之死的痛悼悲伤之情,完全是站在一个母亲的立场上,对另一个母亲的感同身受。应当说,卞夫人对袁氏的安抚之辞有很可贵的一面,她委婉地强调了军法、军令的重要性,表明曹操虽"性急忿然",但"在外辄行军法",处死杨修

---

① 《后汉书》,第 2794 页。

也在情理之中;同时,她又真挚地表达了对生命逝去的极度痛惜,即便是有违军令、触犯军法之人,其生命也是可贵的、无可替代的,而一个母亲失去爱子的伤痛也是不可弥补的。曹植与他母亲的观点和行为代表了建安时期对个体生命的重视与尊重,这也是建安时期人性进一步觉醒的明证。

　　建安文学对夭折婴童的情感,也体现出人道精神。魏明帝曹叡失去平原公主后极为哀痛,虽然平原公主生年尚不过百日,魏明帝却为其隆重治丧,赐予谥号,营造陵墓,还为之适配冥婚,此种过于奢侈、不理性的行为虽不可取,但足见魏明帝对平原公主的喜爱和恩宠,以及失去她之后的悲痛之深。曹植《平原懿公主诔》记叙了平原公主盛大的丧事,表达了对其夭亡的痛惜之情,同时还塑造了活泼可爱、栩栩如生的平原公主形象,虽为应制之作,却也倾注了曹植对孩童的慈爱怜惜之情,与他为自己夭折的女儿金瓠、行女所作哀辞的情感相通,令人感受到曹植温柔重情的内心世界。《世说新语·伤逝》载:"王戎丧儿万子,山简往省之,王悲不自胜。简曰:'孩抱中物,何至于此!'王曰:'圣人忘情,最下不及情;情之所钟,正在我辈。'简服其言,更为之恸。"①这个故事所谓情之所钟之辈的作为,正是魏晋时期重情社会风气的表现,伤夭作品中昙花一现般的生命,也拥有与其他个体生命同样的尊严和存在的意义,并给世间留下美好回忆,给亲人留下无尽的痛惜和思念,而不是被视为"抱中物"那样无知无觉无价值的存在。建安时期书写夭折之痛的作品还有曹植《慰子赋》《金瓠哀辞》《行女哀辞》《仲雍哀辞》、王粲《伤夭赋》,以及曹丕《曹仓舒诔》和《悼夭赋》,这些作品对生命夭折之痛的抒写,集中表现了建安文人对个体生命的珍视。

　　如前所述,建安文人对个体生命的珍视与贵生思想有关,贵生是

---

① 徐震堮:《世说新语校笺》,第 349 页。

道家思想的一项重要内容。尚学峰论以《古诗十九首》为代表的汉末文人五言诗，认为东汉文人援引老庄的贵生及法天贵真的主张以满足其享乐需要，是产生这些作品的重要原因。由于崇尚自然，道家格外珍视人的自然生命，反对为外在的功利追求而伤生害性，这就是贵生①。建安文学中受道家思想影响的贵生意识，与汉末五言诗一脉相承，并有所发展，所以建安文人更加珍惜生命，重视一切生命的价值，他们能够穿越时空，痛悼先秦时期被迫殉葬的生命；他们更能着眼当下，为逝去的生命唱出哀歌。在贵生思想影响下，建安哀悼文学发展起来。在珍惜生命的意识中，建安文人对女性也表现出了更多的关注和同情。

　　建安文人尊重和爱惜个体生命，尤其曹植能将生命逝去的痛苦悲哀与忠义道德相提并论，他对三良殉葬"谁言捐躯易？杀身诚独难！揽涕登君墓，临穴仰天叹"的评述，写出了面对死神之时三良内心的恐惧心理以及后人的慨叹唏嘘，这种人道精神是在对死亡恐惧共情的基础上产生的，所以，面对死亡的无情，最有效的抗衡方式是努力地活着，而尊重和爱惜生命，无疑是最重要的前提。从这个意义上讲，建安文人尊重生命、爱惜生命的人道精神，也是与死亡恐惧抗衡的方式。

第三节　存亡永别离的痛楚与文学表达

　　建安时期，在文人对死亡恐惧的深刻体验和积极抗衡过程中，寄托哀思、抒发悲情的哀悼之作得到极大发展，出现了许多哀悼题材的诗赋以及专门的哀辞、诔文等，具有哀悼色彩的书写战乱死亡情景的

---

① 尚学峰：《道家思想与汉末文人五言诗》，《北京师范大学学报》（人文社会科学版）2000 年第 5 期。

诗歌也较前代增加。哀悼题材的作品不仅呈现出建安文人对生命的强烈关爱和珍惜意识以及可贵的人道精神,还在艺术手法上有创新和发展。

一、时代悲剧背景下建安哀悼之作的兴起

阮瑀《驾出北郭门行》写一个遭受后母虐待的孤儿,到亲母坟前哀哭:

> 上冢察故处,存亡永别离。亲母何可见,泪下声正嘶。弃我于此间,穷厄岂有赀。①

“存亡永别离”,正是死亡带给人间最大的痛苦,死亡的不可逆转,生死的无法交流,带给人们椎心泣血之痛、绝望灰心之感与无可奈何之叹。

汉末盗贼蜂起、战乱连年,天灾人祸不断,突显出人如草芥、生命无常的残酷现实。生离死别随处可见,建安文人笔下尸横遍野、颓败萧条的悲惨场景,仿佛时代的挽歌,传达出整个社会的伤痛:曹操《蒿里行》言“铠甲生虮虱,百姓以死亡。白骨露于野,千里无鸡鸣”;王粲《七哀诗》言“出门无所见,白骨蔽平原”;曹植《送应氏》其一言“洛阳何寂寞,宫室尽烧焚。垣墙皆顿擗,荆棘上参天。不见旧耆老,但睹新少年”;蔡琰《悲愤诗》写董卓作乱,胡羌士兵屠杀掳掠中原百姓,以致“斩截无孑遗,尸骸相撑拒。马边悬男头,马后载妇女”;表现劳役之苦的陈琳《饮马长城窟行》言“君独不见长城下,死人骸骨相撑拄”。

中国古代历史上战乱频繁,但战争题材文学作品中的死亡书写

---

① 林家骊校注:《阮瑀应玚刘桢合集校注》,第 7 页。

在先秦时代非常少见,汉代战争题材中的死亡书写亦不多,仅鼓吹曲辞《战城南》这首独特的作品给人深刻印象:

> 战城南,死郭北。野死不葬乌可食。为我谓乌,且为客豪。野死谅不葬,腐肉安能去子逃。①

这段描写惨烈、残忍、奇异,寄托了深厚的哀思。死寂的战场上,将士们暴尸荒野、群鸦啄食尸身的情景令人触目惊心,而人乌对话的奇特设想,催人泪下。死亡已是无可逆转的悲剧,对死去的人唯一能做的事情,是给予好的安葬,然而暴尸荒野的将士想必是得不到安葬的,所以诗人只求乌鸦为之号丧以表达对死者的哀悼。惨烈、可怖的死亡场景,传达出深沉的痛惜哀伤之情,无言地控诉着战争的罪恶。

与之不同的是,建安文学关于战乱的死亡书写,不像《战城南》那样将描写场景锁定为某一场战争,亦没有《战城南》中对死亡场景的细节渲染与奇特想象,建安文学中关于战争的死亡书写多是概括和全景式描写,传递给读者的不是一场战事之后的灾难,而是涵盖整个时代、整个社会以及牵连所有人的战争悲剧,战乱、饥荒、瘟疫和死亡成为生活的常态,这是历史事实,也是文人笔下展现的巨大心理创痛。

正因为如此,死亡得到建安文人的普遍关注,他们表现出对时代社会的关注、对苍生百姓的悲悯以及对生命逝去的感伤悲悼。

哀悼题材诗赋以及哀辞、诔文在这个时期大力发展起来。建安时期的哀悼作品主要由曹植创作,共有诔文 8 篇,哀辞 3 篇,以及悼夭的《慰子赋》。另有王粲《伤夭赋》和悼念亡友的《思友赋》,以及曹丕的《曹仓舒诔》及《悼夭赋》。曹植、王粲、阮瑀的咏"三良"诗歌为凭吊之作,亦抒发了哀悼之情。

---

① 逯钦立辑校:《先秦汉魏晋南北朝诗》,第 157 页。

建安时期最感人的悲悼之作当数悼夭之作、思念亡故亲友之作以及曹植的诔文,前二者在写法上一般侧重于抒写悲怀、表达思念之情,诔文的写作重点则在于抒写墓室之门关闭之时生死永隔瞬间的痛苦。

二、悼夭思友之际的思念追寻之痛

悼夭思友之作,其写作时间离哀悼对象的死亡时间,往往已有一定的间隔,所以主要抒发对逝去者的思念和追忆。诔文则主要书写逝去者下葬时的情形,故而主要抒发生死永隔瞬间的撕心裂肺之痛。尽管都是抒发存亡永别离的痛苦之情,但它们在写作手法和情感表达上是有所区别的。

建安悼夭之作主要包括哀辞和悼夭赋。生命夭亡在医疗有限的古代社会十分常见,曹植《慰子赋》以及《金瓠哀辞》《行女哀辞》《仲雍哀辞》《平原懿公主诔》、王粲《伤夭赋》、曹丕《曹仓舒诔》《悼夭赋》①,都是为夭亡之人所作。《文心雕龙·哀吊》言"以辞遣哀,盖不泪之悼,故不在黄发,必施夭昏"②,意思是哀辞主要为悼念夭亡之人,故而"情主于痛伤,而辞穷乎爱惜"③。人生苦短,夭亡的生命更如昙花一现,尤为令人痛心惋惜,所以这类作品往往极写生命的脆弱短暂,如曹丕《曹仓舒诔》言"惟人之生,忽若朝露",曹植《仲雍哀辞》言"哀绵绵之弱子,早背世而潜形。且四孟之未周,将何愿乎一龄",曹植《行女哀辞》言"方朝华而晚敷,比晨露而先晞"。

生命夭折的悲剧,往往引发人们对命运和上天的埋怨。王粲《伤

---

① 曹叡之女平原公主百日而亡,曹操幼子曹仓舒十三岁而卒,均尚未成年,曹植、曹丕为之作诔文,属于悼夭题材,但诔文与哀辞写法又有所不同,所以本书在悼夭和诔文两部分都会涉及这两篇作品。
② (梁)刘勰著,陆侃如、牟世金译注:《文心雕龙译注》,第209页。
③ (梁)刘勰著,陆侃如、牟世金译注:《文心雕龙译注》,第212页。

夭赋》言"哀皇天之不惠,抱此哀而何诉",将一腔无处可诉的哀怨之情,化作对上天不施恩惠的控诉。曹植《金瓠哀辞》言"不终年而夭绝,何见罚于皇天? 信吾罪之所招,悲弱子之无愆",更是由问天变而为罪己,认为是自己的罪过给无辜的孩子招来了祸殃。问天与罪己,都反映出面对生命夭亡的悲剧之时人们内心巨大的无力感,他们试图反抗这命运,但是却连反抗的对象都找不到,命运本身就像上天一样,只不过是一片虚空,只有哀告无门的悲惨痛苦心理,无时无刻不在啮噬着生者的心。

睹物思人,是伤夭作品最常见的抒情方式。曹丕《悼夭赋》悼念族弟文仲,言"时徘徊于旧处,睹灵衣之在床。感遗物之如故,痛尔身之独亡",无不睹物思人,感物伤情。曹植《慰子赋》尤为令人感动:

> 彼凡人之相亲,小离别而怀恋。况中殇之爱子,乃千秋而不见。入空室而独倚,对床帷而切叹。痛人亡而物在,心何忍而复观。①

赋作由离别之情递进到永别之伤,由触景伤情递进到不忍目睹旧物,字里行间充溢着生死隔绝带来的巨大哀恸,读之令人动容。

生死永隔,而思念无尽,苦苦的追寻亦成为这类作品的抒情方式。王粲《伤夭赋》言"求魂神之形影,羌幽冥而弗连。淹低徊以想象,心弥结而纡萦。昼忽忽其若昏,夜炯炯而至明"。魂神曾依附的形体,是苦苦追寻的对象,然而幽冥之界岂能超越,唯余日日夜夜的思念。曹植《行女哀辞》叹息"感逝者之不追,怅情忽而失度。天盖高而无阶,怀此恨其谁诉",逝者既不可追,生者只能惆怅伤情,甚至因悲伤过度而失去惯有的生活规律。苍天高不可及,深切的痛苦无

---

① 龚克昌、周广璜、苏瑞隆评注:《全三国赋评注》,第407页。

处倾诉,只留下无尽的余恨。

逯钦立所辑东汉末《李陵录别诗》之第二十一首,写作时间比较接近建安时期,也是伤夭题材,可与建安伤夭作品对照分析:

> 远送新行客,岁暮乃来归。入门望爱子,妻妾向人悲。闻子不可见,日已潜光辉。孤坟在西北,常念君来迟。褰裳上墟丘,但见蒿与薇。白骨归黄泉,肌体乘尘飞。生时不识父,死后知我谁。孤魂游穷暮,飘飘安所依。人生图嗣息,尔死我念追。俯仰内伤心,不觉泪沾衣。人生自有命,但恨生日希。①

诗人着重描写了凭吊孤坟的凄凉情景:荒凉的山丘,满眼的蒿草和薇菜,在这丘墟之下,死去的人已肌体腐烂,仅余白骨,他的孤魂飘荡无依。诗人叹息爱子夭折中断了自身生命的延续,他试图以天命观解释死亡来求得慰藉,却无法消解爱子生年过于短暂带来的痛苦和憾恨之情。这样的书写令人恻然心酸,不忍卒读。

比较而言,《李陵录别诗》将主要篇幅用于叙事,从送客一直写到归家、闻讯、上坟,然后又发表了人生图嗣息、人生自有命等议论,还描写了丘墟、蒿薇,想象了白骨、游魂,集中抒情的篇幅较少。建安时期的伤夭之作则重在抒情,将笔墨集中在睹物思人、问天罪己、苦苦追寻等抒情化的表达上。

王粲《思友赋》是建安哀悼作品中的佳作:

> 登城隅之高观,忽临下以翱翔。行游目于林中,睹旧人之故场。身既没而不见,馀迹存而未丧。沧浪浩兮回流波,水石激兮扬素精。夏木兮结茎,春鸟兮愁鸣。平原兮泱漭,绿草兮罗生。

---

① 逯钦立辑校:《先秦汉魏晋南北朝诗》,第342页。

超长路兮逶迤,实旧人兮所经。身既逝兮幽冥,魂眇眇兮藏形。①

此赋主要通过景物描写表现对亡友的思悼之情:碧水回流,激起洁白的浪花;树木的枝叶在夏日里愈发繁茂,然而春鸟的哀鸣却还没有停止;失去挚友的痛苦不就像这流水一样激荡难平,像候鸟悲鸣一样从春到夏久久不能消散吗?宽广的平原芳草无边,静寂而漫长的古道,仿佛都是故友曾经的游历之地;思念无处不在,犹如芳草一样绿遍天涯。这段景物描写与对友人的哀思贴合十分紧密,流水的激荡,夏木的苍翠浓密,春鸟无休止的啼鸣,平原的宽广,绿草的绵延,无不象征和喻示着哀思的不平、无处不在和无边无尽,景物与情感交融一体,相得益彰。

曹丕在书信中悼念逝去诸子的文字,亦是直抒胸臆、深切感人、悲不自禁的。建安二十年《与吴质书》写道:"元瑜长逝,化为异物,每一念至,何时可言?"曹丕所谓"异物",并不是强调阮瑀死后化成了某物,而是强调生死相隔犹如人与异物一样无法相通,言语非常沉痛。建安二十三年曹丕在《又与吴质书》中写道:"昔年疾疫,亲故多离其灾,徐、陈、应、刘,一时俱逝,痛可言邪!……何图数年之间,零落略尽,言之伤心。"建安二十二年瘟疫大盛,王粲之后,徐幹、陈琳、应玚、刘桢亦都染病而逝,昔日朝夕相处的亲故零落几尽,曹丕已无法用言语诉说哀恸。这两篇著名的书信有着浓郁的感伤色彩。

汉代留存的哀悼之作不多,除了上引伤夭诗歌外,还有汉武帝的《李夫人赋》以及《思奉车子侯歌》,作品与建安哀悼之作在表现手法上亦有差异。《李夫人赋》痛惜李夫人过早凋零,想象她独处漫漫长夜的凄惨景象,诉说自己苦苦追寻而不得的痛苦;想象李夫人的精魂

---

① 龚克昌、周广璜、苏瑞隆评注:《全三国赋评注》,第169页。

辞别西去,永远地消失不见,只留下自己无尽的思念:

> 惨郁郁其芜秽兮,隐处幽而怀伤。释舆马于山椒兮,奄修夜
> 之不阳。秋气憯以凄泪兮,桂枝落而销亡。神茕茕以遥思兮,精
> 浮游而出畺。托沉阴以圹久兮,惜蕃华之未央。……忽迁化而
> 不反兮,魄放逸以飞扬。何灵魂之纷纷兮,哀裴回以踌躇。势路
> 日以远兮,遂荒忽而辞去。超兮西征,屑兮不见。浸淫敞荒,寂
> 兮无音。思若流波,怛兮在心。①

《李夫人赋》深情哀婉,悲痛怅惘。关于汉武帝《思奉车子侯歌》,《文
心雕龙·哀吊》言:"暨汉武封禅,而霍子侯暴亡,帝伤而作诗,亦哀辞
之类矣。"②全诗如下:

> 嘉幽兰兮延秀,蓂妖淫兮中溏。华斐斐兮丽景,风徘徊兮流
> 芳。皇天兮无慧,至人逝兮仙乡。天路远兮无期,不觉涕下兮
> 沾裳。③

与《李夫人赋》相比,此首诗歌情感底色不那么黯淡伤怀,幽兰吐芳的
美好情景,似在描述奉车子侯的归去之地。汉武帝想象奉车子侯归
于仙乡,而不是埋骨荒丘、堕身永夜。《洞仙传》给奉车子侯之死附会
了一个神仙故事,言其自述:"我今补仙宫,此春应去,至夏中当暂还。
还少时复去。"④实际上奉车子侯乃是霍去病之子霍嬗,曾得汉武帝

---

① 龚克昌、苏瑞隆评注:《两汉赋评注》,第158页。
② (梁)刘勰著,陆侃如、牟世金译注:《文心雕龙译注》,第209页。
③ 逯钦立辑校:《先秦汉魏晋南北朝诗》,第97页。
④ 逯钦立辑校:《先秦汉魏晋南北朝诗》,第96页。

喜爱,任奉车都尉,跟随汉武帝封禅时暴病身亡①。《洞仙传》之说看似无稽之谈,但也反映出汉武帝好神仙、信鬼神的事实。《汉书》记载:"上有所幸李夫人,夫人卒,少翁以方盖夜致夫人及灶鬼之貌云,天子自帷中望见焉。乃拜少翁为文成将军,赏赐甚多。"②汉武帝迷信方士的行为虽然不甚明智,但他对李夫人的悲悼却是真挚感人的。同时,在《李夫人赋》中,汉武帝叙写李夫人"既下新宫,不复故庭",感叹"呜呼哀哉,想魂灵兮",说明他确实相信死后世界与灵魂的存在,认为李夫人只是不能与自己在同一个世间相聚,她的灵魂已经到了另一个世界,所以才能从方士装神弄鬼的行为中获得慰藉。《思奉车子侯歌》中美好的景物描写,并没有乐景写哀的艺术效果,以致"皇天兮无慧"处的转折太过突兀,与前面景物描写几乎形成断裂,所以结句"天路远兮无期,不觉涕下兮沾裳"的悲情抒发,因缺少足够的铺垫与烘托而显得比较苍白。《文心雕龙·哀吊》评价崔瑗哀辞"始变前式。然履突鬼门,怪而不辞;驾龙乘云,仙而不哀;又卒章五言,颇似歌谣,亦仿佛乎汉武也"③,事实上,在刘勰看来,崔瑗哀辞"仙而不哀"的手法,正是与汉武帝的《思奉车子侯歌》相承续的。

　　可见,建安时期的哀悼之作与汉代的不同,既在于直接抒情的成分增多,还在于情感与景物的贴合更加紧密,王粲《思友赋》即渲染得法。此外,与汉武帝哀悼之作不同的是,建安文人较少想象灵魂存在的情形,也不以仙乡代指死亡之地。这也证明了建安文人的生死观是怀疑灵魂与死后世界的,在建安文学中,生死是一道无法逾越的距离,生者的世界与死者的世界永世隔绝。对灵魂以及仙乡的幻想,原本是对生离死别之痛和死亡恐惧的抚慰,但在建安文人笔下,这些抚

①《汉书》,第 2489 页。
②《汉书》,第 1219 页。
③ (梁)刘勰著,陆侃如、牟世金译注:《文心雕龙译注》,第 210 页。

慰已基本消失,所以建安文学中的哀悼之情显得更加沉痛感伤。

三、生死永隔瞬间的撕心裂肺之痛

诔文中可归入死亡书写的是抒发哀情的部分,其独特性在于这部分内容主要用于描写生者目睹死者下葬时痛不欲生的情景。曹植诔文是建安文学死亡书写的重要组成部分,其个人情感的动人抒发、生动的人物形象塑造都超越了诔文本身程式化的书写模式,具有感人的艺术效果。

《文心雕龙·诔碑》言:"详夫诔之为制,盖选言录行,传体而颂文,荣始而哀终。论其人也,暧乎若可觌;道其哀也,凄焉如可伤。"如刘勰所言,诔文的主要特征是纪传形式、颂体文辞,以称颂死者的德行功绩开始,以表达哀伤的情意结束,所描写的人物须栩栩如生,所诉说的哀情须令人感到凄婉哀伤①。

曹植是建安时期创作诔文的主力,共留存 8 篇作品,分别哀悼曹操、曹丕、卞太后、曹彰、曹休、荀彧、王粲、平原公主。这些诔文大多得以完整留存,内容亦都大致包括塑造人物称颂其功绩,以及抒发哀悼之情两部分。抒发哀情的部分具有一定的书写程式,可对照观察如下文字,如《武帝诔》云:

> 群臣奉迎,我王安厝。窈窈玄宇,三光不入。潜闼一扃,尊灵永蛰。圣上临穴,哀号靡及。群臣陪临,伫立以泣。去此昭昭,于彼冥冥。②

---

① 引文出处和原文大意均参考《文心雕龙译注》。(梁)刘勰著,陆侃如、牟世金译注:《文心雕龙译注》,第 204 页。
② (三国魏)曹植著,赵幼文校注:《曹植集校注》,第 296 页。

《文帝诔》云：

> 浮飞魂于轻霄兮，就黄垆以灭形。背三光之昭晰兮，归玄宅之冥冥。嗟一往之不返兮，痛闶阆之长扃。①

《卞太后诔》云：

> 徘徊辒柩，号咷弗及。神光既幽，伫立以泣。②

《王仲宣诔》云：

> 嗟乎夫子，永安幽冥。③

《平原懿公主诔》云：

> 况我爱子，神光长灭。扃关一闿，曷期复晰。④

　　安葬之时，墓室之门是光明与黑暗的分隔，也是生与死的分隔。墓室之门关闭的瞬间，生人感受到莫大的生死永隔之痛。逝去之人去此昭昭，于彼冥冥；潜闶一扃，神光长灭；一往不返，永安幽冥。虽然是颇有些雷同的程式化的语言，却传达出每一次死别之际相似的心碎情形，读之令人唏嘘。

---

① （三国魏）曹植著，赵幼文校注：《曹植集校注》，第 511 页。
② （三国魏）曹植著，赵幼文校注：《曹植集校注》，第 620 页。
③ （三国魏）曹植著，赵幼文校注：《曹植集校注》，第 243 页。
④ （三国魏）曹植著，赵幼文校注：《曹植集校注》，第 736 页。

　　曹植诔文对死者生前形象的塑造十分生动精彩,最突出的莫过于《武帝诔》中的曹操,灭袁绍时勇猛威武、罕有其匹:"我王赫怒,戎车列陈,武卒虓阚,如雷如震。欃枪北扫,举不浹辰。绍遂奔北,河朔是宾。"治理国家威严刚毅、仁慈宽厚:"圣性严毅,平修清一。唯善是嘉,靡疏靡昵。怒过雷霆,喜逾春日。万国肃虔,望风震慄。"个人修养儒雅渊博:"既总庶政,兼览儒林。躬著雅颂,被之瑟琴。"一代人主之气概胸襟跃然纸上。再如《大司马曹休诔》所写:"矫矫公侯,不挠其厄。呵叱三军,躬奋雄戟。足蹴白刃,手接飞镝。终弭淮南,保我疆场。"曹植笔下叱咤风云、雄姿英发、身手不凡、战功卓越的将领曹休,犹似已复活于文字之中。再如《平原懿公主诔》所写:"生在十旬,察人识物。仪同圣表,声协音律。骧眉识往,俯首知来。求颜必笑,和音则孩。"虽只是三月龄夭折的婴孩,但在曹植笔下却如此富有灵性、笑语呀呀、聪慧可爱,仿佛既见其人,又闻其声,令人过目难忘。

　　曹植诔文塑造人物生动形象,抒发情感哀伤动人,但刘勰却批评曹植的诔文不合体式:"陈思叨名而体实繁缓;《文皇》诔末,旨言自陈,其乖甚矣。"①陆侃如、牟世金认为刘勰此说太拘泥于古代固定格式,对曹植的批评并不恰当,《文帝诔》的主要缺点,在于作者哀悼的话言不由衷②。可以说,古今人对《文帝诔》的评价都存在不中肯之处。

　　事实上,《文帝诔》不失为一篇足为典范的诔文,其哀悼对象是曹植同胞兄长曹丕,但曹丕的首要身份是皇帝,诔文的言辞必须典雅庄重符合帝王专有的尊贵身份,内容上必须表现帝王无上的功绩与光辉的德行,应当说曹植诔文在这些方面都是非常标准规范的。刘勰诟病《文帝诔》末尾"旨言自陈",认为曹植过多地抒发了自身的哀情

---

① (梁)刘勰著,陆侃如、牟世金译注:《文心雕龙译注》,第201页。
② (梁)刘勰著,陆侃如、牟世金译注:《文心雕龙译注》,第201页。

和心曲,以致诔文体式伤于繁复缓弱,而不是以合乎程式的、规范的、克制的方式表达悲悼之情,这种观点的确是过于拘泥固定格式的表现。但曹植对曹丕的哀悼亦并非言不由衷,这段被刘勰视为蛇足的"旨言自陈"之文字,其实正表达出曹植内心真挚的哀悼与悲伤:

> 咨远臣之眇眇兮,感凶讳以怛惊。心孤绝而靡告兮,纷流涕而交颈。思恩荣以横奔兮,阂阙塞之峣峥。顾衰绖以轻举兮,迫关防之我婴。欲高飞而遥憩兮,惮天网之远经。愿投骨于山足兮,报恩养于下庭。慨拊心而自悼兮,惧施重而命轻。嗟微躯之是效兮,甘九死而忘生。几司命之役籍兮,先黄发而陨零。天盖高而察卑兮,冀神明之我听。独郁伊而莫告兮,追顾景而怜形。①

曹丕驾崩,按照当时曹魏的丧制,宗藩不得奔丧②,故而曹植自称"远臣",他书写自己听闻曹丕去世噩耗之时震惊、悲伤的心理,以及自己远在封国、处境孤绝、无处倾诉哀情的苦闷;反复感叹横亘在他与曹丕之间的重重阻碍:阙塞之峣峥、关防之我婴、天网之远经;再三表达自己希冀报答曹丕恩养而不能的遗憾怅恨:惧施重而命轻、甘九死而忘生。他为曹丕的英年早逝而向司命和神明呼告,并在绝望之中独自顾影怜形。曹植对自己内心感受的书写十分细腻并极具层次感,符合情感体验的逻辑,其中或许隐藏着对自身处境的悲怨,但是这并不妨碍他情感的真挚和真诚。尽管曹丕在位期间,曹植始终处于危殆境地,但黄初六年冬十二月,"帝东征,还过雍丘,幸植宫,增

---

① (三国魏)曹植著,赵幼文校注:《曹植集校注》,第511页。
② 《三国会要》"丧制",杨晨引曹植《文帝诔》"顾衰绖以轻举兮,迫关防之我婴"一句言"是宗藩不得奔丧也"。参(清)钱仪吉:《三国会要》,上海古籍出版社2012年版,第273页。

户五百",并作《诏雍丘王植》,赐曹植衣。这一颇显亲昵的举动意味
非凡,曹植可能因此认为曹丕对自己有尽释前嫌、去除戒备的可能,
他在《黄初六年令》中表达出感激涕零乃至欢欣鼓舞之情:"今皇帝
遥过鄄国,旷然大赦,与孤更始,欣笑和乐以欢孤,陨涕咨嗟以悼孤。
丰赐光厚,訾重千金,损乘舆之副,竭中黄之府,名马充厩,驱牛塞
路。"曹植简笔勾勒君臣兄弟见面的场景,字里行间溢满其乐融融之
氛围,曹丕所给予曹植的皇帝的恩宠和兄长的关爱,对于长期遭受冷
落猜忌甚至迫害而又始终期盼有所作为的曹植来说,是莫大的心灵
抚慰,也似乎意味着命运转折的良机。

　　然而次年五月,曹丕病逝于嘉福殿,时年四十。无论出自君臣之
义还是同胞之情,对于曹丕的盛年而殁,曹植都有着真诚的痛惜哀伤
之情。他在《黄初六年令》中所写"修吾往业,守吾初志"、"将以全陛
下厚德,究孤犬马之年",不仅是对自身忠心的表达,亦是将自身命运
与这段看似和谐欢好的相处紧密关联起来。曹丕的骤然离世,对曹
植意味着痛失亲人和希望破灭的双重痛苦。刘勰所诟病的这段不符
合诔文体制的"旨言自陈"的文字,恰恰是后人在阅读中最能感受到
曹植内心哀情的部分。

　　所以,从描写自身与死者的私人关系入手,抒发个人内心最独特
细腻的哀悼之情,不局限于程式化的书写,在哀悼中突显自我的感受
和悲情,恰是曹植诔文最显著的特点。因为曹植不是以公文写作的
态度对待诔文,对他而言,这是私人化的写作,须抒发自我个性化的
情感。《文帝诔》之外,《王仲宣诔》和《卞太后诔》亦是这样个性化突
出、以情动人的典范。录《王仲宣诔》最感人的部分如下:

　　　　吾与夫子,义贯丹青。好和琴瑟,分过友生。庶几遐年,携
　　手同征。如何奄忽,弃我夙零。感昔宴会,志各高厉。予戏夫
　　子,金石难弊。人命靡常,吉凶异制。此欢之人,孰先殒越?何

瘐夫子，果乃先逝！又论死生，存亡数度。子犹怀疑，求之明据。倘独有灵，游魂泰素。我将假翼，飘飘高举。超登景云，要子天路。丧枢既臻，将及魏京。灵輀回轨，白骥悲鸣。虚廓无见，藏景蔽形。孰云仲宣，不闻其声。延首叹息，雨泣交颈。嗟乎夫子，永安幽冥。①

曹植深情回忆自己与王粲深挚的情谊，以及曾经携手同征的岁月，以细节书写的手法再现王粲生前与曹植一同享宴高会、谈论生死的场景：曹植曾与王粲戏言，人命不如金石坚固，生死无常，吉凶难料，如今在一起欢会的朋友，哪一个会殒命在先呢？不想一语成谶，王粲果然命销魂断。曹植幻想倘若世间存在灵魂，他便可以追随而去，与王粲相邀于天路之上，然而友人已逝，其形影俱没于虚廓的天地之间。"孰云仲宣，不闻其声"一句，似在抱怨挚友，既然名为"仲宣"，本当宣而有声，却为何悄无声息？仔细体味，实乃痴语，刻画出极度痛苦之人恍惚痴狂的状态，哀痛至极，感人至深。

《卞太后诔》与《文帝诔》一样，死者身份尊贵，不宜像《王仲宣诔》一样细致地叙写死者生前与自己相处的往事，但是曹植依然以简练而真挚的笔墨表现出母亲的慈爱与失去母亲的悲恸：

遗孤在疚，承讳东藩。擗踊郊甸，洒泪中原。追号皇妣，弃我何迁？昔垂顾复，今何不然！空宫寥廓，栋宇无烟。巡省阶涂，仿佛梲轩。仰瞻帷幄，俯察几筵。物不毁故，而人不存。痛莫酷斯，彼苍者天！②

---

① （三国魏）曹植著，赵幼文校注：《曹植集校注》，第 243 页。
② （三国魏）曹植著，赵幼文校注：《曹植集校注》，第 620 页。

"追号皇妣,弃我何迁？ 昔垂顾复,今何不然",正似遗孤的血泪之语。曹植此语不像是一个成年藩王,而像一个失去慈母护佑的无助孩童,向慈母哀声呼告。然而人去屋空,物在人亡,空廓宫殿之中,慈母音容仿佛,却于仰瞻俯察之间倏忽消失。这是人心所无法承受的痛苦的极致,唯有质问苍天之无情。

诔文的特殊性在于它所书写的死亡场景是生与死的分界,墓室之门关闭的瞬间,死者堕入永恒的黑暗,生者在世间承受失去亲友的痛苦,生死永不能再相见——这个瞬间带来的痛苦程度是难以衡量和表达的,所以诔文又往往以呼告亲人、呼告苍天的方式来表达情感,令人仿佛听到生者撕心裂肺的号咷恸哭之声。故《武帝诔》写"圣上临穴,哀号靡及",《卞太后诔》写"徘徊辒柩,号咷弗及",《文帝诔》写"顾皇嗣之号咷兮,存临者之悲声",《平原懿公主诔》写"号之不应,听之不聆。帝用吁嗟,呜呼失声"。曹植诔文不仅记述了最残酷的生死之别的瞬间,还抒发了属于他个人的真挚细腻的情感,其感人之处正在于此。

建安时期是文学死亡书写的丰富深化阶段,短短数十年间,留存下来大量的死亡书写之作。以曹氏父子为代表的建安文人对生命的有限性和死亡的必然性的认识是理性和达观的,但他们无法真正摆脱死亡恐惧的困扰。在东汉之后无神论观念的影响下,建安文人怀疑死后世界的存在,从而无法拥有前人从营造墓葬中所能获得的心灵抚慰。他们选择薄葬,但正如张三夕所言,当时的薄葬观念"缺乏哲学、心理、情感、文化方面的深刻阐述",所以,建安文人无法从中得到思想的力量和精神的支撑。

从现实的层面和思想的层面而言,建安文人都无法在直面死亡恐惧的时候得到真正的解脱。他们怀疑死后世界的存在,他们未能从仙乡想象中寻找到精神的寄托和归宿,他们也并没有继承庄子的乐死观念①,他们在直面死亡时得不到抚慰,因此在对死亡敏感而深刻的体验中,承受着更大的痛苦,他们因此感伤、消沉且绝望,同时也激发出更大的勇气和更积极有为的人生态度,与死亡恐惧抗衡。他们对死亡的书写因此更加真实、丰富并发人深思。建安文学中的死亡书写所反映出来的尊重、爱惜个体生命的人道精神,以及追求自我人生价值的行为,都体现出个体自觉的意识。建安文学死亡书写的本质是对今生的珍视与眷恋,建安文人对生命价值和意义的探寻,是对人类精神世界的丰富和拓展。

---

① 曹植有《骷髅说》,与张衡《骷髅赋》都是对《庄子·至乐》的模仿。《骷髅说》借骷髅之口表达恶生乐死的观念,但此乃仿作,并不证明曹植一定秉持乐死观,曹植其他作品也没有对乐死的书写。王巍认为《骷髅说》结尾写“夫存亡之异势,乃宣尼之所陈,何神凭之虚对,云死生之必均”是反对庄子“善死”的思想,赞同孔子“存亡异势”的观点。王巍:《曹氏父子与建安文学》,第156页。

第二章　建安文人书写"物"的态度、手法及风格的转向

　　建安时期，以曹操和曹丕为主，文人们在作品中书写了大量的"物"，包括动植物、食物、衣饰、布帛、兵器、乐器、日用器物、个人珍玩等，表现出博物的修养和风气。"博物"在这里的含义是指"通晓众物"①，对众多事物的了解本身反映的是一种知识修养，这种修养被推崇，即形成博物的社会风气。博物观念有广义和狭义之分。广义的博物观念泛指一个人"博物洽闻"，包括学问广博和见多识广；狭义的博物观念出自《论语·阳货》孔子所说"多识于鸟兽草木之名"，后人也简称"多识"之学，借以指代有关动植物的基本知识②。建安文人反映在作品中的知识修养，包括动植物知识，也超越了动植物的范围，他们的博物，主要表现为对自然物和人造物具有广泛的兴趣和丰富的知识。这些"物"在建安文人笔下，并非与己无关的纯粹的外物，而是与他们的自我生活和情感紧密相连的"物"。建安文人笔下之"物"，表现出文学书写态度、手法的变化，并带来创作风格的改变。

---

① "博物"词条的第一个义项，即为"通晓众物"。参《汉语大词典》，第385页。
② 关于广义和狭义博物观念的界定，引用自于翠玲：《从"博物"观念到"博物"学科》，《华中科技大学学报》（社会科学版）2006年第3期。

第一节　曹操和曹丕的博物爱好

从现存文学作品来看,建安文人中在博物方面兴趣最为浓厚者当推曹氏父子,曹操和曹丕的表现尤为突出,作为政治领袖和文学领袖,他们的个人爱好与创作取向,对建安时期的社会风气和文学风气的形成也具有重要作用。

曹操生前主张生活节俭,如卫觊在《请恤凋匮罢役务疏》中言"武皇帝之时,后宫食不过一肉,衣不用锦绣,茵缛不缘饰,器物无丹漆",但曹操在自己的文字中却表现出对各种不同种类名物极大的兴趣和爱好。

建安二十四年(219),曹操处死杨修之后给杨修父亲杨彪写信表示慰问安抚,在《与太尉杨彪书》中,曹操列举了自己送给杨彪家的礼物:

> 今赠足下锦裘二领,八节银角桃杖一枚,青毡床褥三具,官绢五百匹,钱六十万,画轮四望通幰七香车一乘,青特牛二头,八百里骅骝马一匹,赤戎金装鞍辔十副,铃耗一具,驱使二人,并遗足下贵室错彩罗縠裘一领,织成靴一量,有心青衣二人,长奉左右。①

在这个不厌其详的礼单中,曹操对许多礼物名称进行了细致的交代,从这些繁复的名称中,读者可以了解到礼物的各种特征,比如质地、工艺、外形、装饰等。如八节银角桃杖,银角是指镶银工艺,桃则指手杖由上好的手杖材料桃竹制成,八节则是指有八个竹节的桃竹手杖

---

① 夏传才校注:《曹操集校注》,第178页。

的外形;画轮四望通幰七香车,则是彩绘车轮、四面有窗、挂着纯色窗帷、由各种香木制成的车子。其余如红绒与黄铜装饰的鞍辔、交错着五色绸带以罗纱为面的皮衣、日行八百里的骅骝马。这些礼物无不以其精致、华丽、珍贵而彰显出曹操意欲补偿安抚杨彪的诚意。曹操以接近炫耀的口吻陈述礼物的种种特点,固然是为了强调礼物的珍贵以示恩宠,但同时也是他自身对这些名物的兴趣爱好在不经意之间的流露。对比卞夫人写给杨彪夫人的书信,曹操的这种心理显现得更为明显。卞夫人在《与杨彪夫人袁氏书》中对所赠送的礼物轻描淡写:

> 故送衣服一笼,文绢百匹,房子官锦百斤,私所乘香车一乘,牛一头,诚知微细,以达往意,望为承纳。①

卞夫人对礼物名称的书写,当是遵照时人通用的简便称呼,没有丝毫刻意的强调,或许卞夫人更加注重表达对袁氏的同情、抚慰和开导,而曹操书信的后半部分全是礼单,颇有喧宾夺主之嫌。卞夫人的书信流露出女性特有的温婉良善和细致体贴,曹操的书信则不免带有情感上的粗疏,他所列举的冗长而名称繁复的礼单,表现出自身对博物的兴趣,这种喜好在曹操的其他作品中亦有体现。

曹操《内诫令》言:

> 孤不好鲜饰严具,所用杂新皮韦笥,以黄韦缘中。遇乱世无韦笥,乃更作方竹严具,以皂韦衣之,粗布作里,此孤之平常所用者也。②

---

① 张兰花、程晓菡校注:《三曹七子之外建安作家诗文合集校注》,第283页。
② 夏传才校注:《曹操集校注》,第185页。

曹操详细地记录了自己所用过的箱子的质地和工艺,其所用皮箱,用黄色牛皮镶嵌在表面,谓之杂新皮。后逢乱世没有皮箱,就用竹子做成箱子,用黑牛皮罩在外面,粗布做里。曹操详尽的书写一方面欲以自己的俭朴告诫家人和吏民,另一方面也展现出他对于器物制作工艺的兴趣和了解。

曹操对器物制作工艺的兴趣在他给汉献帝的《上杂物疏》中表现得更为突出。东汉末年长期战乱,加之迁都,皇宫器物大量流散,曹操在征战中不断搜寻到一些,即进献给汉献帝及皇后贵人、公主皇子。这些器物不是在一时一地搜寻而得,所以曹操的上疏也是一条一条陆续写成,但这些上疏的共同特点在于,其中所列举的器物名称,都是极为细致繁复的,包括器物的规格、质地、工艺、用途、名称,一丝不苟,十分全面。选列几条如下:

> 御物三十种,有纯银参镂带漆画书案一枚,纯银参带台砚一枚,纯银参带圆砚大小各一枚。
> 御物三十种,有纯金香炉一枚,下盘自副;贵人公主有纯银香炉四枚,皇太子有纯银香炉四枚,西园贵人铜香炉三十枚。
> 御物三十种,有上车漆画重几大小各一枚。
> 御物有尺二寸金错铁镜一枚,皇后杂物用纯银错七寸铁镜四枚,皇太子杂纯银错七寸铁镜四枚,贵人至公主九寸铁镜四十枚。①

曹操在以上诸条中罗列了纯银参镂带、纯银参带、金错、纯银错、杂纯银错、漆画等多种工艺,在其他上疏中还罗列了纯金参带、纯银漆带、杂画象牙、银画象牙等工艺手法,从中可见他对当时工艺制作手法的

---

① 夏传才校注:《曹操集校注》,第66页。

熟悉,也可见他对各种器物用途及尺寸的了解。通过这些上疏,可以想象曹操对每一种器物认真观察、清点、记录的场景。在南征北战、戎马一生的紧张岁月里,曹操对此等琐事郑重其事、亲力亲为、费时费力,肯定不仅仅出自表现君臣之义的目的,而是表现出他自身对器物的爱赏,这些器物虽然并不为他所有,不属于他的个人玩好,但他依然以细致的态度观察它们。

曹操还有《四时食制》,现存部分记录了郫县子鱼、鳠、鲸鲵、海牛鱼、望鱼、萧拆鱼等十四种鱼的名称、产地、外形、特性、烹饪方法以及特殊用途(如制作矛矜、饰物)等,表现出他对博物的兴趣,对日常生活的热爱,以及多识的修养。

后世世情小说如《金瓶梅》《红楼梦》中详尽的菜单、药方、礼单,以及对衣饰、器物等的细致描述,与曹操的礼单、器物清单、食制等颇有一脉相承之处。在曹操之前,类似的书写极少,《全汉文》收录有《赵飞燕外传》和《西京杂记》中所载赵飞燕被立为皇后时,赵合德所进献的贺礼清单①。《赵飞燕外传》托名为西汉伶玄所作,《西京杂记》则假托刘歆所作,但学界现在一般认为《赵飞燕外传》是东汉至六朝时的作品②,《西京杂记》则为东晋葛洪所编集而托名刘歆③。可见赵合德的贺礼清单出现在与曹操差不多同时或之后的时代中,故而以清单方式在文学作品中书写名物,曹操算得上是最早的开风气之人了。

与曹操相比,曹丕对博物有着更为浓厚的、超乎寻常的兴趣和热爱,并以见多识广自我标榜。《抱朴子·内篇·论仙》言:"魏文帝穷

---

① (清)严可均辑:《全汉文》,第108页。
② 李建明:《〈赵飞燕外传〉对唐传奇的引领》,《湖南社会科学》2018年第2期;李剑国:《"传奇之首"〈赵飞燕外传〉》,《古典文学知识》2004年第1期。
③ 孙振田:《〈西京杂记〉伪托刘歆作补论二则》,《图书馆杂志》2012年第6期。

览洽闻,自呼于物无所不经。谓天下无切玉之刀,火浣之布。及著《典论》,尝据言此事。"①曹丕自诩天下之物无不见识,并在《典论》中评论自己未曾见过的切玉刀和火浣布,实乃天下所无。《三国志·三少帝纪》则记载景初三年二月,西域重译献火浣布②,裴松之注引《搜神记》言:

> 汉世西域旧献此布,中间久绝;至魏初,时人疑其无有。文帝以为火性酷烈,无含生之气,著之《典论》,明其不然之事,绝智者之听。及明帝立,诏三公曰:"先帝昔著《典论》,不朽之格言,其刊石于庙门之外及太学,与石经并,以永示来世。"至是西域使至而献火浣布焉,于是刊灭此论,而天下笑之。③

火浣布的相关故事虽然对曹丕的自负有所嘲讽,但其中展现出的曹丕形象,却是博览天下名物的穷览洽闻之人。

曹丕对珍奇之物十分喜爱,汉末魏晋年间,中原地区和西域的物资交流十分通畅和兴盛,作为贵族公子,曹丕能得到诸如玛瑙勒、车渠碗、迷迭香等来自西域的珍玩和奇花异草,曹丕不仅自己为之作赋,还发动身边文士一起作赋。

曹丕对于珍奇之物还表现出很强的占有欲。《三国志·钟繇传》注引《魏略》言:"太子在孟津,闻繇有玉玦,欲得之而难公言。密使临菑侯转因人说之,繇即送之。"④得到玉玦后,曹丕在《与钟繇谢玉玦书》中提到自己曾阅读玉书,见书中称赞和氏璧等玉石的美质,不

① 王明:《抱朴子内篇校释》,中华书局1985年版,第15页。
② 《三国志》,第117页。
③ 《三国志》,第118页。
④ 《三国志》,第396页。

禁"私所慕仰",然而"求之旷年,未遇厥真,私愿不果,饥渴未副",待听闻钟繇家藏美玉,"闻之惊喜,笑与抃俱"。这些描写表现出曹丕对美玉强烈的占有欲望以及爱赏之情,他还特意作《玉玦赋》"以赞扬丽质"。

除了异物珍玩,曹丕对日常生活中的被服、布帛锦绣、水果及其他食物的兴趣亦十分浓厚。在《诏群臣》中,他对以上名物品头论足。《诏群臣》乃后人从类书中辑出,非一时所作①。其中一条写道"夫珍玩必中国,夏则缣总绡縜,其白如雪,冬则罗纨绮縠,衣迭鲜文",另有几条又论及自己所得蜀锦、自己宫中所织如意虎头连璧锦的品质以及江东葛的精细。在食物方面,曹丕饶有兴致地品评各种水果诸如南方橘、真定梨的口感味道,还将龙眼荔枝与西国葡萄与石蜜相比,认为荔枝味淡,又推安邑御枣为枣中至味。曹丕还写有《与朝臣论粳稻书》,称赞新城粳稻香飘五里。《诏群臣》中又描写于阗王进献的孔雀尾羽,文采五色,可制作金根车盖,光彩耀眼。

可见,曹丕对各种"物"之品类、品质都十分熟悉了解,在生活中对"物"的态度可谓十分留心、细心和用心。《典论》中有一篇《酒诲》,虽然曹丕在开篇说明此篇是针对"流俗荒沉"而作,但行文中并未见批评之辞,反而饶有兴致地记述了荆州牧刘表子弟喜好饮酒、制作"三爵"之事,并详细交代三爵分别命名为伯雅、仲雅、季雅,其容量分别为"七胜、六胜、五胜"。在批评行乐无度的社会风气之时,也不忘书写名物,正是曹丕注重博物的性情之体现。

除开珍奇之物和日常之物,曹丕对传统多识之学的动植物知识也有浓厚的兴趣,其《典论》中有一篇《诸物相似乱者》,后为张华《博物志》所收。文中列举了13对26种容易为人混淆的名物,主要是药用植物,还包括少量矿石和鱼类,如"武夫怪石似美玉,蛇床乱蘼芜,

---

① 夏传才、唐绍忠校注:《曹丕集校注》,第218页。

荞苀乱人参,杜衡乱细辛,雄黄似石榴。黄鳙鱼相乱,以有大小相异"①。

曹丕在博物方面的修养,还表现在其诗文中所书写的大量古之宝器上,如《大墙上蒿行》中铺陈的吴之辟闾、越之步光、楚之龙泉、韩之墨阳等古代名剑,《剑铭》铺陈的赤刀孟劳、雍狐之戟、屈庐之矛、孤父之戈、楚越太阿纯钩、徐氏匕首等上世名器,《与钟繇谢玉玦书》铺陈的晋之垂棘、鲁之玙瑶、宋之结绿、楚之和璞等传世瑰宝,这些铺陈不仅展示了曹丕的博学洽闻,还寄托着他对名器不朽声名的向往之情。

曹丕向往古之名器,于是他亲自令匠人铸造器物。《三国志·钟繇传》载"魏国初建,为大理,迁相国。文帝在东宫,赐繇五熟釜"②,曹丕铸五熟釜赐予钟繇,并作《与钟繇五熟釜书》及《五熟釜铭》。五熟釜是一种形制特异的炊具,一釜中分五格,可以同时烹调各种食物。曹丕对此甚为赞赏,他在给钟繇的书信里说"昔者黄帝三鼎,周之九宝,咸以一体使调一味,岂若斯釜五味时芳",将五熟釜媲美于历史上著名的礼器。曹丕《剑铭序》记载自己好击剑,于是选良金,命国工精炼百辟宝器九种,分别是剑三柄、刀三把、匕首两支、露陌刀一枚,曹丕为它们一一命名,分别曰飞景、流采、华锋,灵宝、含章、素质,清刚、扬文以及龙鳞。

曹丕铸造以上器物,并非仅出于一时享用的目的,他将五熟釜与黄帝三鼎、周之九宝相提并论,流露出骄矜之意。他在《五熟釜铭》中写道,"故作斯铭,勒之釜口,庶可赞扬洪美,垂之不朽";其《露陌刀铭》亦言"不逢不若,永世宝持"。曹丕《剑铭》将自己铸造的刀剑匕首称为"宝器",并称赞它们"工非欧冶子,金非昆吾,亦一时之良

---

① 夏传才、唐绍忠校注:《曹丕集校注》,第277页。
② 《三国志》,第394页。

也"，大有使之成为传世名器的意图。可见，曹丕希望自己铸造的器物能世代相传，将自己对生命不朽的渴望寄托在所铸造的器物之上。人的生命是短暂的，但五熟釜、露陌刀和宝剑这些物品却被认为是金石永固的，以文字赞扬它们的美好，令其美质在文字里获得不朽的价值，且当它们传之后世之时，铸造它们的人也得以拥有了世代相传的不朽声名。

第二节　先秦至建安时期书写"物"的态度变化

先秦时期《诗经》《楚辞》中有大量的动植物描写，《论语·阳货》记载孔子语录曰："小子何莫学夫《诗》？……迩之事父，远之事君，多识鸟兽草木之名。"《诗经》中大量的名物书写，莫不为着比兴、象征、联想、烘托之用，诸如关关雎鸠、桃之夭夭、螽斯羽、喓喓草虫、蝃蝀在东等。比较特殊一点的，如《豳风·七月》里斯螽动股、莎鸡振羽、六月食郁及薁、七月亨葵及菽、黍稷重穋、禾麻菽麦等描写，既是"饥者歌其食，劳者歌其事"的实录，同时也表现了西周农人对时令和大自然物种的认识与总结，是对知识的记录；"七月在宇，九月在户，十月蟋蟀入我床下"生动地描写了他们认知世界过程中的一个微小细节，包含热爱大自然的感情，但这种书写方式在《诗经》中极为少见。

《楚辞》中名物品类更为丰富，如《离骚》中形形色色的香花香草，《九歌》《招魂》中花样繁复的装饰陈设、祭祀用品等。但《楚辞》中的名物亦主要用于比兴象征、渲染烘托，《离骚》以此建立起"香草美人"的传统，《九歌》《招魂》中巫祭色彩浓厚的名物书写，呈现出浓烈的神秘、浪漫色彩。

至汉代，人们对名物的认识达到了很高的水平。现存最早的训诂专著《尔雅》对名物的训诂包括释亲、宫、器、乐、天、地、丘、山、水、草、木、虫、鱼、鸟、兽、畜,凡16篇,日本学者青木正儿在《中华名物考(外一种)》一书中,将《尔雅》称为"作为训诂学的名物学"著作。《尔雅》约在春秋战国到汉代初年之间,经由数次增补而成①。《尔雅》反映了汉以前古人对名物多样性的认知以及博物观念的形成,为汉代文人提供了很好的知识基础。

汉代博物风气达到鼎盛,文人的博物修养集中体现于汉大赋,赋家通过对动植物、山川河流、宫室园林、歌舞衣饰、美女勇士、狩猎欢宴等内容的极度铺陈来展示知识、炫耀博学、逞露文采并营造帝国气象,形成了汉大赋铺张扬厉的主要文体特征。

如司马相如《子虚赋》所言,"若乃俶傥瑰玮,异方殊类,珍怪鸟兽,万端鳞萃,充仞其中者,不可胜记,禹不能名,离不能计",汉大赋中所列名物包罗万象,令人眼花缭乱,应接不暇。作为大一统的王朝,汉朝疆域广大,四方物产得以流通汇聚;汉朝开放外交,西域乃至其他地域的奇珍异物得以为人们见识;加之对漫长先秦时代文化积累的继承,汉朝人形成了自身完备庞大的知识体系。这从西汉时期蒙童识字的课本,即可略见一斑。西汉元帝时黄门令史游所作《急就篇》,其中"服器百物"类,举凡缯帛、米粮、瓜果、服饰、用具、乐器、肴炙、身体、兵器、车制、居处、树木、牲畜、鸟兽、疾病、药物、祭祀、职官、刑法,无不具备②。据沈元《急就篇研究》一文统计,《急就篇》中关于工具及日用器物的名词凡一百个,关于武器、车具、马具的名词凡七十个,关于衣履和饰物的名词凡一百二十五个,关于建筑物及室内陈

---

① (日)青木正儿著,范建明译:《中华名物考(外一种)》,中华书局2005年版,第11页。

② 王应麟《急就篇补注》跋语将正文分为姓氏名字、服器百物、文学法理三部分。"服器百物"类别下的具体分类出自刘伟杰《急就篇研究》。刘伟杰:《急就篇研究》,山东大学博士学位论文,2007年,第70页。

设的名词凡五十二个,关于人体生理和疾病医药的名词凡一百四十个,关于农作物的名词凡三十六个,关于虫鱼鸟兽及六畜的名词凡七十七个①。

司马相如进献汉武帝的《子虚赋》《上林赋》,可谓"笼天地于形内,挫万物于笔端",以总览天地万物的气魄将铺陈名物的手法推向极致,罗列堆叠了大量的珍禽异兽、奇花异草、明珠宝石、嘉木珍果的名称,令赋文具有磅礴气势和博大壮丽的风格,从而打动感染汉武帝,达到"赋奏,天子以为郎"的仕进目的②。司马相如完成了散体大赋的定型,铺陈名物成为大赋显著的文体特征之一。

大赋中的名物铺陈,以数量品类取胜,以夸张虚构的描述为取向,而并不以生动形象的描写刻画为鹄的。徐公持《汉代文学的知识化特征——以汉赋"博物"取向为中心的考察》一文说道:"辞赋作为汉代文学的主流文体,历来对它的写法有'骋辞'、'体物'等概括,而其实质无不归结于'博物'。"又说:"汉代文学观念上的主要倾向性,一言以蔽之曰:功利性取向。从文学的性质到功能,都强调其实际功用,特别是在社会政治和道德伦理方面的效用。"③诚如斯言,汉大赋中的名物铺陈具有明显的炫耀博学、营造帝国气象乃至求取仕进的功利性目的。汉代还有咏物赋,所咏对象在动植物之外亦包括一些日常用品,但受汉代总体文学风气的影响,这些赋中的名物多具有象征意味,并负载道德说教的成分。

综上,先秦时期《诗经》《楚辞》中对各种名物的书写,主要用于比兴象征、烘托渲染,是外在修辞手段。汉代赋家铺陈名物,主要是

---

① 沈元:《急就篇研究》,《历史研究》1962年第3期。
② 《史记》,第3043页。
③ 徐公持:《汉代文学的知识化特征——以汉赋"博物"取向为中心的考察》,《文学遗产》2014年第1期。

为了实现炫耀博学、营造帝国气象以求取仕进的功利性目的。建安时期曹操和曹丕对"物"的书写发生了根本变化,首先是选取的名物趋于日常化,然后书写态度由先秦两汉着力于外在修辞和汉代的炫耀博学转向表达个人爱赏之心、生活趣味乃至生命意义等个体情感体验,从而带来创作手法和文学风格的变化。

徐公持《魏晋文学史》指出邺下文人不仅以极大的热情描写军国大事,也将文学创作的注意力转向日常生活琐细事务,这在建安前期文学中基本不存在,他们大量以动物、植物、珍饰、玩物为写作题材,并以赋最为突出①。事实上,从现存作品来看,曹操和曹丕在书信、奏疏、诏令以及其他文类中大量书写兵器、珍饰、玩物、布帛、食物、炊具、家具等多种物品,更能体现建安文学名物书写转向的特点。鼎盛于汉代的博物风气对建安文人的影响是不言而喻的,曹氏父子对各种物品的熟悉和了解证明,即使在战乱时期,汉代的博物风气并没有被中断,通晓众物的博物修养依然为建安文人所看重。

曹操和曹丕对"物"的书写态度具有明显的日常化、世俗化、个人化、情感化的特征,他们着重书写个人感兴趣的、爱赏的名物,将名物从外在的修辞媒介和炫耀博学的手段变为内在的观照对象,将其与个人的生活趣味和情感、生命相关联,使之成为自己生活和生命的印迹与见证。曹丕还表现出热衷享受物质生活的态度,表现出对新鲜事物的好奇和探究心理,同时也表现出对所爱物品的私有欲,并铸造器物以寄托生命不朽的希冀。

曹操和曹丕扩大了名物书写的体裁范围。前代名物书写主要集中在诗赋之中,曹操和曹丕则在书信、奏疏、诏令、随笔(如《四时食制》)以及专著(如《典论》)中记述、描写各类名物,丰富了名物书写的形式。

---

① 徐公持:《魏晋文学史》,第8页。

曹操和曹丕丰富了名物书写的种类,从传统的动植物和日常用品扩展到珍玩、兵器、炊具等。曹丕对博物的兴趣,还带来了建安咏物赋的繁荣,在他的组织下,文学诸子同题共作咏物赋,建安之前,两汉留存的咏物赋不过 30 余篇,而建安时期短短二十余年间,约有 60 篇咏物赋留存①。

曹丕重视博物的态度还表现在赋序的写作方面,其咏玛瑙勒、车渠碗之作均以说明文风格的序言交代名物的产地、品类、外形特征、用途等,展示自己丰富的知识,开知识性赋序的先河,对知识性短文的写作有引领风气的作用。

建安时期其他作家的名物书写主要集中在七体、大赋、咏物赋中,在书写态度的转向方面不如曹操、曹丕具有代表性,但他们作品的艺术手法和风格相对前代名物书写亦发生了相应的变化。曹操、曹丕作为建安时期政治与文学的双重领袖,他们在名物书写上的态度转向势必影响到相关作品的艺术手法及风格发生变化。

第三节　建安文学书写"物"的手法及风格

建安文人对汉代文人在博物方面的兴趣和修养有所继承,但他们在文学创作过程中书写"物"的态度和手法较之汉代发生了新变。建安时期其他文人的现存作品并没有表现出曹操和曹丕那样对博物的浓厚兴趣,但他们诗赋作品中的名物书写,也在一定程度上表现出与曹操、曹丕所代表的名物书写态度的转向相呼应的新特点。

---

① 二十余年时间,是指建安元年至建安二十二年诸子病逝之间的时间。另,本书对赋作作品统计主要依据龚克昌等《两汉赋评注》以及《全三国赋评注》,咏物赋主要范围包括植物赋、动物赋和器物赋。

一、建安诗赋名物铺陈中的物我关系

建安诗赋中的"物我"关系是亲密不可分的,建安文人笔下之"物",不是纯粹的外在之物,而是传达他们真实、直观感受之"物",与他们或他们笔下人物的日常生活、情感和生命息息相关。

大赋以名物铺陈著称,建安时期文人以创作抒情小赋为主,但也留存有少量大赋体制的作品,主要是都城赋。都城赋发端于西汉,现存汉代都城赋有扬雄《蜀都赋》、班固《两都赋》、张衡《二京赋》《南都赋》等。王琳将汉代都城赋分为三个系统,其一是本籍文人讴歌故乡的自然风物之美、人文传统之盛;其二是通过两个都城的描写,揭示两种对立的社会原则,表现抑彼扬此的讽喻主题;其三是赋的主旨与第二个系统相似,但结构不同,采取了集中笔墨,突出一都的形式,并将齐人徐幹的《齐都赋》、鲁人刘桢的《鲁都赋》、赵人刘劭的《赵都赋》归入第一个系统①。建安都城赋除了吴质《魏都赋》残缺严重,无法知晓其内容,其余三篇都着力描写故乡的自然风物与人文特点,属于描写地区性都城的赋作。尽管保存不完整,但从残存的文字中仍然可以发现它们在创作手法上的一些特点。

从名物铺陈方面来看,扬雄《蜀都赋》、张衡《南都赋》都有极力铺陈名物,甚至堆砌奇字难字之嫌。建安都城赋则在用字方面明显追求简易,在铺陈名物方面不求其数量品类之丰富全面,而是更为注重生动的再现和作者对"物"的直观感受。譬如写水生植物,扬雄重名物的种类数量:"其浅湿则生苍葭蒋蒲,藿芧青薠,草叶莲藕,茱华菱根。"徐幹《齐都赋》则重名物的形态:"南望无垠,北顾无鄂,蒹葭苍苍,莞菰沃若。"比较而言,扬雄的铺陈更具有知识的丰富性,而徐幹的描写更生动形象,能表达自我审美感受。又譬如写狩猎场景,张

---

① 王琳:《魏晋人对大赋的态度及魏晋大赋的地位》,《文学评论》2002 年第 2 期。

衡《南都赋》铺张扬厉,尽情渲染:"于是群士放逐,驰乎沙场。骈骥齐镳,黄间机张。足逸惊飙,镞析毫芒。俯贯鲂鲕,仰落双鸽。鱼不及窜,鸟不暇翔。尔乃抚轻舟兮浮清池,乱北渚兮揭南涯。汰瀺灂兮舫容裔,阳侯浇兮掩凫鹥。追水豹兮鞭蝄蜽,惮夔龙兮怖蛟螭。"这段文字连用四字句,又继之以骚体句式的排比,读起来荡气回肠、酣畅淋漓,名物的铺排和修辞的连用,正是汉大赋营造气势的常用手段。而徐幹《齐都赋》写狩猎:"于是羽族咸兴,毛群尽起,上蔽穹庭,下被皋薮";刘劭《赵都赋》写狩猎:"然后嵲子放机,戈矛乱发,决班髦,破文颊。当手毙僵,应弦倒越";刘桢《鲁都赋》写狩猎:"毛群陨殪,羽族歼剥,填崎塞畎,不可胜录"。可见,建安都城赋多以毛群、羽族乃至班髦、文颊等表示类属的名词代指各种猎物,不再着力于具体名物的铺陈,在描写上注重写实和传神,基本上展现了狩猎时亲眼所见的真实场景。而张衡主要凭借想象来营造现场氛围,北渚、南涯、阳侯、水豹、蝄蜽、夔龙、蛟螭,这些意象无不带有神话色彩。可见,汉大赋的名物铺陈呈现出博学宏富、恣意任性的特点,给人以恢宏大气之感;建安大赋的名物书写则追求轻捷生动、简明真实,显示出建安赋的新风。建安都城赋的名物铺陈,一方面展现了建安文人的博物修养,另一方面表现出追求生动传神效果的倾向,这种倾向与曹氏父子对所写之物的日常化、世俗化、个人化、情感化的态度是一致的。正是由于这种亲近的态度,使得物与人的距离拉近,物成为直接观察和书写的对象,具有切近、真实的特点,书写物的目的在于传达自我对所写之物的现实观感,从而区别于汉赋中主要凭借想象和夸张描述非凡之物所营造的气势气象。

　　建安时期的诗歌创作也表现出文人的博物兴趣和知识修养。建安时期诗赋文体互渗,形成诗歌赋化与赋的诗化倾向,诗歌赋化的主要特征即在于以名物铺陈入诗。曹丕的《大墙上蒿行》为典型之作,诗歌里列举了诸如貂韅、绮罗、吴之辟闾、越之步光、楚之龙泉、韩之墨阳、苗山之铤、羊头之钢、宋之章甫、齐之高冠、桂酒、鲤鲂等名物，为此朱乾认为此诗"历叙衣服、冠、剑，极似子建《七启·容饰篇》，彼亦托言隐居而多方启之也"①。傅亚庶亦认为《大墙上蒿行》是"劝勉隐士出山入仕的诗。诗中极力铺陈物品之丰，酒食之美，说明丰富的物质生活，优于清贫的隐居"②。以铺陈名物劝勉隐士出山入仕，始自东汉傅毅的《七激》，《大墙上蒿行》或许并没有招隐这层用意，而只是单纯书写美好的物质生活，试图以此来解脱人生苦短之悲。孙明君认为这首诗歌是探索人生奥秘、寻求生命归宿的作品③。曹丕所铺陈的名物，多与现实生活中的物质享受相联系，不管诗歌意旨如何，这些丰富的名物都烘托出日常生活的美好，反衬出人生短暂的悲伤，它们超越知识性的书写，与作者个人的情感和生命相关联。

再如曹植《名都篇》中的"脍鲤臇胎鰕，炮鳖炙熊蹯"，《白马篇》中的"控弦破左的，右发摧月支。仰手接飞猱，俯身散马蹄"，《美女篇》中列举的金环、金爵钗、翠琅玕、明珠珊瑚、木难，分别以铺陈名物的手法表现了贵族公子的游宴奢侈，游侠的英武超群，美女的高雅华贵。繁钦《定情诗》中作为信物的金环、银约指、明珠、香囊、跳脱、佩玉、双针、镼头、远游、玳瑁钗、纨素裙、白绢中衣等衣饰铺陈，塑造出沉迷爱情幻想的痴心女子形象。徐幹《情诗》铺陈炉熏、镜匣、绮罗、金翠等闺房物品营造思妇身处的情境。这些名物亦都是现实生活中个人实际享用和使用之物，留有个人生活的印迹。

建安诗歌中的名物铺陈并非创新之举，部分汉代诗歌在大赋兴

---

① （清）朱乾：《乐府正义》，《域外汉籍珍本文库》集部第 4 辑第 30 册，人民出版社、西南师范大学出版社 2009 年版，第 505 页。
② 傅亚庶注译：《三曹诗文全集译注》，吉林文史出版社 1997 年版，第 284 页。
③ 孙明君：《生命意义的追寻——曹丕〈大墙上蒿行〉赏析》，《古典文学知识》1996 年第 2 期。

盛的背景下也注重铺陈名物。张衡《四愁诗》即书写了金琅玕、双玉盘、貂襜褕、明月珠、锦绣缎、青玉案等珍宝以象征仁义①,《古诗为焦仲卿妻作》书写绣腰襦、红罗帐、香囊、青丝绳、绣夹裙、丝履、玳瑁、纨素、明月珰等名物展现刘兰芝的美丽,又书写青雀白鹄舫、龙子幡、青骢马、流苏金缕鞍、琉璃榻以展现太守家迎娶刘兰芝的盛大排场。其余《陌上桑》《羽林郎诗》中亦通过铺陈衣饰渲染女子的美貌。

可见,建安诗歌铺陈名物与汉代诗歌是相承续的,但是建安诗歌中铺陈的名物,更具有个人化和情感化的特点。比如《四愁诗》中铺陈的名物,几乎不具备个人化、情感化的特征。《古诗为焦仲妻作》中铺陈的刘兰芝的衣饰,虽然是为了衬托刘兰芝的美丽,但其更多负载的是外在意义。而《定情诗》中每一件饰品和衣物,都代表着女子的身体部位和她对男子的情意,她将衣饰赠予男子,其实是表达爱情和与男子发生肌肤之亲的愿望。所以,这些衣饰与她的身体、情感紧密相关,"物"与"我"是不可分离的②。而且,《定情诗》中对女子衣饰的铺陈,名物种类数量更丰富,所用名物词的数量之多,在之前的诗赋作品中比较罕见。

二、建安名物书写的文学审美趣味

如前所述,曹操、曹丕的名物书写与自身情感、生命相关联,这种书写态度的转向,使得名物成为直接的文学审美对象,而不仅仅是作为外在的修辞媒介、知识性展示或其他手段。

名物铺陈以大赋和七体最有特色。建安时期留存下来的大赋以

----

① 李善注《文选》卷二十九《四愁诗序》:"效屈原以美人为君子,以珍宝为仁义,以水深雪氛为小人"。(梁)萧统编,(唐)李善注:《文选》,中华书局 1977 年版,第 414 页。

② 关于《定情诗》的解读,请参看本书第三章第四节。

都城赋为主,均有不同程度的残缺;而七体中,曹植《七启》和王粲《七释》得以完好保存,并展现出建安赋名物书写的新变。

　　建安七体在名物书写上不局限于单纯表现自己的博学与见识,而是注重表现文学趣味,注重表现个人主观审美感受。如在写肴馔之妙方面,一般赋家倾向于用名物的堆砌以展现博学,曹植写美食,则不仅列举名物,细致描写烹饪手段,形容品尝食物的美妙感受,更重要的是,他还将美食作为审美对象观照,形成独特的艺术效果:

　　　　芳菰精稗,霜蓄露葵。玄熊素肤,肥豢脓肌。蝉翼之割,剖纤析微,累如叠縠,离若散雪。轻随风飞,刃不转切。山鸡斥鷃,珠翠之珍。寒芳苓之巢龟,脍西海之飞鳞,臛江东之潜鼍,腾汉南之鸣鹑。糅以芳酸,甘和既醇。玄冥适咸,蓐收调辛。紫兰丹椒,施和必节。滋味既殊,遗芳射越。乃有春清缥酒,康狄所营。应化则变,感气而成,弹徵则苦发,叩宫则甘生。于是盛以翠樽,酌以雕觞。浮蚁鼎沸,酷烈馨香,可以和神,可以娱肠。①

这段文字不仅铺陈了各种美食的名称,还细致生动地描绘了种种食不厌精、脍不厌细的烹饪手法,如以夸张手法描绘一个运刀如风的厨师,所切出的肉片薄如蝉翼、洁白透亮,如轻纱,如散雪,予人以强烈的美感。傅毅《七激》描写切好的鱼肉"分毫之割,纤如发芒,散如绝谷,积如委红",亦是汉赋中少见的生动而具有审美意识的写法,曹植的描述似乎从中受到启发,不过曹植的描写更富于动感,更具有文采。

　　在曹植笔下,各种丰富而珍稀的食材,或寒或脍,或臛或腾,其味道酸甘适口,咸辛遂意,或佐以紫兰,或佐以丹椒。更有春酒佳酿,名

————————
① 龚克昌、周广璜、苏瑞隆评注:《全三国赋评注》,第381页。

师所造,感应天地之气,协和五音之妙,盛以翠樽雕觞,芳香酷烈,饮之令人身心舒畅。这段描写,不仅是堆砌名物以显示博学,以排比对偶营造文势,还赋予贵族肴馔以艺术品的魅力,读之不觉齿颊生香,如至仙界。对比七体之祖枚乘的《七发》,曹植《七启》的审美特点更为突出。引《七发》片段如下:

> 犓牛之腴,菜以笋蒲。肥狗之和,冒以山肤。楚苗之食,安胡之飰,抟之不解,一啜而散。于是使伊尹煎熬,易牙调和。熊蹯之臑,芍药之酱,薄耆之炙,鲜鲤之鲙,秋黄之苏,白露之茹。兰英之酒,酌以涤口。山梁之餐,豢豹之胎。小飰大歠,如汤沃雪。①

枚乘笔下有对美食的铺排,有对烹饪手法的叙说,但其客观罗列较多,主观感受较少,没有足够的审美意识在里面,仿佛绘画时仅勾勒线条。而曹植赋则浓墨重彩,工笔刻画,既罗列名物,又渲染感受,尤其注重句子锤炼,运用对偶、比喻、夸张等手法,较枚乘之简单质朴,显得格外精致华丽。这也是汉赋与建安赋的主要区别之一。

　　再如曹植《七启》描写容饰之美,亦能突破简单铺陈,赋予名物以美感和趣味,形成丰富的文学性:

> 步光之剑,华藻繁缛。饰以文犀,雕以翠绿。缀以骊龙之珠,错以荆山之玉。陆断犀象,未足称隽。随波截鸿,水不渐刃。九旒之冕,散耀垂文。华组之缨,从风纷纭。佩则结绿悬黎,宝之妙微。符采照烂,流景扬辉。黼黻之服,纱縠之裳。金华之舄,动趾遗光。繁饰参差,微鲜若霜。绲佩绸缪,或雕或错。薰

---

① 龚克昌、苏瑞隆评注:《两汉赋评注》,第24页。

以幽若,流芳肆布。雍容闲步,周旋驰耀。南威为之解颜,西施为之巧笑。此容饰之妙也,子能从我而服之乎?①

这段文字首先运用步光之剑、文犀、翠绿、骊龙之珠、荆山之玉等一连串的名物,烘托渲染宝剑的名贵和华美,并以"陆断犀象,未足称隽。随波截鸿,水不渐刃"来夸张宝剑的锋利无比。接下来描写冠冕之华美,佩玉之珍贵,并铺陈绣花的上衣、轻纱的裙子、金灿灿的鞋子,以及用杜若的芳香熏染过的衣带。这段文字展示了曹植的博学,也展示了曹植生活的时代人们在服装佩饰上的审美,这样的描写固然精彩,但在赋体文学作品中也颇为寻常。然而这段文字又是不寻常的,曹植用自己笔下的宝剑、佩玉、冠冕、服饰,装扮出一个"雍容闲步,周旋驰耀"的美男子形象,此人气度不凡,玉树临风,使得历史上有名的美女南威、西施都为他倾倒而多情巧笑。

现存汉代七体,极少以服饰为题材,刘梁《七举》有"黼黻之服,纱縠之裳。繁饰参差,微鲜若霜"的残句,曹植将其化用在自己的赋中。此外唯有张衡在《七辩》中借空桐子之口书写舆服之美,但张衡对服饰的描写仅着眼于其质地和产地的叙写,以显示其华贵:"交阯缣绤,筒中之纻。京城阿缟,譬之蝉羽。制为时服,以适寒暑。"而曹植不仅形容了服饰的华贵,呈现了服饰的美感,还进一步塑造了身着此服饰的人物形象,令服饰作为物体的美具有了生命力。"南威为之解颜,西施为之巧笑"的书写,以女性的视角欣赏男性的仪容之美,这种书写方式在《诗经》之后,是极为罕见的,这也从一定程度上表现了魏晋时期注重男性仪表气度之美的社会风气。曹植借镜机子之口,以容饰之美劝说隐者玄微子出山,并假设玄微子身着华服,得到美女青睐的情节,其中还含有明显的调侃意味,读之令人莞尔。以上特点

———————
① 龚克昌、周广璜、苏瑞隆评注:《全三国赋评注》,第381页。

使得曹植对服饰的描写突破了一般意义上的简单铺陈,不仅赋予衣饰物品以审美感受,更将衣饰物品与人物形象联系在一起,将其生活化,变为与生命相关的"物",从而获得文学趣味。

即使在运用具有幻想和神话色彩的想象和意象时,曹植也注重在虚构的同时,书写一些十分具体细致的真实之物,取得虚实相生的超然的艺术效果。《七启》中镜机子形容宫馆之妙,以写实与夸张手法相结合,极言宫室之高大崔嵬、幽深华美。其描写可以具体到彤轩紫柱、文桷华梁、绮井金墀这些真实的细节,也可以虚化为"颎眺流星,仰观八隅。升龙攀而不逮,眇天际而高居"这样的幻想。在形容池苑深广,遍布奇花异草、珍禽异兽之时,既有对丽草、绿叶、朱荣、素水、飞翮、鳞甲等真实之物的书写,也有"翳云之翔鸟、九渊之灵龟"这样的夸张描述,而"采菱华,擢水蘋。弄珠蚌,戏鲛人。讽《汉广》之所咏,觊游女于水滨",则从对现实情境中对菱华、水蘋的描写不着痕迹地变为对神话世界中鲛人和明珠的想象。王粲《七释》写宫室之美,多从写实角度展现,如其笔下铺陈的池苑诸种名物"芳卉奇草,垂叶布柯。竹木丛生,珍果骈罗。青葱幽蔼,含实吐华。孕鳞群跃,众鸟喧讹",无不是对一个具有理想色彩但却可以存在于现实之中的园林的摹写。相比之下,曹植的描写更追求灵动摇曳的文情文思,展现广阔遥远的空间构设,引领读者驰骋想象,体会具有创造性的文学情境。但总体而言,与汉代赋作相比,建安赋家的名物铺陈注重生活真实,更多地以审美眼光去书写与他们的实际生活息息相关的事物。

由于重视在物我关系中"我"的参与,以及倾向于以审美态度书写"物",在校猎赋中,王粲和曹植较前代赋家更为细致地描写勇士与猛兽的厮杀格斗,以真实的细节再现和渲染血腥暴力的场景,取得了强烈的暴力美学的效果。王粲《七释》写鹰犬逐猎,禽兽四散奔逃,或中箭,或入罗网,负伤的野兽狂性大发,勇士们徒手与之格斗:"顿犀猗象,破胆裂股,当足遇手,摧为四五。"这种手撕猎物的场景,呈现出杀戮的利落、暴虐。曹植《七启》进一步突显了校猎题材的暴力美学特征,写众人围猎,马踏车践;写士卒追逐猎物搜林索险、腾山赴壑;写困兽犹斗,猛士与之肉搏:

> 乃使北宫东郭之俦,生抽豹尾,分裂貙肩,形不抗手,骨不隐拳。批熊碎掌,拉虎摧斑。野无毛类,林无羽群。积兽如陵,飞翮成云。①

　　这段描写看似不起眼,但在校猎题材中却具有一定的创新意义。受伤之后仍凶猛无比的豹、貙、熊、虎,被勇士活活抽断尾巴,撕裂肩膀,勇士劈碎熊掌,摧毁虎躯,场面十分暴力血腥。前代赋家亦在校猎题材中展现暴力,展现血腥的一面,但是在描写人与兽近身肉搏之时,却少有建安文人这样细致的描写、直接的展现和极致的渲染。这段描写犹如特写镜头,将勇士撕碎猎物的情景推近到读者眼前,人类的双手沾染了猎物的鲜血,这种场景远比飞矢、陷阱、罗网、鹰犬造成的猎杀场景更加惨烈。勇士的锐不可当、奋力呐喊,以及猎物的鲜血四溅、哀嚎惨叫,令人既有酣畅淋漓之感,又有惊心动魄之叹,不仅呈现出杀戮的无情和熟练,更呈现出一种杀戮的快感和享受。而这种快感和享受,正是作者通过文字描写参与到猎杀之中的结果,勇士与猎物的格斗,仿佛不再是文人旁观和欣赏的对象,而是他们自身参与的实际厮杀。汉赋中亦有人兽格斗的场景,如司马相如《子虚赋》云:

> 于是乃使剽诸之伦,手格此兽。②

---

① 龚克昌、周广璜、苏瑞隆评注:《全三国赋评注》,第382页。
② 龚克昌、苏瑞隆评注:《两汉赋评注》,第89页。

司马相如《上林赋》云：

生貔豹，搏豺狼，手熊罴，足野羊。①

班固《西都赋》云：

许少施巧，秦成力折。掎僄狡，扼猛噬。脱角挫脰，徒搏独杀。②

很明显，汉赋中的人兽格斗场景书写相较而言比较简略，缺乏细节描写，读起来感觉作者处于冷眼旁观的角度，而不是自我参与的角度，格斗场面对他们而言是一个外在的观察对象。而对于建安文人而言，原本作为"外物"存在的书写对象，在审美意识的观照中，似乎已经成为他们自我生命体验的一部分。曹胜高在《汉赋与汉代制度——以都城、校猎、礼仪为例》中写道："如果说西汉校猎代表了武力的张扬和血腥的杀戮，意在显示征服和获得的快感，那么东汉的校猎更多代表着礼乐秩序的恢复和礼仪制度的完善。"③建安赋的校猎书写比西汉校猎赋更为暴力和血腥，由此亦可见在个体自觉思潮下，建安时期礼乐秩序和礼仪制度诗束缚的松弛。

三、建安咏物赋的新变

建安时期留存下来的咏物之作绝大部分是赋作，咏物诗极少，仅

---

① 龚克昌、苏瑞隆评注：《两汉赋评注》，第91页。
② 龚克昌、苏瑞隆评注：《两汉赋评注》，第467页。
③ 曹胜高：《汉赋与汉代制度——以都城、校猎、礼仪为例》，北京大学出版社2006年版，第159页。

有曹植、刘桢《斗鸡诗》,刘桢的《赠从弟》等,故而本节从咏物赋入手考察建安文人书写"物"的特点。

(一)建安咏物赋数量的激增

如前所述,建安咏物赋在短短二十年间数量激增,曹操、曹丕对名物的浓厚兴趣以及爱赏态度起着极大的促成作用,除此之外,还有如下几点原因值得关注:

首先,建安时期邺下文人集团形成带来即席作赋和同题共作的风气,促进了建安咏物赋数量的激增。文人宴饮或雅集之时即席作赋,多以眼前之物为书写对象,此风在建安时期盛行,故而建安咏物赋亦随之兴盛。如祢衡《鹦鹉赋序》言:"时黄祖太子射,宾客大会。有献鹦鹉者……衡因为赋,笔不停辍,文不加点。"刘桢《瓜赋序》言:"(桢)在曹植座,厨人进瓜,植命为赋,促立成。"此两篇序言虽均为后人所加,但建安文人在宴饮之时应制作赋的风气可见一斑。另陈琳《玛瑙勒赋序》言:"五官将得玛瑙,以为宝勒,美其英彩之光艳也,使琳赋之。"曹丕《玛瑙勒赋序》言:"余有斯勒,美而赋之。命陈琳、王粲并作。"从这两篇赋序,可推想曹丕于雅集之时向陈琳、王粲展示玛瑙勒,以及三人同题共作的情形。曹丕另有《槐赋序》言:"王粲直登贤门,小阁外亦有槐树,乃就使赋焉。"可见曹丕在日常生活中有所感慨,亦会随时命题,令其他文人一起咏物抒怀。建安时期同题共作(现存两篇及以上者统计为同题共作之赋)之赋存40余篇,占所存咏物赋的大多数。

建安咏物赋数量激增的原因,还在于当时社会经济与对外交流较前代更为发达,许多奇花异草、奇珍异宝乃至珍禽异兽从西域传至中原,激发文人兴趣并为之作赋。祢衡《鹦鹉赋序》记述黄射大宴宾客之时有人进献鹦鹉,序文开篇又写"惟西域之灵鸟兮,挺自然之奇姿",这说明鹦鹉从西域传入,且属于珍稀之物。在这方面,好奇尚异的曹丕表现更为突出,他不仅在赋作中吟咏了更多珍奇之物,还表现出对这些物品远超时人的浓厚兴趣。其《迷迭赋并序》写自己亲手"种迷迭于中庭",嘉其"扬条吐香",美其"薄西夷之秽俗兮,越万里而来征"。《车渠碗赋并序》介绍车渠"玉属也。多纤理缛文。生于西国",美其"料珍怪之上美,无兹碗之独灵"。《玛瑙勒赋并序》介绍玛瑙"玉属也。出自西域,文理交错,有似马脑,故其方人因以名之",美其"苞五色之明丽,配皎日之流光"。建安咏物赋中前代未见的珍稀之物就有鹦鹉、迷迭香、车渠碗、玛瑙勒以及孔雀5种①。文人对珍稀之物的吟咏,反映出当时的社会经济和文化交流的进步与发展,同时也促进了咏物题材的拓展以及咏物赋数量的激增。

　　建安时期,文人有浓厚的博物兴趣,对大自然和日常琐细生活的关注更为广泛,他们所吟咏的动植物以及其他物品的数量、品类都得到了丰富。汉代咏物赋书写对象中的动植物大概有蓼虫、大雀、蝉、杨柳、文木、荔枝、郁金、芙蓉等,日常用品如屏风、薰笼、灯、枕、书擿、扇、针线、笔,还有游戏用具如围棋、樗蒲、塞、弹棋,乐器如琴、洞箫、长笛等。建安咏物赋中的动植物包括玄猿、龟、孔雀、鹦鹉、莺、白鹤、鹖鸡、雁、蝙蝠、蚊、蝉以及杨柳、槐树、桑树、橘、迷迭香、芙蓉、瓜,珍玩包括车渠碗、玛瑙勒、玉玦,日常生活用品包括冠、漏卮、扇(圆扇、九华扇、扇),游戏用具包括弹棋、投壶,乐器有筝。对比可见,短短数十年间建安咏物赋中动植物等自然名物的数量、种类都有所增加,日常生活方面增加了珍玩一类,另有诸如食物、炊具、家具、兵器等名物出现在其他文体中,而在汉代诗赋之外的文体几乎是不书写名物的。

　　当然,建安咏物赋的兴盛亦得益于对前人的继承和模仿。如盛

①　王子今《龟兹"孔雀"考》一文即征引史料说明魏晋时期西域曾进献孔雀至中原。文焕然、何业恒《中国古代的孔雀》一文认为自汉至晋,四川盆地和云南省东部有不少孔雀。可见,建安时期,对于中原地区而言,孔雀仍是珍稀之物。参王子今:《龟兹"孔雀"考》,《南开学报》(哲学社会科学版)2013年第4期;文焕然、何业恒:《中国古代的孔雀》,《化石》1980年第3期。

行汉代的乐器赋,在建安时期虽少佳作留存,但毕竟没有消失。建安早期,祢衡写下咏物赋的巅峰之作《鹦鹉赋》,至邺下文人集团形成后,陈琳、阮瑀、应场、王粲、曹植均有《鹦鹉赋》留存,虽多为残篇,但依然可见对祢衡的模仿。这种模拟之风在后代一直延续。

(二)建安咏物赋追求逼真再现

如前所述,建安文学名物书写态度的转向,使名物成为直接的审美对象,而不仅仅是外在的修辞手段和负载炫耀博学、道德说教等功利目的的手段,这个转向带来了建安咏物赋在体物上的新特点:建安赋家开始注重对所咏名物进行仔细观察,认真描摹,力求真实、生动、形象地予以再现。

两汉咏物赋体物多凭借想象,书写想象中的情景,并不重点描摹眼前实景。最典型的是乐器赋,汉人咏物,喜好选择乐器为书写对象,其源头当溯至枚乘《七发》。枚乘描写吴客以音乐启发楚太子,对琴木的生长、琴的制作、琴曲的演奏以及乐声的感染力进行了想象和渲染。先写琴木乃龙门之桐,生长于奇险孤峭之地:"上有千仞之峰,下临百丈之溪"。接着写琴木经由名师斫斩且采用上好的辅料制作成琴:"于是背秋涉冬,使琴挚斫斩以为琴,野茧之丝以为弦,孤子之钩以为隐,九寡之珥以为约。"而琴声感人,即使鸟兽虫蚁亦为之沉迷:"使师堂操《畅》,伯子牙为之歌。……飞鸟闻之,翕翼而不能去;野兽闻之,垂耳而不能行;蚑、蟜、蝼、蚁闻之,拄喙而不能前。"枚乘笔下琴木生长的环境,琴的制作、演奏等情形全是凭想象而来的虚写。譬如"千仞之峰""百丈之溪"等夸大之辞,都无法着眼于细部的真实表现。至于琴声的艺术效果,本身极难描摹,只能取譬多方,依靠想象和虚写进行表现。这种体物手法不注重对物体形象和特点的再现,而更着意于文采和气势的呈现。

枚乘之后,汉代文人所作乐器赋基本遵照这个书写模式。如西汉王褒《洞箫赋》,东汉傅毅《琴赋》、马融《长笛赋》等,均是对枚乘赋作的踵事增华,在体物手法上亦继承枚乘的想象和虚写。不仅乐器赋,汉代其他咏物赋大多在体物上采取虚写和想象手法。如刘安《屏风赋》开篇:"维兹屏风,出自幽谷。根深枝茂,号为乔木。孤生陋弱,畏金强族。移根易土,委伏沟渎。"虽是写屏风,但是与乐器赋开篇十分相似,均是通过想象夸张首先美化所咏之物的来历,这个套路为后世咏物赋广泛继承。刘胜《文木赋》是一篇颇具文采气势的咏物赋,其开篇亦是这个模式:"丽木离披,生彼高崖。拂天河而布叶,横日路而擢枝。"这样的想象与其说是体物,不如说是造势。刘胜对文木的花纹色彩的描写,亦是全凭想象夸张,读起来十分精彩:"或如龙盘虎踞,复似鸾集凤翔。青锅紫绶,环璧珪璋。重山累嶂,连波迭浪。奔电屯云,薄雾浓氛。麏宗骧族,鸡队雉群。蠋绣鸯锦,莲藻芰文。"再如王逸《荔支赋》借助想象描写荔枝树,朱穆《郁金赋》借助比喻描写郁金香的艳丽,其共同点都在于赋家体物不求真实细致形象,而是更注重文采气势。当然,汉代也存有少数咏物赋,在体物时比较生动形象,如刘歆《灯赋》、张奂《芙蓉赋》等,但这在汉代文学中只是个别之作,未能形成一种气候。易闻晓《汉赋"凭虚"论》言:"大赋铺陈,其本质要义是夸饰炫耀,其叙述视角则假托虚拟,其主导倾向为瑰丽藻饰,其虚夸目的在悚动人主,其才学施为在虚设空间,其铺排充实在名物事类,其祖述取用在殊方异物。"①这段话对汉代大赋兴盛背景下赋家写作的心态与手法作了精当的概括,正是在这种"凭虚"的风气和审美取向之下,形成了汉代咏物赋体物注重造势和文采展现,而不注重真实工细的特点。

　　建安咏物赋脱离了汉大赋的创作氛围,体制短小,难以包容无拘无束的铺陈,亦无须再以华丽纷繁的想象造就赋作的气势。名物已成为文学创作的直接审美对象,赋家因此便将笔力全部集中到名物

① 易闻晓:《汉赋"凭虚"论》,《文艺研究》2012年第12期。

本身的特点上。

先从乐器赋进入比较。建安乐器赋留存极少,仅阮瑀《筝赋》可作参考。阮瑀乐器赋较之汉代乐器赋篇幅大大减少,其写作层次是先写筝的制作,再写筝的演奏,最后写乐声的感染力,虽基本继承了枚乘之后乐器赋的传统写作模式,但其变化亦很显著。录现存全文如下:

> 惟夫筝之奇妙,极五音之幽微。苞群声以作主,冠众乐而为师。禀清和于律吕,笼丝木以成资。身长六尺,应律数也。弦有十二,四时度也,柱高三寸,三才具位也。故能清者感天,浊者合地,五声并用,动静简易。大兴小附,重发轻随。折而复扶,循覆逆开。浮沉抑扬,升降绮靡。殊声妙巧,不识其为。平调定均,不疾不徐。迟速合度,君子之衢也。慷慨磊落,卓砾盘纡,壮士之节也。曲高和寡,妙妓难工。伯牙能琴,于兹为朦。蹶怪翕纯,庶配其踪。延年新声,岂此能同? 陈惠李文,曷能是逢?①

可见,阮瑀省略了前代乐器赋铺陈渲染乐器原材料生长环境的内容,并将筝的制作过程大大简化,仅"禀清和于律吕,笼丝木以成资"即概括了制作全过程。接下来阮瑀对筝的外形进行了十分真实细致的介绍:"身长六尺,应律数也。弦有十二,四时度也,柱高三寸,三才具位也。"全赋最生动的当数描写演奏者的部分:"大兴小附,重发轻随。折而复扶,循覆逆开。浮沉抑扬,升降绮靡。殊声妙巧,不识其为。"简短的文字,将演奏者动作的轻重缓急以及乐声的抑扬变化刻画得惟妙惟肖,十分生动和真实,几乎能令人还原演奏时的真实情景。相比较而言,建安乐器赋失却了汉代乐器赋那种文采飞扬、气势宏大的

---

① 龚克昌、周广璜、苏瑞隆评注:《全三国赋评注》:第48页。

艺术特点,但它注重摹写物象的真实状态,并力求真实工细,这无疑是文学审美观念的一个新发展。

建安咏物赋体物追求工细,摹写着重真实,从而不具有汉代咏物赋(主要是乐器赋)那种奇伟瑰丽的风格和气象,而是显得更为贴近日常生活,更为亲切,更为简便,其中透露出的趣味,亦颇具文学的魅力。

曹丕咏物赋可谓建安赋中体物工细、描写生动形象的典型,以《弹棋赋》为例。在《典论·自叙》中,曹丕提及自己对弹棋的爱好以及写作《弹棋赋》之事:"余于他戏弄之事少所喜,唯弹棋略尽其巧,少为之赋。"曹丕对棋盘、棋子作了细致描写:"局则荆山妙璞,发藻扬晖。丰腹高隆,庳根四颓。平如砥砺,滑若柔荑。棋则玄木北干,素树西枝。洪纤若一,修短无差。象筹列植,一据双螭。滑石雾散,云布四垂。"弹棋失传已久,但从曹丕赋中,还可以大致了解到棋盘、棋子的外形和质地。曹丕摹写棋局的复杂多变:"尔乃详观夫变化之理,屈伸之形,联翩霹绎,展转盘萦,或暇豫安存,或穷困侧倾,或接党连兴,或孤据偏停";又摹写观棋者种种情态:"于时观者莫不虚心竦踊,咸侧息而延伫,或雷抃以大噱,或战悸而不能语。"实乃写尽观棋百态,观棋者的种种表现,既真实传神,又滑稽多趣。《弹棋赋》是细致观察的结果,也是一个弹棋高手的心得体会。

汉代赋家亦写游戏赋,马融《围棋赋》借助比喻展现围棋胜负诀窍,蔡邕《弹棋赋》以虚写展现弹棋的气势,边韶《塞赋》则赋予塞戏"乾行健""坤德顺"的重要寓意,都是虚写的手法。唯有马融《樗蒲赋》比较真实形象,描写了关于樗蒲本身实实在在的东西,比如游戏器具、游戏规则、游戏者的情态等,其结构、内容及写作手法,对曹丕《弹棋赋》有明显的影响。邯郸淳《投壶赋》对投壶游戏的起源、规则和方法进行了全面介绍,全篇文辞朴实,着意于对投壶的真实再现,文学成分稍弱了些,可以说是咏物赋状物追求真实的一个极端,但与汉代游戏赋相比，还是突显了建安赋家状物从虚写变为实写，从追求气势文采到追求真实、形象的变化。

再如曹丕《柳赋》《槐赋》。曹丕描写柳树长条婀娜："应隆时而繁育兮，扬翠叶之青纯。修干偃蹇以虹指兮，柔条阿那而蛇伸。上扶疏而孛散兮，下交错而龙鳞。"描写槐树枝繁叶茂："周长廊而开趾，夹通门而骈罗。承文昌之邃宇，望迎风之曲阿。修干纷其灌错，绿叶萋而重阴。上幽蔼以云覆，下茎立而擢心。"王粲《柳赋》《槐树赋》均乃与曹丕同题共作，描写树木之丰茂婆娑，亦都真实生动。陈琳《迷迭赋》以"立碧茎之婀娜，铺彩条之婉蟺"，王粲《迷迭赋》"布萋萋之茂叶，挺苒苒之柔茎"，曹植"流翠叶于纤柯兮，结微根于丹墀"，这些细致生动的描写，十分生活化，和现实生活很贴近，不像汉赋描写树木，必将其置于人迹罕至之崇山峻岭、深林幽谷之中。汉代咏物赋因其大赋创作的恣意铺陈、尽情想象的特点，具有一种非凡的气势；而建安咏物赋在抒情小赋背景之下，更多地具有生活的趣味。

刘桢《瓜赋》可谓建安赋家书写生活趣味的佳作，赋中描写瓜的生长："三星在隅，温风节暮。枕翘于藤，流美远布。黄花炳晔，潜实独著。丰细异形，圆方殊务。"这段文字将瓜藤、瓜花，以及瓜从花落之时悄然长出，到长成形状各异的瓜的过程，都描述得十分细腻生动形象。只有在生活中处处留心、观察入微的赋家才能写出这样的文字。

建安咏物赋取材广泛，赋家将生活中令人厌恶之物亦刻画得生动真实，如傅巽的《蚊赋》和曹植的《蝙蝠赋》，这两篇赋乃独树一帜的作品，其最具独特性之处在于作者将审丑观念引入咏物赋的创作之中。汉代咏物赋和其他建安咏物赋，对所咏之物都要进行美化，汉赋尤其讲求夸饰，而这两篇作品则极力渲染蚊子和蝙蝠之丑恶。如曹植《蝙蝠赋》言：

吁何奸气，生兹蝙蝠。形殊性诡，每变常式。行不由足，飞不假翼。明伏暗动。昼似鼠形,谓鸟不似。二足为毛,飞而含齿。巢不哺鷇,空不乳子。不容毛群,斥逐羽族。下不蹈陆,上不冯木。①

傅巽《蚊赋》言:

水与草其渐茹,育兹孽而蚊□。觜咮锐于秋毫,刺锯利于芒锥。无胎卵而化孕生,博物翼而能飞。肇孟夏以明起,迄季秋而不衰。众繁炽而无数,动群声而成雷。肆惨毒于有生,乃餐肤体以疗饥。妨农功于南亩,废女工于杼机。②

两篇赋有较为相似的结构和内容,均从恶物化生写起,然后描状其生活习性,最后描写其危害。这从侧面说明了建安文人对于自然名物了解之广,知识之丰富。

两篇作品体物都十分生动形象,尤其《蚊赋》,将蚊子的尖嘴利齿,自夏至秋繁衍不绝的顽固,聚集成群、响声如雷、吸人鲜血、咬人肌肤的可怖,刻画得惟妙惟肖。两篇赋手法高妙,令人对所咏之物陡生厌恶之情,其丑陋可恶的形象简直无处遁形。这种阅读体验不同于审美时的喜悦怡然,而是在审丑过程中才产生的厌恶,不得不说曹植、傅巽的审丑之作是一种创新和探索。对于繁钦的《明□赋》和《三胡赋》,钱锺书《管锥编》推论前者当是嘲笑丑女之作,后者乃描状胡人丑恶容貌之作③。从现存部分判断,这两篇赋在描写丑女和胡人之时,极尽丑化之能事,唤起的阅读体验与前两篇十分相似,也

---

① 龚克昌、周广璜、苏瑞隆评注:《全三国赋评注》:第486页。
② 龚克昌、周广璜、苏瑞隆评注:《全三国赋评注》:第200页。
③ 钱锺书:《管锥编》,生活·读书·新知三联书店2007年版,第1655页。

可以纳入审丑之列。汉代蔡邕有嘲弄侏儒的《短人赋》,算得上是繁钦赋的源头了。这些赋作除了表现出一致的审丑趋向,还带有共同的谐谑倾向,在赋史上独具特色。

相比较而言,曹植咏物赋较多地保留了汉代咏物赋的特点,具有飞扬的文采、瑰丽的想象以及由此而形成的气势,通过比较更可以凸显建安咏物赋体物手法的新变。如其《车渠碗赋》:

> 惟斯碗之所生,于凉风之峻湄。采金光以定色,拟朝阳而发辉。丰玄素之旳晔,带朱荣之葳蕤。缊丝纶以肆采,藻繁布以相追。翩飘飘而浮景,若惊鹄之双飞。隐神璞于西野,弥百叶而莫希。于时乃有明笃神后,广彼仁声。夷慕义而重使,献兹宝于斯庭。命公输使制匠,穷而丽之殊形。华色灿烂,文若点成。郁蓊云蒸,蜿蜒龙征,光如激电,影若浮星。何神怪之巨伟,信一览而九敬。虽离朱之聪目,由炫耀而失精。何明丽之可悦,超群宝而特章。俟君子之闲宴,酌甘醴于斯觞。既娱情而可贵,故求御而不忘。①

这篇赋体物主要借助虚夸手法,以丰富瑰丽的想象,来呈现车渠材质之高贵珍奇。开篇写车渠产自凉风(阆风)峻湄之仙境,后面写车渠由公输这样的巧匠制作,是典型的虚夸手法。王粲《玛瑙勒赋》言"乃命工人,裁以饰勒",曹丕《玛瑙勒赋》言"命夫良工,是剖是镌",则是实实在在的写法。曹植"郁蓊云蒸,蜿蜒龙征,光如激电,影若浮星"的比喻,是对车渠碗的光彩和纹理进行气势非凡的渲染夸大,这种体物手法与汉代赋家比较接近。王粲《玛瑙勒赋》以"被文采之华饰,杂朱绿与苍皂"描写玛瑙勒的光泽色彩,则是写实的手法。但曹植此赋篇制短小,行文流利,用字简易,亦是建安风格的表现。

---

① 龚克昌、周广璜、苏瑞隆评注:《全三国赋评注》:第431页。

　　即使建安早期的祢衡,其《鹦鹉赋》对鹦鹉的描写也是生动形象的,超越了前代所有的禽鸟题材作品。鹦鹉之采采丽容,咬咬好音,似在眉睫之前;长吟远慕、哀鸣感类,似在视听之间。

　　建安咏物赋体物真实工细,原因是多方面的。除了名物书写态度转向的主要原因外,还受其他因素的影响:建安咏物赋多同题共作乃至即席之作。这其实是一种文字游戏和文学竞技活动,须要在有限的时间内对眼前名物进行描摹。为力求将文字作为画笔再现物的风貌,必然促使文人对所咏名物进行细致观察,并力求体物的工细、形象、生动。另外,刘师培《论汉魏之际文学变迁》论建安文学云:"魏武治国,颇杂刑名,文体因之,渐趋清峻。"在提倡清峻文风的背景下,建安赋注重写实,减少夸张、铺陈的成分,亦在情理之中了。

　　从绘画的角度观照一下两汉与建安时代的文艺审美取向,还可以从一个侧面说明汉代咏物赋与建安咏物赋的区别。陈师曾《中国绘画史》论汉代艺术时说:"汉时绘画及雕刻不如后世之精巧,笔法浑古,有雄厚之气象,与书法同风,乃至砖瓦、偶像、工艺诸品,皆可推知其有一贯之特征也。"[1]论魏晋绘画特点时,陈师曾没有作总体描述,但通过他所讲述的三国时期画家曹不兴的绘画逸事,可窥见此时文艺审美风格的变化。曹不兴为孙权作画,不慎在白绢上点下墨迹,遂就势画作一只苍蝇,画成之后,孙权以为是真苍蝇,举手弹之。又说曹不兴连缀四十尺的白绢,画一个人物,须臾立成,"头面、手足、胸臆、肩背,亡失尺度"[2]。以上两则故事表明,三国时期绘画审美讲求生动逼真、栩栩如生,这与建安咏物赋体物的审美追求正好一致。文学和艺术的审美有相通之处,审美取向的变化,或许亦是建安咏物赋体物特点形成的重要原因。

---

① 陈师曾:《中国绘画史》,中华书局 2010 年版,第 14 页。
② 陈师曾:《中国绘画史》,第 19 页。

（三）建安咏物赋的抒情性

汉代咏物赋注重所咏名物在社会政治、道德教化、品行修养等方面的重要意义，建安咏物赋则在名物书写的日常化和世俗化的转向中，很大程度上摆脱了这种功利性的写作传统，更多地将名物与自身的生活、情感相关联，进一步增强赋作的抒情性，使得这一时期的咏物赋呈现出深情、轻灵和洒脱的风格。

汉代乐器赋是注重感染教化的典型。比如赋史名篇王褒《洞箫赋》，先铺写箫干的生长环境，然后描写洞箫制作情形，接下来描摹洞箫吹奏中武声、仁声的艺术效果，并夸张渲染乐声的感染教化作用。较之枚乘赋，王褒《洞箫赋》扩充了铺叙的内容，尤其在对乐声的描写中，加入了音乐对道德情感的教化作用。儒家注重音乐的教化作用，刘跃进说"儒家认为八音与政通，也就是《毛诗序》所说：'治世之音安以乐，其政和；乱世之音怨以怒，其政乖；亡国之音哀以思，其民困。'"[1]正因为这个原因，汉代文人赋乐器，都十分注重表现乐声的教化功能。马融《长笛赋》亦是典型代表，赋中极力铺陈乐声的感染教化作用：

> 是以尊卑都鄙，贤愚勇惧。鱼鳖禽兽，闻之者莫不张耳鹿骇。熊经鸟伸，鸱视狼顾，柎噪踊跃，各得其齐。人盈所欲，皆反中和，以美风俗。屈平适乐国，介推还受禄。澹台载尸归，皋鱼节其哭。长万辍逆谋，渠弥不复恶。蒯聩能退敌，不占成节鄂。王公保其位，隐处安林薄。宦夫乐其业，士子世其宅。……是故可以通灵感物，写神喻意。致诚效志，率作兴事。溉盥污濊，澡雪垢滓矣。[2]

① 刘跃进：《门阀士族与文学总集》，世界图书出版西安有限公司2014年版，第33页。
② 龚克昌、苏瑞隆评注：《两汉赋评注》，第743页。

在马融笔下,鸟兽虫鱼深受笛声感染,连放臣屈原,隐士介子推,冷漠的澹台灭明,悲观的皋鱼,弑君的南宫长万和高渠弥,与儿子争夺王位的蒯聩,胆怯的陈不占,都能在笛声熏陶中,或超越自己的困境,或超越自身人性的弱点。马融总结笛声可以通神灵,感化万物,可抒发人的情感,帮助人通晓仁义,能展现人的忠诚与志气,能鼓励人们移风易俗,能清洗掉污泥渣滓①。刘勰《文心雕龙·才略》称赞"马融鸿儒,思洽识高,吐纳经范,华实相扶",可谓深谙马融作品合乎儒家经典规范的特点。

建安乐器赋留存极少,唯阮瑀《筝赋》虽非完篇,但主体部分得以保留,从中可以看出,汉代乐器赋中的感染教化部分,已为阮瑀摒弃。赋中"延年新声,岂此能同。陈惠李文,曷能是逢"的感慨,只是为了表现演奏者技艺之高超,不再有丝毫说教意味。赋中以壮士之节描状琴声激昂,以君子之衢比方琴声的舒缓,亦不带有说教色彩,而只是单纯描摹琴声的区别。

与建安赋家相比,汉代赋家在咏物取材方面显得比较庄重和保守,除了乐器赋之外,比如虡、相风这样的器具,亦被赋予重大的意义。比如贾谊《虡赋》开篇写"牧太平以深志,象巨兽之屈奇",郑玄《相风赋》则言相风关乎天地神明、社会政治等。

汉代赋家咏日常用品,也体现出儒家重道德教化的特点。杜笃《书擖赋》开篇写"惟书擖之丽容,象君子之淑德",赋中又称赞书擖"抱六艺而卷舒,敷五经之典式",俨然将书擖描写为儒雅君子。再如班昭《针缕赋》,称赞针线"退逶迤以补过,似素丝之《羔羊》",以针线比喻善于补过和节俭等美德,充满说教意味。其他如蔡邕《笔赋》、张纮《瑰材枕赋》等莫不如此。

---

① 翻译部分参考《文白对照全汉赋》。费振刚、仇仲谦、刘南平校释:《文白对照全汉赋》,广东教育出版社 2006 年版,第 606—609 页。

　　建安咏物赋中惟陈琳赋喜好议论说理,带有一定的说教色彩,如其《迷迭赋》言"馨香难久,终必歇兮",《马脑勒赋》言"初伤勿用,俟庆云兮。……君子穷达,亦时然兮",《车渠碗赋》言"德兼圣哲,行应中庸"等。曹植则常借助咏物赋来歌颂曹操,如《槐赋》"杨沉阴以博覆,似明后之垂恩",《车渠碗赋》"于时乃有明笃神后,广彼仁声"等。总体而言,建安咏物赋的写作侧重点仍在于体物和抒情。

　　建安咏物赋最突出的新变在于它强烈的抒情色彩。祢衡《鹦鹉赋》乃抒情咏物赋之翘楚,这篇感人的赋作对后世影响深远。祢衡借鹦鹉"归穷委命,离群丧侣。闭以雕笼,剪其翅羽"的命运,比喻自己困窘危殆的处境,字字写鹦鹉,而又字字写己身,鹦鹉成为才高受累的才人之象征①。《后汉书·文苑列传》祢衡本传记载祢衡"少有才辩,而尚气刚傲,好矫时慢物"②,在短暂的一生中三易其主,其处境之危殆可想而知。祢衡将内心的悲苦和忧惧,全都倾注在一只美丽聪慧却遭囚禁、被进献、有性命之虞的鹦鹉身上,可谓情真意切,如泣如诉。其"笔不停辍,文不加点"的文学才华,令《鹦鹉赋》文采粲然,音韵流畅,赋中对鹦鹉的描写刻画相当细致生动,超越了前代所有的禽鸟题材作品。赋中"期守死以报德,甘尽辞以效愚。恃隆恩于既往,庶弥久而不渝"的乞怜之语,令人油然而生恻隐之心。祢衡才高命蹇,令人唏嘘叹息,但其过于狂傲的性情,又常遭人诟病。《颜氏家训·文章篇》即言祢衡"诞傲致殒"③,但这并不妨碍祢衡身后历代文人对《鹦鹉赋》的认同和共鸣。洪迈在《容斋三笔》卷十中有记:"予每三复其文而悲伤之。"④足见此赋感人至深。

---

① 唐代诗人纪唐夫《送温庭筠尉方城》一诗以"凤凰诏下虽沾命,鹦鹉才高却累身"为温庭筠鸣不平。

② 《后汉书》,第 2652 页。

③ 王利器:《颜氏家训集解》,中华书局 2014 年版,第 237 页。

④ 洪迈撰,孔凡礼点校:《容斋随笔》,中华书局 2005 年版,第 546 页。

曹丕咏物赋亦具有强烈的抒情性,其《柳赋》深情感人,读之令人动容:

> 在余年之二七,植斯柳乎中庭。始围寸而高尺,今连拱而九成。嗟日月之逝迈,忽橐橐以遄征。昔周游而处此,今倏忽而弗形。感遗物而怀故,俯惆怅以伤情。①

这段文字抒发了对时光流逝、征途漫漫的感伤,表达了对故去的左右仆御的思念,寄托了人生苦短、生命无常的慨叹。这段文字也表现出明显的叙事性,曹丕记叙了昔日柳树初植之情形,以及今日重游故地今非昔比之情形,在这样的对比中,内心的悲凉油然而生。王粲《柳赋》乃曹丕赋的和作,赋中叙事、抒情均与曹丕赋相呼应,其抒情色彩和叙述功能亦与曹丕赋相似。曹丕常与王粲同题共作,二人的《莺赋》感笼莺之哀鸣,言辞哀切,情思动人。建安咏物赋中,赋家常以禽鸟寄托自身身世遭遇和内心情感,这种托物言志的手法赋予禽鸟赋以极强的情感性。

建安咏物赋篇幅短小,笔触轻松,体物追求形象生动,从汉代庄重而又沉重的着意儒家教化的书写传统中解放出来,不再受功利文学观的约束,与追求文采气势、注重感染教化的汉代咏物赋相比,显得轻灵洒脱。

刘桢《瓜赋》,将食瓜一事写得十分富有文人雅趣,在纵情享乐的背后,令人感受到文人的洒脱和自由:"乃命圃师,贡其最良。投诸清流,一浮一藏。……析以金刀,四剖三离。承之以雕盘,幂之以纤绤。甘逾蜜房,冷亚冰圭。"这段描写总唤起读者对曹丕《与吴质书》的联想:"高谈娱心,哀筝顺耳。驰骛北场,旅食南馆,浮甘瓜于清泉,沈朱李于寒水。白日既匿,继以朗月,同乘并载,以游后园。"建安文人畅

---

① 龚克昌、周广璜、苏瑞隆评注:《全三国赋评注》,第294页。

游南皮、宴饮雅集的洒脱姿态,即蕴含在其中。

再如曹丕《迷迭赋》描写风中飘摇吐芳的迷迭"随回风以摇动兮,吐芳气之穆清",《车渠碗赋》描写车渠纹理"或若朝云浮高山,忽似飞鸟厉苍天",《槐赋》描写"天清和而温润,气恬淡以安治"的怡然自得心境,繁钦《桑赋》描写桑树"晔晔隆暑,凉风自生。微条纤绕,随风浮沉"的宁静自在,无不透露出轻灵、洒脱的气息。

第四节　建安文学书写"物"的
社会文化背景

一、博物风气盛行与博物学的形成

建安时期正值学术领域经学风气衰微和魏晋新知识风气下博物学形成的转关时期,博物知识的发展,博物作为必备的知识修养对文人的重要性①,人们对博物长久以来的兴趣,都是建安文人热衷和擅长名物书写的重要社会原因。建安文学继承了汉代文学的博物风气,并对《博物志》的写作具有直接影响。

汉代盛行博物风气,徐公持在《汉代文学的知识化特征——以汉赋"博物"取向为中心的考察》一文中指出:"六经"本身具有知识内涵广博的特征,儒学在汉代的兴盛,必然导致博学风气的盛行。博学也成为儒家的重要文化传统,而博物只是博学的自然结果。经学的发达助长了博学、博物风气,促进了广泛领域内众多学术门类的成长。博物不仅是社会人文知识,也包括自然科学知识,以及语言文字

---

① 徐公持认为博物对汉代人"不仅是一种学识修养,更是一种光耀史册的人生荣誉"。参徐公持:《汉代文学的知识化特征——以汉赋"博物"取向为中心的考察》,《文学遗产》2014年第1期。

方面的知识和能力。

　　而博物学至魏晋已形成。朱渊清在《魏晋博物学》一文中写道："汉经学时代之后,学术丕变。一种新的流行是讲求广徵博物。博物学正是在魏晋新知识风气下出现的新的学术内容。博物学是指关于现实生活中具体物质世界的综合实用知识。"①

　　建安时期正处于博物学形成的早期。约在这一时期刘熙写成《释名》一书,总共八卷 27 篇,分别释天、地、山、水、丘、道、州国、形体、姿容、长幼、亲属、言语、饮食、采帛、首饰、衣服、宫室、床帐、书契、典艺、用器、乐器、兵、车、船、疾病、丧制②。青木正儿说:"东汉末(三世纪初),出现了以名物的训诂为主的书,从此开启了名物学独立的端绪,这就是刘熙编的《释名》八卷。如书名所示,这是以解释物名为目的而编的。"③名物学是博物学形成的重要基础之一④,建安之后便涌现出陆玑、张华、郭璞等人的博物学著作,而张华的《博物志》第一次完整而明确地提出了"博物"这个概念⑤。

　　建安文学在继承博物风气和影响博物学著作的写作两方面都有着突出表现,前者主要表现为作品中对名物知识的有意积累和丰富,

①　朱渊清:《魏晋博物学》,《华东师范大学学报》(哲学社会科学版)2000 年第 5 期。

②　(汉)刘熙撰,(清)毕沅疏证,(清)王先谦补,祝敏彻、孙玉文点校:《释名疏证补》,中华书局 2008 年版。

③　(日)青木正儿著,范建明译:《中华名物考(外一种)》,第 13 页。青木正儿将《尔雅》《方言》视为"作为训诂学的名物学",认为《释名》才是名物学独立的开端。

④　朱渊清《魏晋博物学》言:对博物学的形成影响最大的是名物学、地志学、农学、本草学、图学等传统学术,这些传统学术多是经学时代流行于民间的实用技术和知识。参朱渊清:《魏晋博物学》,《华东师范大学学报》(哲学社会科学版)2000 年第 5 期。

⑤　朱渊清:《魏晋博物学》,《华东师范大学学报》(哲学社会科学版)2000 年第 5 期。

后者表现在建安文人对《博物志》写作的直接影响之上：曹丕的一些名物书写被张华直接收录，张华还记载了建安文人与一些名物之间的关系，在书写风格上亦与建安文人相似。

王粲和曹植的七体最能反映建安文学名物书写和相关名物知识积累水平的概貌。传统七体中的名物，主要有动植物（包括食物）、乐器、服饰、车马等，从枚乘《七发》后，历代赋家不断在名物的种类方面加以拓展，以显示对前人的超越。比如《七发》关于美味一事列举了种种菜肴名称及烹饪手法，及至傅毅《七激》就增加了雍州之梨，这不仅仅是增加了一种名物，而是增加了水果这个类别。后世赋家不约而同地运用这一途径展示博学多识。张衡《七辩》列举了更多水果及其他食物的名称："荔支黄甘，寒梨干榛。沙饧石蜜，远国储珍。"这段话包含的名物有荔枝、黄柑、寒梨三种水果，还有沙饧、石蜜两种糖，以及榛子这种干果。王粲《七释》则写"紫梨黄甘，夏柰冬桔。枇杷都柘，龙眼荼实"，将水果数量增加到八种。曹植《七启》不再铺陈水果，而是列举了芳菰、精粺、霜蓄、露葵、玄熊、山鷰、斥鷃、芳荃巢龟、西海飞鳞、江东潜鼍、汉南鸣鹑等各种食材名称，这些食材多有定语修饰，标识其品质以及产地，突显其优良珍贵。

傅毅《七激》关于"游览"一事的叙述中，新增了七体对宫室池苑的描绘，这是对建筑知识的展示："当馆侈饰，洞房华屋。楹桷雕藻，文以朱绿。曾台百仞，临望博见。俯视云雾，骋目穷观。园数平夷，沼池漫衍。禽兽群交，芳草华蔓。"张衡《七辩》亦有建筑知识的展现："乐国之都，设为闲馆。工输制匠，谲诡焕烂。重屋百层，连阁周漫。应门锵锵，华阙双建。雕虫彤绿，蟠虹蜿蜒。"二人对宫室的描写都比较简略概括，只作轮廓描绘，少有细节展示，所用建筑名词不过洞房、华屋、楹桷、曾台，或者闲馆、重屋、连阁、应门、华阙几种而已。

王粲《七释》则对宫室进行了复杂、细致、全面地描绘刻画：

　　名都之会，土势敞丽。乃营显宇，极兹弘侈。重殿崛起，叠构复施。栾栌错峙，飞抑四刺。结栋舒宇，翼若鸟企。云枌虹带，华榱镂楹。绮寮頫干，芙蓉披英。文轩雕楯，承以拘棍。云幄垂羽，山根紫茎。高门洞开，闿闼四通。阴阳殊制，温凉异容。班输之徒，致巧展功。土画黼绣，木刻虬龙。幽房广室，密牖疏窗。间术相关，闾巷错重。窈窕迁化，莫识所从。尔乃层台特起，隆崇嵯峨。戴巓反宇，参差相加。①

　　在王粲笔下，宫室之外形、轮廓，以及细部的立柱、横梁、飞檐、斗拱尽收眼底，而其内部雕花的屋椽、堂柱、窗户、木栏，还有墙上的花纹，亦纤毫毕现。赋中所列举的诸如显宇、重殿、栾栌、飞抑、枌带、榱楹、寮干、轩楯、拘棍、云幄、山根、高门、闿闼、土画、木刻、幽房、广室、密牖、疏窗等建筑名词，从数量上大大超越了前代赋家。这无疑是赋家对建筑物细致观察的结果，也是赋家对建筑知识有意积累的结果。对司马相如《上林赋》中一段描写上林苑建筑的文字，汉宝德评论说："由于作者对建筑并没有深刻的观察，所以文字表达特别晦涩，真伪莫辨。他把仙人与建筑连在一起，是建筑上的装饰，还是当时流行的一种想象，不易下论断。"②相比之下，王粲对建筑物的描写显得十分清晰、真实和具体，司马相如之作则更具有夸张的气势，这也正是汉赋与建安赋在描写名物上的主要差异。

　　曹植《七启》对宫室建筑知识的铺陈比较简洁，但很明显也有意使用了前人少用的名词：

---

① 龚克昌、周广璜、苏瑞隆评注：《全三国赋评注》，第 176 页。
② 汉宝德：《物象与心境：中国的园林》，生活·读书·新知三联书店 2014 年版，第 15 页。

闲宫显敞，云屋晧旴。崇景山之高基，迎清风而立观。彤轩紫柱，文榱华梁。绮井含葩，金墀玉箱。温房则冬服绵纭，清室则中夏含霜。华阁缘云，飞陛陵虚。[①]

闲宫、云屋、彤轩、紫柱、文榱、华梁、绮井、金墀、温房、清室、华阁、飞陛，这些密集的名词，显然有着展示建筑知识并有意避免与前人重复的意图。

除了名物知识的丰富，建安七体还引入新的题材内容。如曹植《七启》借镜机子之口，赞美孟尝君、信陵君驰骋当世，表达自己对他们的钦羡向往：

若夫田文无忌之俦，乃上古之俊公子也。皆飞仁扬义，腾跃道艺。游心无方，抗志云际。凌轹诸侯，驱驰当世。挥袂则九野生风，慷慨则气成虹蜺。[②]

曹植将歌颂游侠君子作为内容之一，借以表达自己积极进取、昂扬向上的精神和理想，汉魏七体，仅此一篇。九野生风、气成虹蜺的描写，使得这段文字似有九天风雷之气势，境界格外宏阔。而这个内容的增加，亦是对历史知识的展示。

王粲《七释》在音乐一事中增加了歌舞描写，曹植则在声色之妙一事中将歌舞与美色合二为一，两人的描写都是音乐歌舞知识的全面展现：如《七释》中善舞的邯郸才女、三七巧士，名为"七槃"的舞蹈，揄皓袖、竦并足、安翘足、驱顿身、扬蛾眉、徐击、倾折、顾指、转腾、浮跅等变化多姿的舞蹈动作，骈进、连武等队形的变换形式，巴渝之

---

① 龚克昌、周广璜、苏瑞隆评注：《全三国赋评注》，第382页。
② 龚克昌、周广璜、苏瑞隆评注：《全三国赋评注》，第383页。

乐,白雪之歌,还有鞞铎、管箫、笙簧、羽旄(用于指挥)等乐器,以及精通音乐的夔与伯牙,善歌的虞公和陈惠。王粲本人精通音乐,曾为曹操制礼作乐,在这段描写中,他丰富的音乐知识展露无遗。曹植铺陈的歌舞知识较之王粲要少很多,音乐乃北里流声、阳阿妙曲,乐器乃琴瑟、篪、笙、钟鼓、箫管,舞蹈乃盘鼓。曹植多用比拟手法来描摹舞姿,很少直接铺陈动作名称。相比之下,王粲赋展现的知识,在汉代之后七体中是最为丰富广博的。这正是建安文人对汉代文学博物风气的承续。

张华《博物志》与建安文人有着一定的渊源关系,建安文人的名物书写以及与名物有关的故事,都被张华收录。

《博物志》卷四"物类"直接收录了曹丕所作《诸物相似乱者》,并注明"魏文帝所记诸物相似乱者"①。卷六"乐考"记载"汉末丧乱无金石之乐,魏武帝至汉中得杜夔旧法,始后设轩悬钟磬,至于今用之,于夔也"②,卷六"服饰考"记载"汉末丧乱绝无玉佩,始复作之。今之玉佩,受于王粲"③,又记载"汉中兴,士人皆冠葛巾。建安巾,魏武帝造白帢,于是遂废,唯二学书生犹著也"④。

《博物志》的叙述方式与建安文人对名物的描写十分相似。如曹操《四时食制》描写"蕃逾鱼如鳖,大如箕,甲上边有髯,无头,口在腹下,尾长数尺有节,有毒螫人",又写"发鱼,带发如妇人,白肥无鳞,出滇池"。《博物志》卷三"异鱼"则记载"东海有半体鱼,其形状如牛,

<hr>

① (晋)张华撰,范宁校证:《博物志校证》,中华书局1980年版,第47页。

② (晋)张华撰,范宁校证:《博物志校证》,第74页。

③ (晋)张华撰,范宁校证:《博物志校证》,第80页。此句费解,据《三国志·王粲传》注引挚虞《决疑要注》,当为"魏侍中王粲识旧佩,始复作之。今之玉佩,受法于王粲"。参《三国志》,第599页。

④ (晋)张华撰,范宁校证:《博物志校证》,第75页。

剥其皮悬之,潮水至则毛起,潮去则毛伏"①。蕃逾鱼、发鱼、半体鱼,都具有不同于一般鱼类的外形或功能。再如《博物志》卷四记录"物性"曰"白鹢雄雌相视则孕。或曰雄鸣上风,则雌孕"②,曹植《蝙蝠赋》写"吁何奸气,生兹蝙蝠。形殊性诡,每变常式",傅巽《蚊赋》写"水与草其渐茹,育兹孽而蚊□。觜味锐于秋毫,刺锯利于芒锥。无胎卵而化孕生,博物翼而能飞"。白鹢有"奇特"的受孕过程,蝙蝠则由奸气化生而来,蚊子在腐烂的水草中由自然化生。

《博物志》和建安文人对物类和物性的描写与想象如出一辙,均带有知识性、述异性乃至探究性,其语言风格也极为相似,可以浑然相融,表现出博物风气之下名物书写的共通之处。

二、平民化、世俗化的倾向

以曹操、曹丕为代表的建安文人热爱日常琐细生活,热爱享乐,并具有记录和描写日常生活细节的爱好。

曹操戎马一生,但他在马不停蹄南征北战的生涯中,却保持着对日常琐细生活极大的兴趣和参与热情。日常生活中的曹操有着细腻甚至琐碎的一面,比如前文所述他对自己平时使用的箱子,会不厌其烦地描写其质地和制作过程,表现出对手工制作的兴趣和了解;在《四时食制》中他记载各种奇异鱼类的产地、外形、烹饪方式、味道及其他用途,表现出对奇异之物乃至对烹饪的兴趣。曹丕亦在《诏群臣》中记载孟达所讲的蜀地独特的烹饪方式:蜀地羊肉鸡鸭等味淡,烹制时需添加糖膏和蜂蜜助味。孟达乃蜀地降将,《三国志·刘晔传》载:"延康元年,蜀将孟达率众降。达有容止才观,文帝甚器爱之,

---

① （晋）张华撰,范宁校证:《博物志校证》,第 38 页。
② （晋）张华撰,范宁校证:《博物志校证》,第 45 页。

使达为新城太守,加散骑常侍。"①可以想象孟达投降后,曹丕召见他的情形:好奇尚异的曹丕,从孟达那里了解到许多蜀地的风土人情,并兴致盎然地将蜀地如何烹饪羊肉鸡鸭这样琐细的事情记录下来。

曹操曾向汉献帝进献酿造九酝春酒的方法,他在《奏上九酝酒法》中详细地记录酿酒时所需酒母以及水的比例,酒母泡水的具体时日和时长,过滤酒滓的时机,酿酒所用稻米的品质,酿成之后酒的贮存期以及避虫的功能,酿酒时怎样分九次加米,如果酒味偏苦怎样改善等。曹操说此酿酒之法出自他家乡曾经的县令、南阳人郭芝,不过曹操的记录如此详尽完备,对整个过程如此熟悉和了解,显示出他应当亲身参与过九酝酒的酿造。

建安文人热衷于享受生活并表达自己的享乐欲望,他们的作品中有大量关于宴饮、游戏、游园、射猎等娱乐活动的描写。如曹植的《斗鸡》《名都篇》,以及建安诸子的公宴诗等作品,都毫不讳言吃喝玩乐、诗酒优游的享乐生活。曹丕《与吴监书》专说葡萄之美:

> 中国珍果甚多,且复为说葡萄。当其朱夏涉秋,尚有余暑。醉酒宿醒,掩露而食,甘而不饴,脆而不酸,冷而不寒,味长多汁,除烦解倦。又酿以为酒,甘于曲蘖,善醉而易醒。道之固以流涎咽唾,况亲食之邪!②

喜食葡萄,只不过是一件十分日常化、私人化的琐事,曹丕却将自己享受葡萄美味的感受写出来与众人分享。这段文字里认真的书写态度、轻松的笔调、生动的文字、愉悦的心情,将吃葡萄这件琐事表现得富于情趣。而"道之固以流涎咽唾"一句,则童心未泯,令人莞尔。曹

---

① 《三国志》,第 445 页。
② 夏传才、唐绍忠校注:《曹丕集校注》,第 223 页。

丕《诏群臣》论龙眼荔枝一则中,称葡萄为"西国葡萄",可见当时的葡萄来自西域,属于珍贵的水果。曹丕写葡萄的甘脆滋味、冷而不寒的平和物性、味长多汁的特点、除烦解倦的功能,以及葡萄酒的甘美和优点,带有介绍珍果相关知识的色彩,但更多的是铺叙自身享受美食的快感。

在这样的社会氛围里,个人欲望得到释放,日常用品、个人玩好等负载更多个人物欲的名物得到文人的重视和书写,形成建安文学名物书写日常化、世俗化的特征。建安文人笔下的名物不同于汉赋名物的一个显著特征在于它们与文人个体的私人生活密切相关,是文人日常生活的一部分,与文人的情感乃至生命相联系。文人书写这些名物的时候,其文字对应的是自己内心个人化的情感体验,而不是要推广给众人的带有感染教化性质的领悟,不是用以炫耀博学的手段,也不是纯粹知识化的展现。如咏物赋的创作,汉代文人多泛泛书写所咏之物,这些物看似与所有人的生活相关,但实际上并不与任何一个具体的人相关。如前文所举杜笃《书楎赋》、班昭《针缕赋》、蔡邕《笔赋》、张纮《瓌材枕赋》等,所写虽均为日常之物,但赋作侧重表达道德说教之意,所写之物成为一种象征,而非文人自己或他人的日常用品,人与"物"的关系比较疏远。而在建安文学中,曹丕笔下的迷迭香、柳树为自己亲手种植,玛瑙勒、车渠碗为自己亲自所用,笼中莺为自己亲养,这些"物"与他的关系十分切近和亲密,带着他个人生活的印迹。建安时期其他文人的咏物赋也一样,所咏之物无不与自己或他人的生活密切关联,不是用于象征之物,而是生活中的实用之物。

建安文学名物书写的以上特征,与平民化、世俗化的东汉文化密切相关。徐公持《建安七子论》言,建安赋取材趋于日常化、小型化、普通化,冲淡了赋原有的贵族性,表现出平民化特点。傅刚《邺下文学论略》亦言,邺下文学题材拓展,将文学视角转移到日常生活的普遍事件上,使文学具有平民性,强化了反映现实的功能①。刘跃进《从魏晋风度到兰亭雅集》考察曹植赋的平民化特点,认为曹植身上表现出的平民化、世俗化倾向与曹氏家风密不可分。他指出在儒学衰微、道教兴起、佛教传入的背景下,三种文化不断冲突和融合,加之官方文化和民间文化的冲突融合,形成了东汉文化平民化、世俗化的特点。这种文化氛围为出身寒微的曹氏家族脱颖而出创造了条件,曹氏家族又为"风衰俗怨"的潮流推波助澜,逐渐推动了建安文学的繁荣②。

以曹操、曹丕为代表的建安文人对日常琐细生活的热爱、积极参与以及记录,对日常器物、个人玩好的重视和书写,对个人物欲的释放和表达,都体现了平民化、世俗化文化的特点,最重要的是,这些现象都体现了个体自觉的精神。东汉末年大一统政权崩溃,经学风气瓦解,人性所受的束缚得到解放,讲求道德教化的功利主义文学观发生变化,文学创作追求去功利的个人化的情感和体验,所以文人所写之物与自我的日常生活、情感乃至生命紧密相关,形成"物"和"我"之间亲密且平等和谐的关系,书写"物",也要突出"我",文学不仅具有了世俗化、平民化的特征,更具有了日常化、个人化、情感化的特征,不像汉大赋的铺陈虽穷尽天下之物,营造出帝国气象,却鲜有作者自我的身影。建安文人在书写"物"的过程中,以审美眼光观照日常琐细生活,使日常生活情趣成为文学的表现对象。以上这些因素共同促成了建安文学书写"物"的风格与手法的转向。

---

① 傅刚:《汉魏六朝文学与文献论稿》,第106页。
② 刘跃进:《门阀士族与文学总集》,第26—29页。

第三章　建安文人对男尊女卑观念的
表达和反思

　　建安文学的一个突出特征,在于女性题材诗赋的激增。

　　建安文人笔下的女性形象可以分为两大类。第一类是婚姻家庭关系之内的女性,如思妇、弃妇、寡妇等,其共同特点在于身被不幸、命运悲苦。此外,盛年未嫁的女子、即将出嫁离家的女子、丧失幼子的母亲、被匈奴人掳掠又被曹操赎回的蔡琰等命运凄苦的女性形象,为宗亲复仇的女中豪杰秦女休形象,也出现在这个时期。她们也归属婚姻家庭关系之内,只是她们命运发生冲突变化的原因,并不在于丈夫的变故。第二类是婚姻家庭关系之外的女性,如神女、难以追求和企及的完美女性,这类形象的共同特点在于她们存在于作者的想象之中,具有理想化色彩和象征意义。

　　女性题材作品常被后世视为比兴寄托之作,认为其中蕴含着君臣之喻或怀才不遇等情感。女性题材诗歌是否一定具有比兴寄托,这是一个复杂的见仁见智的问题。从特定的研究角度出发,具体作品具体分析,区别对待,不笼统下结论,是最科学的做法。比如胡大雷分析曹植诗歌,指出曹植《杂诗》之"西北有织妇"、"揽衣出中闺"以及《七哀》这几首诗,人们常说是有寄托,所谓以男女喻君臣;但即便可以如此认为,这也是在忠实描写女性生活的基础上实现的。论及曹植《美女篇》和《杂诗》其四"南国有佳人",他说从这两首诗的有寄托与仅有曹植创作此类诗作,可知美女盛年不嫁并未成为社会问题而需要诗人去吟咏,诗人只是以此抒发个体心中的愤懑罢了,也就是以寄托为主①。

　　所以,研究建安时期的女性题材诗赋,无论其中有无比兴寄托,可以明确的一个前提是,这些作品中的女性,不能一概被视为用于比喻和象征的抽象载体,尤其是对婚姻家庭关系之内的女性,应当首先作为具体的人物形象来观照。建安文人在书写女性的时候,首先基于对现实生活的观察和认知,创造了具体可感的女性文学形象,这些形象的情感遭遇、内心世界、外在形貌,具有一定的生活真实。当然,这些形象更大程度上是男性按照自己的要求和期待塑造出来的。西蒙娜·德·波伏瓦引用十七世纪女性主义者普兰·德·拉巴尔所言"但凡男人写女人的东西都是值得怀疑的,因为男人既是法官又是当事人",形容男性自居为创造之王包括创造女性时的心态②。所以,建安文人笔下的女性形象,在一定程度上反映着建安时期现实女性的生活情状,在更大程度上则反映出建安文人的女性观和对待女性的态度。深入探究建安文人塑造女性形象的手法和倾向,探究他们对女性命运的展示和思考,可发现他们的作品中有男尊女卑观念的自然流露,也有对男尊女卑观念戕害女性的社会现实的反思和批判。

　　建安诗赋中男尊女卑的观念是时代社会思想文化的真实反映,建安文人对男尊女卑观念的反思和批判则是个体自觉背景下文人对生命本身的思考和关怀。

---

① 胡大雷:《从全面关注到审视自身——论魏晋诗歌对女性及女性生活的描摹》,《广西师范学院学报》(哲学社会科学版)2003 年第 1 期。
② (法)西蒙娜·德·波伏瓦著,郑克鲁译:《第二性》,上海译文出版社 2015 年版,第 17 页。

第一节　男尊女卑观念对建安
文学女性书写的影响

建安文人思想相对自由,较少遵从礼教的约束,常令人误以为他们的女性观念相比前代有根本的进步①。这种观点带有想当然和简单化的色彩,拔高了建安文人的女性观,忽视了他们在现实中对待女性的态度,以及在作品中塑造女性形象时所注入的男尊女卑观念。实际上,从历史发展进程来看,建安时期正处于东汉之后男尊女卑观念不断强化的过程之中。

东汉之后,女性地位不断下降,女性权利不断丧失,这是学界共识。金春峰的《汉代思想史》指出《白虎通》对夫权作了更加绝对的规定,对妇女的地位作了更加残酷的贬抑②。刘淑丽指出西汉时期董仲舒根据天人合一理论推衍出一套系统的男尊女卑妇女观,并使之成为汉代社会儒家正统妇女观的基础。东汉男尊女卑观念进一步强权化与实用化,班固的《白虎通》以法典形式对夫妻关系和"三纲六纪"作了细致的规定,强调妇人的"三从"之德,强调女子对丈夫的绝对服从,女子不能参加任何社会活动,更不能保有独立人格以及自作主张、统帅别人的意愿③。马媛媛《两周秦汉社会对女性特质的建构过程研究》亦认为,由《礼记》中的"三从"到董仲舒"三纲"理论体系的建立,再到《白虎通》对"夫为妻纲"的明确提出,儒家女性理论经历了从先秦直到东汉长期的发展与变化,也展示了对女性贬抑程

---

① 详情参看本书研究综述。
② 金春峰:《汉代思想史》,中国社会科学出版社 1987 年版,第 461 页。
③ 刘淑丽:《汉代儒家正统妇女观的演变》,《社会科学辑刊》2003 年第 6 期。

度逐步加深的过程①。

东汉时期,男尊女卑、夫为妻纲的观念不仅以理论和制度形式贬抑约束女性,而且刘向、班昭等人还以此引导和规训女性,试图将其化为女性的内心自觉。马媛媛指出刘向《列女传》通过塑造生动的人物形象来向女性读者灌输儒家眼中理想女性所应该具有的道德品行,班昭《女诫》则希望将儒家女性行为规范内化为女性内心的道德自觉,加强对女性的自我约束,强调女子要"卑弱""敬顺"等等②。刘淑丽感叹男尊女卑妇女观对女性影响之深入,以至于一部分文化层次高的女性反倒率先成为这种妇女观的直接接受、制定和宣传者③。刘建波《女性主义视角下先秦两汉文学中的女性形象研究》一文认为,班昭作《女诫》的初衷包含着在男权社会中保护女性、追求两性和谐的动因,但其结果是将女性的主体地位进行弱化直至失去④。

男尊女卑观念不断被强化,女性地位日益低下,建安文人不可能超越这种植根于传统文化的思想观念,尽管他们通脱、不拘礼法,不歧视再婚妇女,但那只是他们自身放纵欲望的表现,虽然基于尊重、爱惜生命的人道精神对女性态度发生了一定程度上的变化,但并不能代表其男尊女卑女性观的根本改变。建安文人的女性观相比前代并没有本质区别,刘淑丽《先秦汉魏晋妇女观与文学中的女性》一书将曹魏统治者的妇女观总结为政治上歧视女性、生活上重女色以及物化女性⑤。

建安文人在对女性形象的塑造、对女性依附地位的多重描述以

① 马媛媛:《两周秦汉社会对女性特质的建构过程研究》,南京大学博士学位论文,2011年,第132页。
② 马媛媛:《两周秦汉社会对女性特质的建构过程研究》,第155页。
③ 刘淑丽:《汉代儒家正统妇女观的演变》,《社会科学辑刊》2003年第6期。
④ 刘建波:《女性主义视角下先秦两汉文学中的女性形象研究》,山东大学博士学位论文,2008年,第76页。
⑤ 刘淑丽:《先秦汉魏晋妇女观与文学中的女性》,第206页。

及对女性命运的展示上,表现出明显的男尊女卑的观念。

一、建安文学中的女性角色刻板印象

建安文人极少塑造具有个体特征的女性形象,汉乐府《古诗为焦仲卿妻作》中个性鲜明突出的刘兰芝形象,在建安文学中无处觅踪。胡大雷论魏晋诗歌对女性及其生活的描摹,曾指出建安诗人不像汉代诗人那样注重塑造具有奇形异状事迹的女性形象①。所谓"奇形异状",实际上就是指人物形象独特的、具有区别度的言行举止和个性特征。

建安文学中身处婚姻家庭关系内的女性,多以思妇、出妇、寡妇的身份存在于作品里,只具备命运的共性而不具备个人化、私人化的性情和心理,她们甚至不具备外貌特征。建安文学中所有的思妇、出妇和寡妇形象,都缺少外貌描写,像汉乐府中"纤纤作细步,精妙世无双"的刘兰芝和"缃绮为下裙,紫绮为上襦"的罗敷,在建安文学中都变为没有眉眼、没有轮廓的模糊不清的形象。甚至像王宋这样被刘勋休弃的有名有姓有故事的真实存在的女性,也仅仅在无法确定真伪的作品序言中被提及,得不到属于她个人的书写,在以她为原型的出妇诗和出妇赋中②,她的遭遇、行为、心理活动都被赋予普遍性,从

---

① 胡大雷认为汉乐府民歌描摹的妇女形象,多具有奇行异状的事迹,如《陌上桑》中罗敷女拒绝使君的行为,《陇西行》中称颂的"健妇持门户,胜一大丈夫",《东门行》《妇病行》中妻子的情怀,《白头吟》中女子自上门来与丈夫诀绝,《孔雀东南飞》中刘氏的勇于反抗,《上邪》中女子的自誓。参胡大雷:《从全面关注到审视自身——论魏晋诗歌对女性及女性生活的描摹》,《广西师范学院学报》(哲学社会科学版)2003 年第 1 期。

② (陈)徐陵编,(清)吴兆宜注,(清)程琰删补,穆克宏点校:《玉台新咏笺注》,中华书局 1985 年版,第 58 页。曹丕的《代刘勋出妻王氏作》在《玉台新咏》中有序,言平虏将军刘勋妻王宋入门二十余年,后刘勋移情山阳司马氏之女,以无子为由休弃王宋。《玉台新咏》认为此诗乃王宋在还家道中所作。学界认为曹丕等人的《出妇赋》、曹植《弃妇篇》均为王宋之事而作。

而模糊了她作为个体存在的形象特征,她作为出妇的代表和象征被书写,而非作为一个独立的人被书写,她的形象被类型化。

建安诗赋中女性形象的类型化,是建安文人有意忽略女性个体特征的结果。比如描写思妇,曹丕《燕歌行》"援琴鸣弦发清商,短歌微吟不能长",徐幹《情诗》"顾瞻空寂寂,惟闻燕雀声",曹植《七哀诗》"愿为西南风,长逝入君怀",都是对女子思念情人的心理感受进行揣摩和臆想,从不同的角度展现空闺之中思妇的伤感、孤寂和热忱的想念,他们着力于如何细腻、高妙地传达出这种情感,而不是想要塑造出一个生动的、具有个体性情和辨识度的人物形象,所以这些女性形象千篇一律,高度雷同。这种情形在出妇和寡妇题材的诗赋中同样存在。

建安文人对婚姻家庭关系内女性个体特征的忽视和类型化的处理,是男尊女卑观念的自然流露。将女性形象类型化,从本质上讲,是对女性个体声音的压制,是对现实生活中女性个体生活情态的有意省略。文学中的女性仿佛成为流水线上的机器人,在不同作家笔下呈现出同一种规格和形状。这种规格和形状,主要是由男性文人的女性观决定的,而不是由生活真实决定的。正如刘慧英所描述的那样:"女性形象被男权文化赋予了种种意义和价值,女性的自我之声被抹煞和压制了。这造成了男权文化构造中女性自我的空洞化。"①

关于建安文学女性形象的类型化成因,吴从祥将之归纳为文人与现实生活的隔膜、与女性的性别隔膜以及文人相互唱和效仿写作的风气,认为文人无法详知个别情事的原委曲折和女性的个体特征,

---

① 刘慧英:《走出男权传统的樊篱——文学中男权意识的批判》,生活·读书·新知三联书店1996年版,第16页。

所以无法刻画和再现现实女性的具体个性和特征①。这个观点未能切中肯綮，因为建安文人无时无刻不在现实生活中存在，不可能与现实生活脱离。如果他们由于性别隔膜而无法创造具有个性的女性，那么据此推断，关于刘兰芝和罗敷的作品就只能是女性自述了，曹植也无法塑造出鲜明生动的洛神形象。

造成建安文人在塑造女性形象方面的类型化倾向，一个很重要的原因在于男尊女卑观念对建安文人潜移默化的影响。个体的女性形象具有私人化的言行举止，类型化的女性，则完全由男性代言。不可否认，建安文人在想象揣摩女性的心理感受时，不乏细致、贴切、真实的特点，这更证明文人了解女性的生活和情感，但他们随后将女性形象同一化，抹去她们之间应有的差别，这种行为的本质，就是建安文人对女性性别角色的刻板印象，而且这种印象正是建立在男尊女卑观念之上的。

性别角色刻板印象是心理学的专业术语，其定义是指"关于男性和女性基本特质的一种过于简单化但被广泛接受的观念"，这种印象即认为男性应该做什么，女性应该做什么②。建安文人在诗赋中表现的女性形象的共性，所塑造的雷同的女性形象，其实就是男性中心社会对女性性别角色的刻板印象，是男性中心社会对女性情感状态的设定和要求，比如当她们身处离别时，当怎样思念感伤；身被休弃时，当怎样怨愤；失去丈夫时，又当怎样悲痛。

再以蔡琰为例，进一步说明这种性别角色刻板印象在女性形象塑造中的影响。蔡琰也是进入文学书写的现实女性，以她为书写对象的现存作品有其自传体五言长诗《悲愤诗》，以及曹丕、丁廙的《蔡

① 吴从祥：《唐前文学作品中的女性形象研究》，第 101 页。
② （美）Dennis Coon，John O. Mitterer 著，郑钢等译：《心理学导论》，中国轻工业出版社 2014 年版，第 437 页。

伯喈女赋》,曹丕赋仅存序言。比较而言,《悲愤诗》中蔡琰的形象十分生动鲜明。诗歌以"汉季失权柄,董卓乱天常"开篇,激昂悲愤有气势,很好地传达了个人在社会大动乱中的渺小、无助和凄惨。蔡琰运用很多言行举止和心理感受的细节来记录自身的经历,尤其是与幼子难以割舍的生别场景以及归家所见萧条凄凉的情景,读来令人恻然心酸,蔡琰自身的形象亦由此而血肉丰满,个人化特征十分明显。

丁廙赋则平淡无奇,此当受制于作者自身的文学才能,但赋中亦可见对蔡琰的性别角色刻板印象。如描写蔡琰在胡地的遭遇时,丁廙写"惭柏舟于千祀,负冤魂于黄泉",在丁廙的想象中,蔡琰流落匈奴再嫁左贤王,未能守住贞节,所以愧对《鄘风·柏舟》里守义不嫁的女子。丁廙对蔡琰心理的揣摩,实际是他自己内心男尊女卑观念的流露,因为汉代贞节观念本身就是对女性不平等的单方面的要求①。《悲愤诗》虽然也有"流离成鄙贱"之语,但并非蔡琰在胡地时的心理活动,而是"托命于新人"即再嫁董祀之后的心理活动。而且"流离成鄙贱"一语,只是表达担心被人嫌弃,并非强调自己感到羞愧。所以丁廙所要塑造的蔡琰,并非蔡琰本身的真实形象,而是丁廙按照自己的女性观想象出来的、带着性别角色刻板印象的蔡琰,也就是说丁廙的意图是要塑造作为女性的蔡琰形象,这个形象须符合当时的思想意识形态领域对女性的要求和构建,尤其必须符合贞节观对女性的要求和构建,至于这个形象与蔡琰本人是否相似,并不重要。

相比而言,《诗经》时代,《卫风·氓》中的弃妇虽然没有姓名,但她的故事个人化特征非常明显,诗人对女子从恋爱、结婚、被休弃直

---

① 马媛媛认为,关于女子贞节观,班昭在《女诫》中"夫有再娶之义,妇无二适之文",将女子贞节观念发展到极致,也将男女在性关系权力方面的不平等发展到了极点。马媛媛:《两周秦汉社会对女性特质的建构过程研究》,第141页。

至回到娘家之后的遭遇和心理变化,都予以了关注和展现,树立起一个真率坚强、生动鲜明的个性化形象,这实际上反映了先秦时期女性与男性地位具有一定的相对平等的成分①。东汉以降男尊女卑现象越来越严重,文学中不复再有《诗经》时代女子那样对变心男子的指斥和决绝的行为,更不会再现"于嗟女兮,无与士耽"这样深刻的反思和充满独立意识的呼告。在汉乐府《上山采蘼芜》中,弃妇对男子的态度非常隐忍和顺,她内心对男子的怨恨极为含蓄委婉,符合柔顺服从的礼教规训。从建安诗赋中可以看出,在建安时代的婚姻家庭关系中,男性表现出更强的主宰作用。在文人男尊女卑观念的影响之下,女性都作为男性的附属物存在,即使被写进诗赋作品,她们也会变成同一个形象,以符合男尊女卑社会中的女性角色刻板印象。

　　有所不同的是,对于婚姻家庭关系之外的神女赋和止欲赋中的女性形象,文人集中笔墨和用心,将她们描写为美貌、聪慧、性情宜人、令人追求向往的女子。但这并不意味着这些女性形象具有个性化特征,除了曹植笔下的洛神之外,她们都是被同一化的、首先负载情欲抒发功能的类型化形象。

　　建安时期神女赋和止欲赋呈现出同题共作的集中态势,作品数量的激增,二者均具有情欲抒发的色彩。神女赋主要通过对女性身体的描写表现情欲。比如王粲《神女赋》对神女柔弱的体态、丰盈的肌肤、艳丽的面容、轻盈的举止、华美的服饰进行了描写,并进一步描写了神女的秀发、朱唇、眼波、笑容、酒窝和牙齿,这种对女性身体的细致刻画,是对从《诗经》到宋玉赋再到汉赋描写女性美的艺术手法

---

① 马媛媛认为,先秦时代为了建立理想的社会秩序,提倡两性平等的"男女有别"原则,到秦汉之际为了保证家庭的延续提倡"有子不嫁"的女性贞节要求,再到保证男子一方性权力的"夫有再娶之义,妇无二适之文",对女子单方面的要求越来越高,男女两性也越来越不平等。马媛媛:《两周秦汉社会对女性特质的建构过程研究》,第142页。

的继承。王粲赋中还描写神女"于是释服堕容，微施的黛。承间嬿御，携手同戴"这类脱衣换妆的情景，情色意味十分明显。曹植《洛神赋》对女性美的描写更为生动精细，"翩若惊鸿，婉若游龙"的比喻成为千古名句，皓质呈露、气若幽兰的洛神，仿佛近在眼前，气息拂人，亦具有明显的情欲色彩。比较宋玉、王粲、曹植笔下的神女形象，会发现她们在长相、服饰、气质、性情方面都十分相似，在这个层面上，她们依然是缺乏个体特征的类型化形象。

止欲赋则从东汉后期张衡和蔡邕开始不再着重描写女性的身体部位，而是转为侧重抒情，建安止欲赋继承了这个特点。止欲赋对女性容貌的描写比较抽象，如阮瑀《止欲赋》"夫何淑女之佳丽，颜炳炳以流光。历千代其无匹，超古今而特章"，又如陈琳《止欲赋》"媛哉逸女，在余东滨。色曜春华，艳过硕人"，王粲《闲邪赋》"夫何英媛之丽女，貌洵美而艳逸。横四海而无仇，超遐世而秀出"，曹植《静思赋》"夫何美女之娴妖，红颜晔而流光。卓特出而无匹，呈才好其莫当"，应场《正情赋》"夫何媛女之殊丽兮，姿温惠而明哲。应灵和以挺质，体兰茂而琼洁。方往载其鲜双，曜来今而无列"。可见，这些描写亦具有极大的趋同性，千篇一律的描写，正是类型化的表现。

止欲赋主要运用夸张手法对女性容貌、品性的美好进行抽象的描述，而非对她们的身体部位进行细致的刻画，但她们依然首先作为情欲的观照对象而存在。建安止欲赋在情欲表达方面十分大胆自由，在艺术创作上亦具有趋同特点。建安文人以相似的句式来抒发可求而不可得、情欲受阻的痛苦怅惘之情，如阮瑀《止欲赋》：

　　　　怀纡结而不畅兮，魂一夕而九翔。①

---

① 龚克昌、周广璜、苏瑞隆评注：《全三国赋评注》，第46页。

应玚《正情赋》:

> 气浮踊而云馆,肠一夕而九烦。①

这些赋作在情节设置上亦极为相似,如杨修和陈琳神女赋都借梦境来实现人神通灵,并都在结尾大胆表现人神相遇乃顺应天地男女本性。陈琳《神女赋》云:

> 仪菅魄于仿佛,托嘉梦以通精。……顺乾坤以成性,夫何若而有辞。②

杨修《神女赋》云:

> 余执义而潜厉,乃感梦而通灵。……微讽说而宣谕,色欢怿而我从。③

陈琳《止欲赋》也假托梦境实现欢会:

> 忽假暝其若寐,梦所欢之来征。魂翩翩以遥怀,若交好而通灵。④

建安文人还继承东汉张衡、蔡邕止欲赋的艺术手法,通过幻想化

---

① 龚克昌、周广璜、苏瑞隆评注:《全三国赋评注》,第 101 页。
② 龚克昌、周广璜、苏瑞隆评注:《全三国赋评注》,第 25 页。
③ 龚克昌、周广璜、苏瑞隆评注:《全三国赋评注》,第 69 页。
④ 龚克昌、周广璜、苏瑞隆评注:《全三国赋评注》,第 20 页。

为女子贴身用品来实现对女性身体的亲近。如阮瑀《止欲赋》写"思在体为素粉,悲随衣以消除",应玚《正情赋》写"思在前为明镜,哀既餙于替□",王粲《闲邪赋》写"愿为环以约腕",这些充满亲昵意味、带有抚摸暗示的想象,是对情欲的极为大胆的表达。这种手法后来为陶渊明继承,写成止欲赋的杰作《闲情赋》。无论是借梦境幻想大胆接受神女的情意,以及借梦境幻想最终说服神女接受爱意,还是幻想化为女子贴身之物,抑或表现情欲受阻、欢会难成的痛苦心情,都表明建安文人对情欲的肯定和自然抒发。建安文学大胆标榜对情欲的享受,正如王粲《七释》评价美色对人的诱惑:"一顾连精,倾城莫悔。"

作为男性文人抒写情欲的对象,神女赋和止欲赋中的女性形象都被赋予了符合男性审美标准的特征,她们无一例外,全都貌美聪慧、德行温润、性情宜人。关于貌美的特点,前文已做分析,此处不赘述。关于其他方面的描写,且列举诸家作品相关描写如下。如王粲《神女赋》云:

　　婉约绮媚,举动多宜。称诗表志,安气和声。①

阮瑀《止欲赋》云:

　　执妙年之方盛,性聪惠以和良。②

应玚《正情赋》云:

---

① 龚克昌、周广璜、苏瑞隆评注:《全三国赋评注》,第164页。
② 龚克昌、周广璜、苏瑞隆评注:《全三国赋评注》,第46页。

夫何媛女之殊丽兮，姿温惠而明哲。①

曹植《静思赋》云：

性通畅以聪惠，行嬛密而妍详。②

繁钦《弭愁赋》云：

既容冶而多好，且妍惠之纤微。③

建安文人笔下的理想女性形象具有趋同性，"和声"、"和良"、"妍详"，"温惠"、"聪惠"、"妍惠"、"明哲"、"多宜"、"多好"等形容词，都倾向于描绘安详聪慧、温柔和善的女性形象。这个审美标准凸显了男性主体社会对女性依附性的要求，女性被设定为男性的附属品，她们必须温柔和顺、可人心意、柔媚多情，如曹植《洛神赋》之"柔情绰态，媚于语言"。甚至文人笔下的女性体态也都比较柔弱，如杨修《神女赋》之"体鲜弱而柔鸿"，王粲《神女赋》之"体纤约而方足"，王粲《七释》之"丰肤曼肌，弱骨纤形"，曹植《洛神赋》之"肩若削成，腰如约素"等。可见，在男尊女卑观念影响下，建安文人笔下的理想女性最重要的特质，乃在于色貌，乃在于和顺与柔弱，这种特质折射出男性拥有、掌握和控制女性的欲望，以及他们弱化女性的用意。正如刘慧英所说，传统的女性性别角色特征来自现实生活中男权中心

---

① 龚克昌、周广璜、苏瑞隆评注：《全三国赋评注》，第 101 页。
② 龚克昌、周广璜、苏瑞隆评注：《全三国赋评注》，第 466 页。
③ 龚克昌、周广璜、苏瑞隆评注：《全三国赋评注》，第 238 页。

社会对女人的期望和控制①。

综上，无论是被忽视个体存在情状的婚姻家庭关系之中的女性形象，还是作为情欲对象被塑造的神女、止欲赋中婚姻家庭关系之外的女性形象，她们大都具有类型化的特征，文人对她们的书写，指向的并非是她们具有独立性和个体性的人格和内心世界，甚至也不是她们天然具有区别度的外表，而是指向男尊女卑社会对女性的期待、要求和构建。这些形象反映出男性中心社会的女性角色刻板印象，体现着男尊女卑观念对建安文人创作的影响。

二、建安诗赋中女性枯槁沉寂的日常生活情态

在建安诗赋中，女性日常生活的状态，女性命运否泰的走向，无不由男性决定和主宰，在某种程度上，这些描写夸大了实际生活中女性对男性的依附性，变成建安文人对女性命运一厢情愿的意淫。

建安诗赋中，女性的日常生活空间十分狭小，基本不出闺房和庭院的范围，生活状态也极为单一，基本都在终日思念男子。文人极少描写女子在生活中的实际行为，比如劳作或其他生活细节，顶多出现带有比兴意味的织布情节。这些特征主要体现在思妇题材作品中。

建安时期游子、思妇的广泛存在是社会现实的反映。时局不稳，男子常年在外服役征战、游宦漂泊、谋求生计，以致家室怨旷，妇女哀伤。曹操《存恤从军吏士家室令》中即描写了这一社会现实："自顷以来，军数征行，或遇疫气，吏士死亡不归，家室旷怨。"曹植《七哀诗》"借问叹者谁？言是宕子妻。君行逾十年，孤妾常独栖"，《杂诗》六首其三"妾身守空闺，良人行从军。自期三年归，今以历九春"，都是对这种社会现象的书写。但建安文人并不着意表现这个社会问题，而是重在刻画自身认知中的女性的生活状态。

---

① 刘慧英：《走出男权传统的樊篱——文学中男权意识的批判》，第16页。

　　在男性文人的想象中，所有的思妇都百无聊赖，无所事事，日复一日、年复一年在对男子的痴心思念和痛苦等待中生活。曹丕《燕歌行》之一"贱妾茕茕守空房，忧来思君不敢忘，不觉泪下沾衣裳"，书写了思妇每日在空房中以泪洗面的单调生活状态。曹植《闺情》二首之一"揽衣出中闺，逍遥步两楹。闲房何寂寞，绿草被阶庭"，通过空荡荡的闲房、无人踩踏的绿草，暗示出思妇每天的孤独寂寞和百无聊赖。曹植《杂诗六首》之三"西北有织妇，绮缟何缤纷。明晨秉机杼，日昃不成文"，书写思妇因思念成伤以至于无法劳作，这种手法直接承自《古诗十九首》之"迢迢牵牛星，皎皎河汉女。……终日不成章，泣涕零如雨"，以夸张的手法表现思妇生活的全部寄托和所有的情感心思都集中在男子身上。在这些诗歌里，女子织布已经不再是现实劳作情景的反映，而是被虚化，成为具有比兴意味的表现女性专注思念男性的艺术手法。《小雅·采绿》中思妇"终朝采绿，不盈一掬"，以女子不专心劳作表达思念之深①，是这种手法的滥觞。但《诗经》中女子采摘的背景，往往设置在平原绣野、山林水边、风和日丽的情境中，诸如"采采卷耳，不盈顷筐。嗟我怀人，置彼周行"，"春日载阳，有鸣仓庚。女执懿筐，遵彼微行，爰求柔桑"，"采采芣苢，薄言采之"等，诗歌空间背景阔大舒展，充满生机和活力；而建安文学中的思妇，则身处局促狭小的闺房之中，孤身一人，在对男子忠贞不渝的思念中孤独终老。

　　徐幹《情诗》是一首在构设思妇生活空间方面比较独特的作品：

　　　　高殿郁崇崇，广厦凄泠泠。微风起闺闼，落日照阶庭。峙嵋

———————

① 朱熹《诗集传·采绿》言：妇人思其君子，而言终朝采绿而不盈一掬者，思念之深，不专于事也。（宋）朱熹集撰，赵长征点校：《诗集传》，中华书局2017年版，第262页。

云屋下,啸歌倚华楹。君行殊不返,我饰为谁荣。炉薰阖不用,镜匣上尘生。绮罗失常色,金翠暗无精。嘉肴既忘御,旨酒亦常停。顾瞻空寂寂,唯闻燕雀声。忧思连相嘱,中心如宿醒。①

与建安时期其他思妇诗构设的狭小空间不同,徐幹诗开篇以高殿、广厦、云屋、华楹构建了一个空阔旷远的空间,作为展现思妇形象的背景。这巨大的空间背景,突显出思妇的微渺孤独,使得她踟蹰不安的行止显得徒劳无益,使得她悲切的啸歌被发散消弭,无有回应,使得落日余晖下的阴影,仿佛具有了吞噬一切的法力。微风四起,落日残照,为画面增添了静谧、寂寞的氛围格调。而云屋、华楹的气派精美,更反衬出思妇内心的枯槁。继而,徐幹通过对女子居室内部细节的展现,进一步刻画思妇的内心世界。如果说高殿、广厦、云屋、华楹只是一个外部的场所,主要是为了突显女子的孤独无助和微渺弱小,那么,徐幹接下来以"君行殊不返,我饰为谁荣"进行过渡,转入对女子闺房这个私密空间以及女子在这个空间内的行为的描写:"炉薰阖不用,镜匣上尘生。绮罗失常色,金翠暗无精。嘉肴既忘御,旨酒亦常停。"炉薰、镜匣、绮罗、金翠,均为女性的私人用品,诗人通过这些用品蒙尘来表现女子无心梳妆、茶饭不思、百无聊赖、缺乏活力的生活状态。徐幹构设的由高大空旷的殿堂和狭小华美的闺房组成的空间,由外到内,由阔大到狭小,由轮廓勾画到细节呈现,在视角转换的过程中,逐步展现思妇的微渺、无助、孤独、寂寞和忧伤。

徐幹《情诗》尽管展现了一个相对阔大的空间背景,但从以上分析中可以看出,这个背景是空旷死寂的,除了突显思妇的微渺和孤独,它无法营造出《诗经》书写女子野外劳作时的那种活泼的生机。而且这个阔大的背景,最终还是要被收束进闺房的狭小之中,女子的

① 林家骊校注:《徐幹集校注》,第2页。

生活状态,依然是一味系心男子,在空寂的环境和忧伤的心情中,消磨自己的岁月和生命。

实际上,"在汉代,妇女的劳动不仅限于家庭,也涉及农业、手工业和商业等领域"①,女性并非囚禁于家庭的金丝雀。《汉代女性研究》一书中说:"汉代女性相较于后代女性,在家庭中享有较多的权利和自由,主要表现为女性拥有财产权、继承权,以及家事的参与权和决定权。"②"汉代女性活动不仅限于家庭之内,还广泛涉足政治、经济、军事、外交等领域。"③当然,建安时期女性地位较之汉代下降了,但是她们的活动领域和权利范围不可能骤然局限于闺阃之内。当然,文人笔下的女性身份或许多是贵族女子,或许是战乱时代不得不囿于家庭中的女性,但她们侍奉公婆、操持家务、抚育后代的基本生活状态,也都被文人有意忽略了,她们被类型化为一切行为以男性为中心的依附性极强的女性群体。建安诗赋中思妇日常生活情态的枯槁沉寂,是男子一厢情愿的想象和揣摩,甚至是一种刻意的塑造和规训,企图起到一种榜样的作用。将男性设置为女性生活的中心,突出女性的从属性和依附性,这正是男尊女卑观念在文人笔下的直接流露。

三、建安诗赋中女性任由男性主宰的命运

"在研究两汉妇女的地位问题时,学界基本上认可西汉初期女性有相对自由的权利,家庭地位较高,夫妻关系比较平等。"④但是,在建安诗赋中,女性的家庭地位已十分低下,她们的生命价值完全由男

---

① 夏增民:《从张家山汉简〈二年律令〉推论汉初女性社会地位》,《浙江学刊》2010 年第 1 期。

② 田艳霞:《汉代女性研究》,河南人民出版社 2013 年版,第 174 页。

③ 田艳霞:《汉代女性研究》,第 187 页。

④ 马媛媛:《两周秦汉社会对女性特质的建构过程研究》,第 2 页。

子来决定,得到男子的情爱,她们的生命才有存在的意义。思妇最担忧的事情,是岁月流逝容颜衰老,她们毕生的努力和最大的愿望都系于获得男子的爱情,她们作为男性的附庸存在,视男子的爱情为恩情、恩义,没有自己独立的人生价值和意义,她们的命运完全由男性来主宰。

建安诗赋中,随处可见女性地位之低下以及对男性的依从。如曹植《七哀诗》"君若清路尘,妾若浊水泥",《出妇赋》"以才薄之陋质,奉君子之清尘",以清浊之别表现男女贵贱之分,以"陋质"表现女性地位的低下,以"奉君子之清尘"表现女性所必须承担的侍奉男性的责任。徐幹《室思》六首其二"每诵昔鸿恩,贱躯焉足保",不仅让女子自称"贱躯",还称男子的情感为"鸿恩"。曹植《浮萍篇》亦写女子得到男子喜爱乃"在昔蒙恩惠",将男性置于施舍者的地位,突出女性的卑贱和依附性。刘淑丽指出,文人将夫妻之情描述为恩情,根源在于班昭将妻与夫的关系描述为"恩"和"义"的关系,将男女在社会和家庭地位上的不平等扩展到了夫妻情感之中①。

建安诗赋中,女性面对自身的悲剧命运,都是无助无力的,只能被动承受。曹植《闺情》二首之一"寄松为女萝,依水如浮萍",以女萝和浮萍比喻女子的生存状态和命运,她们如女萝一样寄生依附于男性,又如浮萍一样随水飘荡无定,不能把握自己的命运。她们担心男子变心,暗自揣度"人皆弃旧爱,君岂若平生"。她们勤勤恳恳地侍奉丈夫,却随时可能无端获罪遭遇抛弃。曹植《浮萍篇》"浮萍寄清水,随风东西流。结发辞严亲,来为君子仇。恪勤在朝夕,无端获罪尤",以浮萍起兴,比喻女子不能自主的命运。男子对她的昔日恩爱和今日绝情,形成鲜明的对比,男子随时随地可能变心,女性的悲剧命运便随时随地可能发生。"无端获罪尤"一句,反映出女子蒙受的

---

① 刘淑丽:《汉代儒家正统妇女观的演变》,《社会科学辑刊》2003 年第 6 期。

极端不公平对待，以及男子的粗暴无理和善变。曹丕《出妇赋》"念在昔之恩好，似比翼之相亲。惟方今之疏绝，若惊风之吹尘"，以惊风吹尘的比喻极好地表现了男子变心的突然、绝情以及女性命运的卑微和无法自主，写出了女子在男尊女卑社会里命运的无常甚至荒谬。

在建安文人笔下，女子对男子的负心往往心怀侥幸，希冀男子回心转意。如曹植《浮萍篇》"行云有返期，君恩傥中还"，直接表明女子希冀重获男子欢心的愿望。篇末写女子"散箧造新衣"，似乎喻示着女子对男子的幻想越发强烈，甚至为重返夫家做好了准备。曹丕《代刘勋出妻王氏作》"翩翩床前帐，张以蔽光辉。昔将尔同去，今将尔共归"，以床前帐隐喻昔日夫妻同床共枕的恩爱之情，以携帐而归比喻因丈夫变心而恩爱断绝的现实。诗歌结尾"缄藏箧笥里，当复何时披"，隐含着希冀丈夫回心转意的奢望。这些虚无缥缈的希望，突显了女子对命运没有丝毫抵抗能力的悲剧感。曹植《浮萍篇》又写"日月不恒处，人生忽若寓"，暗示着女子的有生之年都将笼罩在对命运的绝望无助之中，她的希望在时间的匆匆流逝中越来越渺茫，充满生命本身的幻灭之悲。

在女性文人自己的作品中，有时也强调女性的卑下以及对男性的依附。丁廙妻《寡妇赋》的开篇"辞父母而言归，奉君子之清尘"，"如悬萝之附松，似浮萍之托津"，与男性文人对女性处境的描写如出一辙，均用寄生的女萝和无根的浮萍表现女子的依附地位，以"清尘"比喻男子的尊贵，以侍奉君子为女子的天职，并且以"恐施厚而德薄，若履冰而临渊"，来摹写女性侍奉男子时尽心尽力、如履薄冰、感恩戴德的心态。这种描写反映了女性作家自身也受男尊女卑观念的制约，不自觉地迎合男性的心理。当然，这种描写应该在很大程度上代表了当时的社会现实，但建安时期女性在实际生活中的地位，并非像文学作品中所描写的那样完全失却自主性和独立性。

在史书有限的记载中，可以看到建安时期女性在一定程度上具有自主性并受到男性的尊重。《三国志·后妃传》裴松之注引《魏略》记载：丁夫人因失去养子曹昂而怨恨曹操，哭泣无节，曹操将其休回娘家，希望借此令其悔改。后来曹操前去看望丁夫人并希望她和自己一起回去，却遭到拒绝。曹操无奈，只好与之决绝，并在临终前表达了对丁夫人的愧疚之情①。这则史料反映了当时的强权领袖曹操对女性也存有尊重怜惜之心，而丁夫人敢于怨恨和抗拒曹操，不受曹操主宰，也表现出女性对自主性和独立性的追求。《后汉书·列女传》记载蔡琰"蓬首徒行"恳求曹操赦免董祀死罪，曹操让她当着满座公卿名士以及远方使驿陈词，众人均被蔡琰的"音辞清辩，旨甚酸哀"所打动，曹操最后同意了蔡琰的请求，还赐予她头巾履袜②。这则史料不仅反映出蔡琰的勇气和能力，也反映出曹操和当时满座公卿名士以及远方使者对蔡琰的同情，还反映出他们对蔡琰的欣赏和尊重。《列女传》又记载蔡琰自述"昔亡父赐书四千许卷，流离涂炭，罔有存者。今所诵忆，裁四百余篇耳"，可见汉末女性不仅有受教育的权利，且有部分女子所受教育程度并不低于男子。当然，蔡琰是蔡邕的女儿，其身份地位高于一般平民女性，但建安文人所描写的女性，气质身份都更接近贵族女性，如《燕歌行》"援琴鸣弦发清商"的思妇，徐幹《情诗》中闺房陈设炉薰、镜匣、绮罗、金翠的思妇等。所以，蔡琰的文化程度至少能代表一部分诗赋中的女性，她们并非只是接受女德、妇功方面的培养和训练，而是像男子一样博览群书，她们理当具有相应的才华、见识、言行和一定程度的自主意识。

再如曹丕《寡妇赋》序言表明赋作乃为阮瑀未亡人和遗孤所作，以叙其悲苦之情。但阮籍虽由寡母抚养长大，却受到很好的教育，可以推测其寡母坚强独立的性格，并非一味柔弱无助。阮籍成年后反

---

① 《三国志》，第156—157页。
② 《后汉书》，第2800—2801页。

对歧视女性,指出重父轻母乃禽兽不如,这种观念当源于对母亲的尊敬、感激和深爱①。但建安时期的《寡妇赋》均没有表现出寡妇承担抚育幼子重担的勇气和担当,只是突出地表现寡妇的痛苦悲伤和孤独无助。

还有曹植为送别胞妹出嫁所作的《叙愁赋》也有令人质疑之处。建安十八年,曹操将三个女儿进献给汉献帝,当时曹华尚年幼,故而待年于国②,卞夫人命曹植作赋安慰即将离家进宫的曹宪和曹节。在曹植赋中,曹宪和曹节是没有个性的存在,也没有具体可感的形象。以曹植的文才以及对胞妹的熟悉,是不难刻画出血肉丰满的人物形象的,但曹植笔下的二女弟,只不过具有符合道德礼仪教化要求的贵族女子的共性,她们所受教育无非修女职、承师保、诵六列之类,面对自己的命运,她们的应对无非是太息、掩涕、彷徨、悲别而已。当然,这些描写应该代表了当时一部分真实情形,但事实上曹节是很有个性的女子,《后汉书·皇后纪第十下》载其事迹:"魏受禅,遣使求玺绶,后怒不与。如此数辈,后乃呼使者入,亲数让之,以玺抵轩下,因涕泣横流曰:'天不祚尔!'左右皆莫能仰视。"③据此可推知,曹节不是软弱可欺、听天由命的女子,她的立场鲜明、敢作敢为的性格与见识肯定并不是做了皇后才具备,在她待字闺中之时,一定是有所表现的。所以曹植对二女弟的类型化处理,依然带着不自觉的男尊女卑社会中的女性角色刻板印象。

在建安文学中,也有书写女性奇形异状事迹的作品。左延年《秦女休行》书写秦女休为宗亲复仇,手刃仇家于闹市之中,最后得到宽

① 《晋书》阮籍本传记载了阮籍关于杀父者乃禽兽、杀母者禽兽不如的言论。(唐)房玄龄等撰:《晋书》,中华书局1974年版,第1360页。
② 《后汉书·皇后纪第十下》载:"建安十八年,操进三女宪、节、华为夫人,聘以束帛玄纁五万匹,小者待年于国。"《后汉书》,第455页。
③ 《后汉书》,第455页。

赦。诗中秦女休"左执白杨刃,右据宛鲁矛",有勇气,有担当,豪气干云,不让须眉。秦女休其人不详,据学界考证,《秦女休行》最早的本事可确定为汉顺帝时为父报仇的女子缑玉①。缑玉事迹距离建安时期仅几十年时间,这期间女性的社会地位和处境不会发生根本变化,所以可见建安时期女性也并非都是柔弱无力、任人摆布的。

但建安文人除左延年外,仅曹植在《鞞舞歌》之《精微篇》中提及秦女休事迹。可见,秦女休这样具有与男性同等气质的女性,在建安文学中并不受欢迎。建安文人倾向于在作品中塑造思妇、出妇、寡妇等柔弱顺服的女性形象,即使对蔡琰这样真实存在、受曹操赏识的女性,他们在书写时也并不突出其过人的才华。丁廙赋描写蔡琰"明六列之尚致,服女史之话言。参过庭之明训,才朗悟而通玄",虽肯定其天分,但所强调的却是蔡琰合乎女德要求的知识修养,与曹植书写二女弟如出一辙。在建安文人笔下,女性的命运掌握在男性手中,女性对自身的命运表现出屈从和认同的心态。

综上,建安文人对女性形象的塑造、对女性生活情态以及对女性命运的书写,都包含着男尊女卑观念的流露和表达。

第二节　建安文人对男尊女卑观念的反思

建安文人的难能可贵之处,在于他们既认同男尊女卑和男性中心的社会,但他们对男权社会戕害女性从而造成的命运悲剧,又有着一定程度的反思。这种反思表现在他们对女性遭遇的同情,以及在类型化和弱化女性的同时,又多少表现了女性的反抗和个性特征,并

---

① 葛晓音:《左延年〈秦女休行〉本事新探》,《苏州大学学报》(哲学社会科学版)1984年第4期。关于秦女休原型的考证,俞绍初、吴世昌、葛晓音等学者都提出了自己的观点,本书采纳葛晓音的观点。

在塑造婚姻家庭之外的女性之时,将她们视为爱情、美好和理想的象征。最难得的是,他们对男性自身错误进行反省和批评,并将其作为女性悲剧命运的根源,不得不说,这是对整个男权社会的反思,也是个体自觉思潮之下对生命个体的关爱与珍视。

一、建安文人对男性的批评和对女性抗争意识的肯定

建安诗赋中婚姻家庭关系之内的女性形象,都是不幸的,其中被休弃的出妇和失去倚靠的寡妇的命运尤为悲苦,文人在描摹她们的心理和行为状态时,寄寓了深深的同情。

如前文所述《出妇赋》,平虏将军刘勋喜欢上山阳司马氏的女儿,于是以"无子"之由休弃相守二十余年的发妻王宋。曹丕、曹植、王粲均有同题赋。曹丕赋写出妇离开夫家独自上路的凄怆:"遵长途而南迈,马踌躇而回顾。野鸟翩而高飞,怆哀鸣而相慕。"曹丕没有着意刻画哀切流泪的可怜女子,而是通过踌躇回望的马,哀鸣相慕的鸟,状写出妇之无人怜惜,这种侧面烘托的手法,更见作者对出妇之悲悯。虽然通篇是模仿弃妇的自叙,但读者分明可以感受到,曹丕在文字中寄寓了对弃妇深深的同情。曹植《弃妇篇》写"石榴植前庭,绿叶摇缥青。丹华灼烈烈,璀采有光荣。光荣晔流离,可以处淑灵。有鸟飞来集,拊翼以悲鸣。悲鸣夫何为? 丹华实不成。"赵幼文言此诗亦为王宋所作①。诗歌用比兴手法,以石榴开花不结果实比喻女子婚后不育,石榴花的美丽光华象征女子青春美丽的容颜;翠鸟悲鸣,象征旁观者的同情,又像是女子精魂所化的生灵,吟唱自己不幸的命运。

曹丕诗赋善于运用景物描写烘托人物形象,其笔下不幸的女性形象尤能唤起共鸣。其《寡妇诗》以霜露、落叶、候鸟的鸣叫、南归燕的徘徊等景物铺设诗歌凄凉的底色,以匆匆落日、漫漫长夜描写寡妇

---

① (三国魏)曹植著,赵幼文校注:《曹植集校注》,第53页。

的心理感受,匆促的落日不肯多给人温暖和光明,漫漫寒夜难以成眠,孤独无助的痛苦使寡妇失去了生活的希望。其《寡妇赋》写寡妇独守残年,她看到日月星辰东升西落,感受到寒来暑往,冷热交替。夏季的白昼、冬天的黑夜格外漫长,这孤独的时光是多么漫长难熬。寒霜降在庭中,觅食的燕雀叽叽喳喳,更衬托出寡妇的孤独寂寞。天寒地冻,大雪纷飞,更表现出寡妇生存的艰难辛酸。王粲赋则注重营造寡妇身处的空间环境,从寡妇早起独处高堂,写到提携孤儿步出东厢,观草木感落叶,见他人欢娱,叹自己哀伤。太阳落山明月东升,寡妇回到空闺泪下如雨。王粲赋与曹丕赋有许多异曲同工之处,均以众人欢娱与寡妇独悲进行对比,均借晨昏更迭、日月交替、草木荣枯、落叶纷飞来衬托寡妇的孤苦无依。

以上诗赋情感深挚,对不幸女性的心理有深刻的体察,充满同情和理解,表现出建安文人对女性不幸遭遇的共情能力和同情心理。

建安文人对女性的不幸命运若仅止步于同情,可能尚不足以上升到反思男尊女卑观念的高度,很可能只是他们居高临下的姿态而已。但他们进一步思考女性悲剧命运的根源,并对此表示批判,这一点主要表现在出妇题材的作品中。

在建安诗赋中,女子通常因为无子而被休弃,如曹丕《出妇赋》"信无子而应出,自典礼之常度",曹植《弃妇诗》"抚心长叹息,无子当归宁"。无子应出,是古代男子弃妻制度的内容之一,最早见于《大戴礼记·本命》:"妇有七去,不顺父母去,无子去,淫去,妒去,有恶疾去,多言去,盗窃去。"

但建安文人认为女子被休弃,根本原因并不是无子,而是男子喜新厌旧,以无子为借口而已。比如曹丕《出妇赋》,虽然写无子应出乃典礼之常度,但他却在此之前先写了男子变心才是女子被休弃的原因:

念在昔之恩好,似比翼之相亲。惟方今之疏绝,若惊风之吹尘。夫色衰而爱绝,信古今其有之。①

曹丕以惊风吹尘比喻男子休弃女子的突然性和女子的无助,然后以"色衰爱绝"这个古今不变的现象,来点明男子变心并休弃女子的原因。赋中女子对男子以及自身命运的清醒认识,实际上就是曹丕本人对这件事的看法和观点,无子应出只是男子的借口而已。对于弃妇而言,"伤茕独之无恃,恨胤嗣之不滋",只不过是说如果自己有子嗣的话,男子就找不到借口休弃自己了。所以"信无子而应出,自典礼之常度"一句,并不意味着弃妇对无子应出制度的认同,更不代表曹丕对这个制度的拥护,而只是表现弃妇对整个事件原因的分析,包含着一层自我宽解的意味,亦即女子认为自己被休弃,毕竟是有制度上的合理性的,但曹丕紧接着写"悲谷风之不答,怨昔人之忽故",再一次表明女子心中所怨恨的,并非仅仅是无情的不合理的制度,而是《诗经·谷风》所暗示的男子喜新厌旧、突生变故的行径。所以曹丕《出妇赋》指出女性悲剧命运的根源并非仅仅在于无子应出的制度,而是在于男子的三心二意,他们背叛原来的爱情,并借助男权社会的出妻制度为自己的不忠找到借口,所以女性命运悲剧的制造者,正是这些喜新厌旧的男子。

马积高《赋史》批评曹丕,认为他虽同情出妇,可是又说"信无子而应出,自典礼之常度",这是对男权的认同,这样的写法削弱了对出妇的同情,也降低了赋作的思想境界。而曹植谓出妇"恨无愆而见弃,悼君施之不终",是对男子的批判,是完全站在出妇立场上的同情②。这个观点包含着对曹丕的误解。与曹植笔下既恨又悼的出妇

① 龚克昌、周广璜、苏瑞隆评注:《全三国赋评注》,第 311 页。
② 马积高:《赋史》,上海古籍出版社 1987 年版,第 155 页。

相比,曹丕笔下的出妇情感上似乎更为隐忍,更为认同命运,但实际上曹丕赋已经非常直接地指出了女子被休弃的根本原因所在。而且他笔下的弃妇"悲谷风之不答,怨昔人之忽故",其悲怨之情亦表达了对男子薄情善变的怨恨,所以这并不代表曹丕有着比曹植更顽固的男权意识。应当说曹氏兄弟都很难摆脱男权意识的影响,曹植在《弃妇诗》中同样写"拊心长叹息,无子当归宁",但也不能据此判断曹植有更强烈的男权意识。

生活在男尊女卑的社会,曹氏兄弟二人必然都具有男尊女卑的观念,但可贵的是他们在书写女性命运的过程中,对男尊女卑观念之于女性的压迫有了反思,因此他们能颇为犀利地指出女子被休弃的真相。曹植《种葛篇》替弃妇代言:"种葛南山下,葛藟自成阴。与君初婚时,结发恩义深。欢爱在枕席,宿昔同衣衾。行年晚将暮,佳人怀异心。良马知我悲,延颈对我吟。往古皆欢遇,我独困于今",以种葛起兴,比喻夫妻初婚时的恩爱生活,然后指出当女子年老色衰之时,男子便有了异心。这首诗甚至不需要替男子休弃女子寻找无子应出的借口,而是直接指出色衰爱绝的残酷现实。王粲《出妇赋》写"君不笃兮终始,乐枯荑兮一时。心摇荡兮变易,忘旧姻兮弃之",亦是与曹氏兄弟一样揭露男子变心、不能始终如一正是男权压迫下女子被随意休弃的根本原因。

建安文人对于男子的负心是持批评态度的,在书写男子变心之时,曹丕用惊风吹尘、昔人忽故来形容,曹植用怀异心来指称,王粲用不笃始终、心摇荡来描写,三人在遣词方面的共同之处,在于指出男子品性的善变和不稳定。从《诗经》时代开始,男子三心二意、对感情不忠就是被批评的对象,如《卫风·氓》中"士也罔极,二三其德"。在男女爱情中,理想的品质是忠贞不渝、一心一意,即使在施行三纲五常的汉代社会,受到讴歌的男女爱情中,依然要求男子忠诚不变。如《古诗为焦仲妻作》中"君当作磐石,妾当作蒲苇。蒲苇纫如丝,磐石无转移",《白头吟》中"愿得一心人,白首不相离"。建安文人批评男性在感情中的善变不忠,突出这种背叛对女性的不公平和伤害,揭露出妻者以"无子应出"为借口的虚伪和残忍,正代表着他们对男尊女卑观念和相关制度的反思。

建安文人对男尊女卑的反思,还在于塑造了具有一定独立意识和反抗精神的出妇形象。建安诗赋中的出妇形象虽然柔弱无助,面对被男子休弃的不公平遭遇,以天命和无子应出的理所当然来宽慰自己,但在面对昔日夫妻恩爱和突遭遗弃之间的矛盾冲突以及命运的巨大转折之时,她们往往会被激发出一些怨愤情绪,表现出清醒、自尊和抗争的一面。

曹植《出妇赋》中出妇对自己身份的定位尽管非常低贱,自称"才薄之陋质",称丈夫为"君子之清尘",且以"承颜色而接意,恐疏贱而不亲"表现侍奉男子时的察言观色、奉承迎合、小心翼翼,但在面对男子"悦新婚而忘妾,哀爱惠之中零",造成女子命运突变之时,女子则"恨无愆而见弃,悼君施之不终",对男子不负责任的负心行为表达了怨愤和谴责,对男子施与的恩爱不能贯穿始终而伤心憾恨。王粲《出妇赋》亦表现女子对丈夫的恭敬态度,对丈夫曾经的情爱持感恩态度——"犹蒙眷兮见亲",但当她面对男子变心休弃自己的不公平命运之时,却毅然表示"马已驾兮在门,身当去兮不疑",表现出对男子不抱任何幻想,她清醒的认识和果决的态度有一定的自尊和独立的成分。曹植《弃妇篇》以流星比喻被休弃的妇女,以终夜难眠的情景描写弃妇内心的痛苦,但诗歌结尾写"招摇待霜露,何必春夏成。晚获为良实,愿君且安宁",其中似乎蕴含着怨言和不服气的情绪,意思是如果假以时日,自己也是会生育的,而且晚几年得到的子嗣也是很好的,没有必要着急,女子的分辩和对男子以无子为由而出妻的含蓄反驳,表现出女子的抗争意识。

建安文人指出男子负心是女性遭遇休弃的悲惨命运的根源,并对此持批判态度,这种批判并非仅仅针对男子的人格道德,而是进一步指向背后的男性权力,正是由于男尊女卑社会中男性拥有特权,而女性权利被剥夺,所以男性才能随心所欲、不受约束地玩弄女性、背叛女性、压迫女性。

二、建安文人对女性一定程度的尊重

建安文人书写家庭婚姻关系之内的女性,主要表达了对女性命运的同情和理解,而在书写家庭婚姻关系之外的女性时,他们将女性视为美好、爱情和希望的象征,表现出对女性一定程度上的尊重,这一点在止欲赋中表现得最为突出。

止欲赋滥觞于宋玉《登徒子好色赋》《讽赋》,宋玉止欲赋的功能主要以表达情欲和娱君为主,至东汉张衡《定情赋》、蔡邕《检逸赋》《静情赋》,止欲赋保留了情欲表达功能,增强了抒情性,娱乐性则逐渐减弱。建安止欲赋继承东汉止欲赋传统,在借描写女性美以表现情欲的同时,又赋予其强烈的抒情性,这种抒情性将建安文人笔下的女性形象与他们自身的情感、命运和人生追求联系在一起,使得建安文学中的女性形象超越了以卑弱群体和情欲对象而存在的局限。

首先,建安止欲赋中,作者以抒情主体的身份出现,抒发了浓郁的与赋中美好女子遇合无由、情欲受阻的感伤和痛苦。宋玉止欲赋多设置礼法约束与情欲之间的矛盾,张衡、蔡邕止欲赋残缺较严重,无从得知其中曲折,建安文人处于礼法松弛、观念自由开放的时代,他们并不在止欲赋中刻意强调欲望与礼法矛盾对立的痛苦,而是表现一种无形的难以描述的障碍所带来的痛苦。建安文人在赋中塑造渲染理想中的女性之美丽,然后以愁肠百结、千回百转的方式,来吟咏由于无形的障碍阻隔而造成的遇合无由的感伤哀叹。文人笔下的女性越美丽,男子的向往渴慕之心就越强烈,情欲受阻的痛苦也就越深刻。

建安止欲赋对于无形的障碍所带来的情欲受阻,有无奈认命的,如阮瑀《止欲赋》所写"知所思之不得,乃抑情以自信";有望洋兴叹的,如陈琳《止欲赋》所写"虽企予而欲往,非一苇之可航";有苦寻机会而不得的,如应场《正情赋》所写"余心嘉夫淑美,愿结欢而靡因";也有绝望凄楚的,如王粲《闲邪赋》所写"何性命之奇薄,爱两绝而俱违"。

建安止欲赋不着意描写女性的身体之美,而是着重抒发自己内心对美好女性的爱恋和可求而不可得的悲苦。陈琳笔下"展余罍以言归,含憯瘁而就床",阮瑀笔下"怀纡结而不畅兮,魂一夕而九翔",应场笔下"步便旋以永思,情懔栗而伤悲",王粲笔下"目炯炯而不寐,心忉怛而惕惊",其中憯瘁、纡结、懔栗、忉怛、惕惊这些词语很好地描摹了追求者的消沉、矛盾、忐忑、煎熬、忧惧的心理感受,对悲苦心情进行了渲染与强调。建安止欲赋通过幻想男子化为女性贴身之物来亲近女性,并描写种种幻想的破灭,通过二者之间的落差与对比,使这种悲苦情绪得到更加淋漓尽致的表现和宣泄。

建安止欲赋中,男性不再是单纯的女性美的观赏者,带着情欲的意味赏玩女性,而是变成女性的仰慕者和追求者,变为抒情主体,在对女性美的欣赏和渴慕中表现出内心真挚而强烈的情感。刘淑丽《先秦汉魏晋妇女观与文学中的女性》一书认为:"建安为数不少的抒情小赋对女性之美的歌颂与追求是情感自觉后文人士子性情的真实流露。"①当然,这些受命而写的同题共作之赋带有一定的文学游戏色彩,但在具体写作过程中也必然融入了文人真实的情感体验。

其次,建安文人将人生多艰以及年华易逝、功业难成的悲凉情绪寄托在止欲赋中,增强了建安止欲赋的抒情色彩。陈琳笔下"道攸长而路阻,河广瀿而无梁",阮瑀笔下"伤匏瓜之无偶,悲织女之独勤",

————————

① 刘淑丽:《先秦汉魏晋妇女观与文学中的女性》,第237页。

应场笔下"伤住禽之无隅,悼流光之不归",王粲笔下"愍伏辰之方逝,哀吾愿之多违。当盛年而处室,恨年岁之方暮",无不深蕴着作者对人生痛苦艰难的体验和感触。建安十六年,陈琳约五十五岁,阮瑀约四十五岁,应场约三十七岁,王粲三十五岁①,陈琳、阮瑀固然已走向人生的暮年,应场、王粲也都已过二毛之年。然而,这一年曹操马不停蹄,东征西战,三月派遣钟繇攻张鲁,派遣曹仁攻马超,七月,曹操亲自率军攻打马超,十月又北征杨秋②。且这一年曹丕为五官中郎将,曹植则因得到曹操宠爱而封平原侯③,兄弟二人之间,实际上已开始形成储位之争的局面。这一年陈琳、阮瑀为司空军谋祭酒,应场为平原侯庶子,不久转五官将文学,王粲为丞相军谋祭酒④,诸子虽随侍曹氏父子,处境优容,但是官职并不高。其时天下分崩,时局不稳,王粲归曹前在《登楼赋》中所表达的"冀王道之一平兮,假高衢以骋力"的愿望,在这一年依旧渺茫;所表达的"惧匏瓜之徒悬兮,畏井渫之莫食"的忧惧,在这一年依然存在。而且,在战乱年代,生死无常的现实使得建安文人对生命短暂、时光易逝的体验尤为深刻,他们将这悲凉感伤的体验寄寓在对美好女性爱而不能、求而不得的痛苦和怅惘之中。

再次,建安止欲赋和神女赋对女性美的描写,直接表现出对女性的尊重。建安神女赋中,面对神女主动示爱,陈琳想象自己顺应乾坤之性坦然接受;面对神女的拒绝,杨修想象自己耐心劝说。二人都没有如宋玉、司马相如那样以轻率的态度描写女性勾引自己并得意非凡地标榜自己守礼自持。即使王粲《神女赋》结尾写自己最终回绝了

---

① 俞绍初辑校:《建安七子集》,第 430—440 页。
② 张可礼编著:《三曹年谱》,第 113—118 页。
③ 张可礼编著:《三曹年谱》,第 113—114 页。
④ 俞绍初辑校:《建安七子集》,第 402—440 页。

神女的爱意,但是他感叹:"彼佳人之难遇,真一遇而长别。顾大罚之淫愆,亦终身而不灭。心交战而贞胜,乃回意而自绝。"这种哀怨的甚至带有自责、懊恼和悔意的叹息,将宋玉、司马相如赋中对女性的轻薄、轻视态度一扫而空,表现出对女性的爱慕和尊重。建安止欲赋进一步表现出这种爱慕与尊重。

　　止欲赋中,建安文人将自身塑造为痴情专一的形象,将女性塑造为美好但却可望而不可即、可求而不可得的形象,反复咏叹自己追求的艰难和内心的痛苦。阮瑀《止欲赋》将女子描写为婚姻的理想对象:"思桃夭之所宜,愿无衣之同裳。"陈琳《止欲赋》亦称赞女子为君子的理想伴侣:"允宜国而宁家,实君子之攸嫔。"在宋玉、司马相如止欲赋中,女性只是受轻视的情欲的对象,而建安文人笔下的女性是爱慕和结婚的对象,她们不受男性轻薄,不为男性轻视,甚至不被男性主宰。相比较而言,建安文人表现出了对女性一定程度的尊重。

　　建安文人所塑造的婚姻家庭关系之外的女性形象具有完美而带有虚幻性的特征,这些形象不仅仅是文人展现文采、抒写情欲的对象,而且成为文人寄托理想追求、表达人生体验的对象。阮瑀《止欲赋》诉说芳踪难觅的惆怅:"神惚恍而难遇,思交错以缤纷。遂终夜而靡见,东方旭以既晨。"陈琳《止欲赋》感叹追寻伊人的艰难:"虽企予而欲往,非一苇之可航。"应玚《正情赋》描写辗转反侧的痛苦:"还幽室以假寐,固展转而不安。神妙妙以潜翔,恒存游乎所观。"曹植《静思赋》以景物来衬托求女不得的萧索:"秋风起于中林,离鸟鸣而相求。"这些感伤哀婉的叙说,不仅仅是情欲受阻的失望和痛苦,而且还蕴含着丰富的人生体验,寄托着对爱与美以及对希望的向往和追求。

三、建安文人女性观的意义

　　建安文人书写婚姻家庭关系之内的女性,常用代言体进行创作,当他们书写理想中的女性时,多用第一人称作为抒情主体出现。在代言体诗赋中,建安文人表达出更多的男尊女卑观念,在他们笔下,男性对思妇、弃妇和寡妇的命运起着主宰作用,但也正是这种清醒的认识,使得他们将女性命运悲剧的根源指向男性对女性的压迫,从而具有了反思的精神。《诗经》时代,《卫风·氓》中的"女也不爽,士贰其行"是文学作品中最早批判男性负心行为的表达,但在《诗经》所反映的漫长的数百年时间里,这样的作品并不多,作为女子指斥男子变心的事件,尚不具备普遍意义,也不能构成男性群体的反思。但建安时期作家的集中创作和作品中反映出来的共识,是具有反思意义的,尤其是在经历了汉代三纲五常思想的浸润,女性地位和权利进一步遭遇约束和打压的情况下,建安文人对男性权力的批判,就具有了一定的普遍性以及反思的意义。

在汉代诗歌里,对女性悲剧命运根源的认识并没有直接指向男性。比如《上山采蘼芜》中,作者所塑造的弃妇形象十分隐忍,她的故夫形象似乎也存在恋旧和多情的一面:"新人虽言好,未若故人姝。颜色类相似,手爪不相如"。在这首诗歌里,女子被休弃的原因是模糊的,"新人从门入,故人从阁去"尽管表达了弃妇的哀怨,但并没有责备男子的变心和喜新厌旧。从二人相遇、在路边长谈的略带温馨的情景来看,女子被休弃的原因很可能与刘兰芝一样,是迫于家长的淫威。《古诗为焦仲卿妻作》书写了动人的殉情悲剧,而造成这个悲剧的根源也不是男性对女性的压迫,相反,焦仲卿是一个对感情很忠贞的角色,夫妻被迫离别并相继殉情的悲剧,是由封建宗法社会的家长制导致的。所以,建安文学时代对女性的书写,建安文人对男尊女卑社会的反思,在文学史上具有重要的里程碑的意义。

建安文人对女性悲剧命运根源的清醒认识和直接揭示,在后世并未被很好地继承。甚至在唐代元稹《莺莺传》里,张生始乱终弃,却被美化为"善补过",而委身爱情终被无情抛弃的崔莺莺,却被污名为"妖孽",男尊女卑社会对女性的压迫和不公至此。而建安文人在书写弃妇时，将批判矛头直接指向男性，这在整个古代文学史上都是难能可贵的。

建安文人弱化女性、突出男性的主宰地位，这一点对后世文学影响巨大。在汉代诗歌中，还有着独立自尊的女性形象，如《白头吟》中"闻君有两意，故来相决绝"的女子，如《有所思》"闻君有他心，拉杂摧烧之"的女子，面对男子的变心，她们都做出了态度鲜明、极具个性的果决的分手选择，她们在男女关系中具有主动选择的权利和行动能力，她们因此表现出较强的独立性和自尊自主，而不是完全由男性决定命运的弱女子。

然而在建安文学之后，凡婚姻家庭生活关系内的女性形象，在后世文学中基本都是被弱化的，其形象以多情、柔弱的思妇为主。李波小妹、从军的木兰，这类英武独立的女性形象，都只能产生于北朝民歌的土壤之中。南朝乐府《西洲曲》中，"单衫杏子红，双鬓鸦雏色"的少女，已经开始体验苦苦思念男子而终日恍惚的痛苦了。唐诗里的公孙大娘，唐传奇中的红拂、李娃，都不是普遍意义上的居家女性。即使《琵琶行》中的琵琶女，当她从良嫁人之后，也不得不承受"商人重利轻别离"的痛苦。到了宋词当中，即使书写的是风月场中的歌妓，文人也将她们塑造为终日守望男子归来而无所事事、百无聊赖的痴情女子形象。即使到了王实甫的《西厢记》里，敢于反抗封建家长制的崔莺莺，其一生的幸福也取决于张生对爱情的始终如一。

建安文人具有男尊女卑观念有其必然性，不能因为他们写作了大量同情女性甚至赞美女性的诗赋而忽略其作品中流露出的男尊女卑观念，但同时也必须关注到建安文人在对女性命运悲剧的书写和思考中，形成了一定程度的对男尊女卑社会的反思和批评。建安文人基于对女性的同情和理解，基于对生命本身的珍视和热爱，记录女性的苦难经历，摹写女性痛苦的心理，将美好的女性作为人生理想的象征和人生追求的寄托，较之前代作家给予了女性更多的关注和尊重,这在三纲思想建立之后女性地位愈发低下的社会现实中,是十分难能可贵的观念和行为,同时,这也是他们处在个体自觉思潮中,更为尊重和珍视生命的结果。

第三节　《洛神赋》中男尊女卑
观念的表达和反思

一、男尊女卑观念对洛神形象塑造与赋作情节设置的影响

作于黄初三年(222)的《洛神赋》,是建安文人神女、止欲赋中最晚出的一篇,也是集大成的一篇。神女赋和止欲赋均滥觞于宋玉,二者的主题均为通过描写女性之美抒发情欲,在本质上没有什么差别,所不同者在于,神女赋以神女为书写主角,止欲赋以凡间女子为书写主角。神女赋中神女可对君王自荐枕席、成就欢爱,如《高唐赋》;也可以礼相拒令君王求之不得,如《神女赋》。止欲赋则描写女子主动向男子示爱,男子守礼自持、最终拒接欢情,如《登徒子好色赋》和《讽赋》。汉代没有神女赋留存,止欲赋以司马相如《美人赋》,以及张衡《定情赋》、蔡邕《检逸赋》为代表。《美人赋》继承宋玉写作套路,在情色表现方面更为放肆。张衡和蔡邕则淡化对女性容貌的书写,侧重抒发情感,并将女子主动示爱的情节变为男子对女子的向往和追求。如前所述,建安文人继承了张、蔡的写作模式,并将个人身世遭遇、情感体验寄托在止欲赋中。建安诸子亦写作神女赋,但与宋玉赋相比,形式、内容上均无创新,艺术手法比较平淡,远不及宋玉赋的华彩富丽。

曹植《洛神赋》以神女为书写主角,对其容貌之美有着极为精细的刻画,借人神之恋抒发强烈的情感欲望,同时,曹植又将自己在曹操去世、曹丕代汉之后所遭遇的人生失意、境遇艰难的痛苦体验,寄

托在人神相恋失败的故事情节中,使赋作具有浓郁的抒情色彩。可以说《洛神赋》糅合了神女赋重描写和止欲赋重抒情的特点,集合了从宋玉赋、汉赋一直到建安诸子同类赋的艺术手法,加上曹植自身的创造,这篇赋因此成为千古名作。

以建安文人对男尊女卑观念的表达和反思为视角深入体察《洛神赋》,可发现在形象塑造、情节设置方面,曹植都同时表现出对男尊女卑观念的认同和反思。

从形象塑造方面来探究,洛神首先是作为情欲对象被塑造出来的,且符合男性中心社会对女性的审美标准,这主要表现在曹植对洛神身体部位的细致描写,以及对其外形和性情的柔弱化倾向中。

《洛神赋》吸取前代神女赋以描写女性身体美为主的特点,塑造了惊艳绝伦的洛神形象。赋作对女性美的描写,主要见于传统神女赋和止欲赋,这类赋作描写女性之美,多是静态描写,从女性的身体部位以及体态、神情各方面进行描摹,如宋玉《神女赋》《登徒子好色赋》、汉代赋家以及王粲《神女赋》的相关描写。《洛神赋》综合继承以上赋家描写神女的技巧,塑造了静止状态中美丽绝伦的洛神:

> 其形也,翩若惊鸿,婉若游龙。荣曜秋菊,华茂春松。髣髴兮若轻云之蔽月,飘飖兮若流风之回雪。远而望之,皎若太阳升朝霞;迫而察之,灼若芙蕖出渌波。秾纤得中,修短合度。肩若削成,腰如约素。延颈秀项,皓质呈露。芳泽无加,铅华不御。云髻峨峨,修眉联娟。丹唇外朗,皓齿内鲜。明眸善睐,靥辅承权。瑰姿艳逸,仪静体闲。柔情绰态,媚于语言。奇服旷世,骨像应图。披罗衣之璀粲兮,珥瑶碧之华琚。戴金翠之首饰,缀明珠以耀躯。践远游之文履,曳雾绡之轻裾。①

---

① 龚克昌、周广璜、苏瑞隆评注:《全三国赋评注》,第 452 页。

以下列举前代赋家作品进行对照。如，宋玉《神女赋》云：

> 其始来也，耀乎若白日初出照屋梁；其少进也，皎若明月舒其光。……忽兮改容，婉若游龙乘云翔。……眉联娟以蛾扬兮，朱唇的其若丹。①

边让《章华台赋》云：

> 体迅轻鸿，荣曜春华。②

王粲《神女赋》云：

> 发似玄鉴，鬓类刻成。质素纯皓，粉黛不加。朱颜熙曜，晔若春华。口譬含丹，目若澜波。美姿巧笑，靥辅奇牙。……戴金羽之首饰，珥照夜之珠珰。袭罗绮之黼衣，曳缛绣之华裳。错缤纷以杂佩，袿熠燨而焜煌。③

可以明显看出，《洛神赋》中，"翩若惊鸿，婉若游龙。荣曜秋菊，华茂春松"，化自宋玉《神女赋》"婉若游龙乘云翔"与边让《章华台赋》"体迅轻鸿，荣曜春华"。"远而望之，迫而察之"的句式承自宋玉"其始来也……其少进也"，这个句式中间经历了汉代赋家的运用与改造，如王褒《甘泉赋》"却而望之，郁乎似积云；就而察之，霸乎若泰山"，以及蔡邕《协和婚赋》"其在近也……其既远也"。"肩若削成，腰如约素"一

---

① （梁）萧统编，（唐）李善注：《文选》，第 267 页。
② 龚克昌、苏瑞隆评注：《两汉赋评注》，第 859 页。
③ 龚克昌、周广璜、苏瑞隆评注：《全三国赋评注》，第 164 页。

段,则是对王粲《神女赋》"发似玄鉴,鬒类刻成"及以下文字的模仿。还有对洛神服饰的描写,基本出于对王粲赋的模仿与发挥。

以上赋作对女性的描写,不外乎从形貌、体态、神情、服饰等方面着手刻画,女性作为情欲对象,被男性细致地观看欣赏。曹植描写洛神,观察视角由远及近,由整体到局部,洛神身形之合度、双肩之柔美、腰身之细软、颈项之修长、肌肤之白皙、秀发之浓密、眉眼之灵动、唇齿之鲜朗、体态之娴静、神情之柔媚、服饰之华美,无一不是特写镜头,洛神的每一个身体部位都在想象中被近距离观察并描述,这样的描写具有明显的情欲色彩,可以说洛神是曹植精心塑造的理想中的情欲对象。

从略带程式化书写特征的描写手法来看,洛神并非曹植凭空独创,而是他综合前代赋作中的女性之美创造出来的人物形象,这个形象凝聚了历代男性文人对女性的审美观念和艺术想象,她美貌、温柔、娇媚、娴静,合乎男尊女卑社会对女性美的期待和要求,也就是前文所说的男尊女卑社会的女性角色刻板印象。《后汉书》卷三十四记载,梁冀妻孙寿"色美而善为妖态,作愁眉,啼妆,堕马髻,折腰步,龋齿笑,以为媚惑"[1]。孙寿可谓深谙男性对女性的审美心理,故意将自己妆扮为愁苦柔弱、楚楚可怜的样子,来激发丈夫的怜惜和宠爱。所以在男尊女卑观念影响下,即使作为神女,洛神也必须具有被弱化的柔媚和顺的外貌和性情。

从情节设置上看,《洛神赋》也表现出了明显的男尊女卑意识。面对美貌绝伦的洛神,君王"情悦其淑美,心振荡而不怡",虽"无良媒以接欢",却能"托微波而通辞",向洛神发出求爱的信息。习礼明诗的洛神对君王的示爱作出了热烈的回应:"抗琼珶以和予兮,指潜渊而为期。"至此,洛神与君王一见钟情的人神之恋即将进入欢情相

---

[1]《后汉书》,第1180页。

接的阶段。但止欲赋的主题在于设置情欲受阻的情节以达到"止欲"的效果，所以紧接着君王对洛神产生了无端的猜忌："执眷眷之款实兮，惧斯灵之我欺。感交甫之弃言兮，怅犹豫而狐疑。收和颜而静志兮，申礼防以自持。"

相比张衡、蔡邕以及建安诸子止欲赋中通过对美好女性的求之不得来实现"止欲"，曹植所设置的君王对洛神的警惕和无端猜忌，表现出对交往局面的主动控制欲，对爱情关系中女性命运的主宰欲望和把控权，并把这种行为美化为"申礼防以自持"。

君王的无端猜忌给洛神带来了巨大的心灵伤害，她的内心掀起痛苦的狂澜：

> 于是洛灵感焉，徙倚彷徨。神光离合，乍阴乍阳。竦轻躯以鹤立，若将飞而未翔。践椒涂之郁烈，步蘅薄而流芳。超长吟以永慕兮，声哀厉而弥长。①

这段文字表现出洛神内心惊疑、委屈、怨恨、焦躁、哀怨、绝望的情绪，以及这种情绪带来的躁动不宁、行止不定、哀声长吟。洛神仿佛变成了世间被男子无情遗弃的普通女性，面对不公平的命运显得无辜、柔弱、无力和徒然悲愤。

最后，在洛神与君王临别之际，她对君王毫无怨恨之情，反而多情缱绻，表现出无尽的眷恋。她留下江南明珰以为赠别之物，并发出虽在太阴之地亦长寄心君王的誓言。在洛神身上，有着对君王无条件的服从和奉献，有着对君王无条件的宽容和忍耐，有着对君王出自天然的多情与忠贞。曹植对洛神形象的塑造和对止欲情节的设置，是他内心男尊女卑观念的自然流露。

----

① 龚克昌、周广璜、苏瑞隆评注：《全三国赋赋评注》，第 453 页。

二、曹植《洛神赋》对男尊女卑观念的反思

但是,如前所述,曹植对男尊女卑社会是有反思的,就《洛神赋》对洛神的形象塑造和情节设置而言,也体现了认同和反思并存的特点。洛神形象不同于前人笔下神女形象的最大之处,在于曹植通过丰富的神话想象与瑰丽奇异的风格,赋予洛神以神仙特质。《洛神赋》中所营造的众神欢娱的场景,以及对洛神神仙特质的描写,在前代赋作中基本没有出现过:

> 尔乃众灵杂遝,命俦啸侣。或戏清流,或翔神渚。或采明珠,或拾翠羽。从南湘之二妃,携汉滨之游女。叹匏瓜之无匹兮,咏牵牛之独处。
> 于是屏翳收风,川后静波。冯夷鸣鼓,女娲清歌。腾文鱼以警乘,鸣玉鸾以偕逝。六龙俨其齐首,载云车之容裔。鲸鲵踊而夹毂,水禽翔而为卫。[①]

《洛神赋》以众神欢娱的场面反衬洛神遭遇误解后的孤独伤情,又以众神簇拥的情景作为洛神离去的背景,并想象文鱼、六龙、鲸鲵、水禽为洛神担任驾车与护卫的职责,现今留存的其余神女赋,从未出现过真正具有神仙特质的形象,亦未有对神仙境界的想象和描写。洛神在曹植笔下,不只是容颜出众的普通女性,而是具有神仙特质也就是具有超能力特质的女神。宋玉《神女赋》是最早描写神女的赋作,巫山神女在宋玉笔下,与人间美丽多情的女子并无二致,宋玉着力铺排描绘的,正是神女绝世的姿容和宜人的性情。汉代未有神女赋留存下来,建安时期,陈琳、王粲、杨修都有《神女赋》留存下来,通

---

① 龚克昌、周广璜、苏瑞隆评注:《全三国赋赋评注》,第 453 页。

过比较可发现，王粲、杨修对神女的描写与宋玉一样，都是将其作为凡间美女进行描摹，唯有陈琳笔下的神女，拥有仙人的车驾："文绛虬之奕奕，鸣玉鸾之嘤嘤。"这样的女子总算有一些神女的特质，可是陈琳赋亦仅此两句。而曹植笔下的洛神，不仅有众神的衬托，还有自身神仙特质的显现：

> 于是洛灵感焉，徙倚彷徨。神光离合，乍阴乍阳。
> 体迅飞凫，飘忽若神。陵波微步，罗袜生尘。①

洛神离合不定的神光，以及她迅疾若飞、飘忽不定的身形和陵波行走的轻盈，无不是神女才具有的特质。丰富的神话想象和意象，使得《洛神赋》在传统神女赋精致瑰丽的风格之上，又多了奇异怪诞的意味，具有更为缤纷的色彩和灵动的梦幻之感，充分展现出曹植对塑造神仙境界的熟稔与对此境界的向往。

曹植对洛神的塑造，尽管有符合男尊女卑社会审美意识的特点，但他同时创造性地赋予了洛神以神仙特质，这是不受男性掌控把握的超能力。洛神是神奇的、自由的，作为洛水的神祇，她甚至拥有统领众神的权力。

再者，曹植继承东汉及建安止欲赋重情感抒发的特征，从洛神的角度出发，将女性在恋爱中遭遇误解之后的痛苦心理展现出来，这种细致的体察表现出对女性的深刻同情；同时，曹植将自己的身世经历之痛寄托在赋中，使这篇赋蕴含的情感格外强烈深沉、淋漓尽致，具有哀婉凄切、感人至深的艺术魅力。

建安二十五年（220），曹操去世，曹植立刻处于危殆境遇之中。这一年曹丕诛丁仪、丁廙兄弟。《三国志·曹植传》记载："植既以才

---

① 龚克昌、周广璜、苏瑞隆评注：《全三国赋赋评注》，第453页。

见异,而丁仪、丁廙、杨修等为之羽翼。"①裴松之注引《魏略》曰:"太祖既有意欲立植,而仪又共赞之。及太子立,欲治仪罪……"又引《文士传》言丁廙曾劝说曹操立曹植为太子一事②。《三曹年谱》将《野田黄雀行》系于此年,并引黄节《曹子建诗注》言曰:"植为此篇,当在收仪付狱之前,深望尚之能救仪,如少年之救雀也。"③所以,丁氏兄弟是因为在立储之争中支持曹植,作为曹植党羽而被曹丕所诛,足见曹丕对曹植的忌惮以及曹植的无奈悲愤。同年,曹丕代汉称帝,《三国志·苏则传》记载曹植、苏则听闻魏氏代汉,"发服悲哭",裴松之注引《魏略》载曹丕因此事"追恨临菑"④。接下来在黄初二年,"监国谒者灌均希指,奏'植醉酒悖慢,劫胁使者'",曹植被贬爵安乡侯,后又改封鄄城侯⑤。黄初三年曹植又遭人诬告获罪,于是诣京师陈诬告之罪,并在归国途中渡洛川,作《洛神赋》⑥。以上史料再现了曹氏兄弟在储位之争中形成的尖锐矛盾,也再现了曹丕当权后曹植艰难危险的处境。当时曹植屡遭陷害,远离京城,不仅无法实现政治理想和抱负,就连自己的性命安全都无法把握。《洛神赋》就是在上述历史背景之下创作出来的。

　　曹植身被皇帝之忌惮忿恨,奸臣之诬告陷害,诉说无门,走投无

①《三国志》,第557页。

②《三国志》,第562页。

③ 张可礼编著:《三曹年谱》,第172页。

④《三国志》,第492—493页。

⑤《三国志》,第561页。

⑥ 关于《洛神赋》的作年,学界多认为序言中"黄初三年"当为"黄初四年"之误,因为曹植本传并未记载其三年朝京师之事,赵幼文考证黄初三年四月至八月,曹丕在许昌而不在洛阳,故曹植不得有三年朝拜京师之事。参(三国魏)曹植著,赵幼文校注:《曹植集校注》,第436页。《三曹年谱》对此亦有辨析考证,认为黄初三年曹植遭王机、仓辑等人诬告后赴京师陈诬告之罪,归途中作《洛神赋》。参张可礼编著:《三曹年谱》,第192页。本书赞同此观点。

路,只能含悲忍恨,苟且偷生。他将自己政治上的失意,生活中的艰难,内心的忧惧、忐忑、委屈、无奈、伤感,全都倾注在《洛神赋》里。更重要的是,在这样的写作情境中,洛神不再是与君王相对的卑下的女性,而是变成了君王自己的化身,或者说洛神的情感经历已成为曹植自己生命经历的一部分,在这个意义上,洛神就是曹植借以认识和观照自己的对象。赋中所蕴含的绵绵无尽的哀伤、遗恨、留恋和深深的无奈,所有动人心弦的诉说,与其说是替洛神而发,不如说是曹植自己内心情感的宣泄。所以,《洛神赋》同时也体现了曹植对男尊女卑观念的流露和反思。对曹植及其他建安文人的创作要做到尽可能客观准确的认识和分析,就必须将他们在男尊女卑观念上看似矛盾但又真实和谐的态度作为一个研究前提。

刘淑丽在《先秦汉魏晋妇女观与文学中的女性》一书中,将曹魏统治者的妇女观总结描述为“政治上歧视女性,生活上重女色,女性的被物化”,认为建安文人的妇女观是基于哀时言志基础上对女性的同情,并指出建安文人的作品中表现了对女性灵与肉的向往。作者特别指出,“曹丕热爱美丽的女子并不是仅仅停留在对女性的生理需求上,而是更多地表达了对于在生活中无法真正遇到的理想女性的追求和向往”①。这些观点比较客观地描述和概括了建安时期女性的社会地位,展示了当时精英阶层男性对女性的态度,从一定程度上还原了当时女性的处境。

但是,该书对于建安时期的止欲赋存在一定的误读,并导致对当时文人妇女观的总结描述存在一定的欠缺。作者在分析建安止欲赋时认为建安文人追求家庭之外的女性,类似于当今社会的婚外情。如前面综述所言,类似的误读在学界并非偶然现象,秦俊香《试论建安文人诗赋中女性的悲剧》一文将止欲情节理解为男子追求的退缩,

① 刘淑丽:《先秦汉魏晋妇女观与文学中的女性》,第 206—233 页。

魏宏灿《曹氏父子的婚恋心态与建安女性文学》认为止欲赋中的女子最终都没有被男子得到,是时代阴影的表现。

上述观点存在的问题在于,作者一方面将止欲赋里的女性形象坐实对应为现实生活中的女性,但实际上这些形象都是虚构的带有象征意味的理想中的女性;另一方面忽略了止欲作品的写作源流,止欲赋从宋玉开始,写作目的一开始就是为了表达情欲,至张衡、蔡邕时抒情性增强,但情欲色彩并没有消退,虚化的女性形象与追求的艰难痛苦结合,使赋作具有了一定的象征性。建安止欲赋继承张、蔡的写作模式,抒情性进一步增强,文人在赋中融进自身的身世之叹、追寻之悲。所以,止欲赋的主旨,首要的是情欲抒写,赋中的女性形象,在负载情欲抒写功能之外,才具有象征理想追求的意义。

最初宋玉虚构登墙窥望自己三年的东家之子(《登徒子好色赋》),以及热烈勾引自己的主人之女(《讽赋》),其目的都是借描写女性美以及女性主动投怀送抱、男子守礼自持的情节设置,用以抒发情欲、展现文采、娱乐君王。至于《高唐赋》《神女赋》中的巫山神女,如前文所述,虽源出楚地巫祭仪式,但已不再负载巫祭的含义,仍只是以艳情故事的形式达到以上目的。及至东汉,张衡、蔡邕止欲赋将前代赋作中女性的具体身份——比如宋玉笔下的东家之子、采桑女、主人之女,司马相如笔下的上宫女子等全都隐去,代之以没有身份指向的女性,赋予其理想化特征,并增强赋作的抒情成分。所以,建安神女赋和止欲赋中的女性,并非对应赋家在现实生活中邂逅的实际存在的女性,更不能被视为赋家"背叛庸常生活"的婚外对象①,她们只是赋家秉承宋玉、司马相如、张衡、蔡邕等人的写作传统而来,主要

---

① 刘淑丽认为建安神女赋、止欲赋中的情感类似于当今的婚外情,是非正常生活化的爱情以及对庸常生活的背叛。参刘淑丽:《先秦汉魏晋妇女观与文学中的女性》,第238—239页。

用以抒发情欲、展现文采并寄托情感的文学形象。

　　也有研究者认为止欲赋的主题真的在于"止欲",周峨《唐前女性题材诗歌研究》一文即认为宋玉、司马相如等人书写从"美色诱惑"到"战胜诱惑"的赋作是借"去欲戒色"实现男性获取政治通行证和标榜道德建设的手段,是存在于文化中的、对欲望的否定和防范的"非性"倾向①。关于这一点,罗宗强的看法最为切中肯綮,他认为从这类赋的思想倾向中可看出,时人并不讳言情欲,止欲之所以必要,盖在于思之而不可得,不在于情欲之有碍于伦理②。所以,"止欲"的真正目的,乃在于表达对情欲的追求向往。

　　建安时期,神女赋、止欲赋均为邺下文人集团形成后的同题共作之赋,其中止欲赋是建安十六年(211)邺中游宴之际③,曹丕命诸子而作,如果将赋的内容坐实为赋家对家庭之外女性的追求,那么诸子怎么可能在同一个时期都拥有一个可求而不可得、可望而不可即的婚外情恋人呢?况且同题共作的行为本身带有一定的文学游戏色彩,应制之作往往也并非由真实情感驱动而写作,所以诸子的写作带有竞技、切磋意味,其目的亦是展现文采、抒写情欲,并具有娱乐作用,同时也呈现出艺术手法、情感思想的趋同特点。尽管在实际写作中,文人有真情实感的流露,但这种感情并不是真正针对现实中某一位女性而发,而只是将自己平素的人生感悟和体验融进去罢了。明确了神女赋、止欲赋中女性形象是虚构中的理想女性这一事实,才能更加准确地描述建安文人在作品中所表现出来的对女性的态度和观念。

　　《洛神赋》融合了前代神女赋侧重刻画女性美以及东汉之后止欲

---

① 周峨:《唐前女性题材诗歌研究》,第17页。
② 罗宗强:《魏晋南北朝文学思想史》,第8页。
③ 俞绍初辑校:《建安七子集》,第434页。

赋侧重抒发情感的特点,并在对洛神身体美的细致刻画中,寄托了自己的情欲,借以宣泄内心的忧伤哀苦。过常宝对此有一段精彩的描述:"他也许在女神顾盼生辉的眸子中看到了自己的价值,也许在女神的敏捷的体态中看到了超越和选择的自由,也许在一片温情之中消除了自己的孤独感,总之,在那神圣而又温柔的情人身上,曹植领悟到了一种拯救和超越的快乐,同样,在人神交接的失败中,曹植也就借机痛快淋漓地宣泄着自己的泪水和失意。"①曹植《洛神赋》在传统的情欲受阻写作模式中,寄予了作者自身强烈的情感,将前代神女赋重描写、止欲赋重抒情的特点结合起来,既展现了璀璨的文采,又抒发了动人的情感,并借人神道殊情节委婉地寓托身世之感,取得了钟嵘评价其五言诗所说的"骨气奇高,辞采华茂,情兼雅怨,体被文质"的艺术效果。同时,这篇赋也是第一篇表现恋爱受阻时女性痛苦心理的赋作,相比建安诸子仅抒发男子相思之苦、失意之情而言,这种对女性内心世界的关注,更加表现出对女性的同情和尊重。

第四节　建安止欲诗歌《定情诗》解读

一、建安文学中的止欲写作情境

如前所述,汉代张衡《四愁诗》和诗经时代的《蒹葭》《汉广》等诗歌一脉相承,都表达对美好女子苦苦追寻而不得的迷惘凄伤的情感,这类诗歌与张衡、蔡邕以及建安文人的止欲赋在写作模式上具有相通之处,但必须指出,这些诗歌在主旨上与止欲赋有一定的区别。止欲赋的题目表面上看起来是遏止情欲,但实际上在情欲受阻之前,须先纵情地将欲望表达出来,所以从本质上讲其主旨乃是抒发情欲,这

---

① 过常宝:《楚辞与原始宗教》,中国人民大学出版社2014年版,第141页。

与建安文人放纵情欲的风气是一致的,因此在这些赋作中对情欲的渲染不可或缺,比如前文所述陈琳止欲赋借梦境实现欢会,阮瑀、应玚、王粲止欲赋则通过想象对女子的身体进行亲近与抚摸。《蒹葭》《汉广》《四愁诗》主要突出追求之艰难和不懈,在情欲方面不作渲染,其追求的行为更偏重象征意味。情欲抒发在这些诗歌里十分含蓄隐蔽,甚至若有若无,所以这些诗歌不能称之为止欲诗歌。建安时期,曹丕《秋胡行》和《善哉行》亦属于此类。

《秋胡行》云:

> 朝与佳人期,日夕殊不来。嘉肴不尝,旨酒停杯。寄言飞鸟,告余不能。俯折兰英,仰结桂枝。佳人不在,结之何为? 从尔何所之? 乃在大海隅。灵若道言,贻尔明珠。企予望之,步立踟蹰。佳人不来,何得斯须。①

《善哉行》其二云:

> 有美一人,婉如清扬;妍姿巧笑,和媚心肠。知音识曲,善为乐方。哀弦微妙,清气含芳。流郑激楚,度宫中商。感心动耳,绮丽难忘。离鸟夕宿,在彼中洲。延颈鼓翼,悲鸣相求。眷然顾之,使我心愁。嗟尔昔人,何以忘忧。②

《秋胡行》写等待佳人时的迫切心情,再三渲染佳人不来、不在的状况之下,“我”不思酒食、难觅芳踪、坐立不安、彷徨踟蹰的饱受煎熬的心情。《善哉行》主要写女子的美丽、知音以及“我”求之而不得的

---

① 夏传才、唐绍忠校注:《曹丕集校注》,第23页。
② 夏传才、唐绍忠校注:《曹丕集校注》,第26页。

忧伤悲愁。两首诗歌都没有表达明显的情欲,在解读的时候更容易被理解为表达对美好事物的向往,甚至求贤、求友之心①。

　　尽管以上诗歌没有表达明显的情欲意味,但它们与止欲赋在"爱而不得"的写作模式上具有相通之处,这类诗歌与止欲赋一起形成了建安文学中比较具有代表性的止欲书写情境,形成了建安文学独特风格的一个方面。在这个写作情境中,繁钦的《定情诗》无疑是最具有代表性、最为典型的止欲诗。

　　由于忽略了《定情诗》的产生背景,学界对这首诗的解读存在一定的分歧和误读。张兰花等《三曹七子之外建安作家诗文合集校注》一书认为,此处"定情"指男女两情相悦,愿为夫妻结百年欢好,并阐释说"诗中女子与男子邂逅相遇,一见钟情,堕入爱河,但最终被男子遗弃而痛遭相思之苦,对此,作者给予了极深的同情"②。《汉魏六朝诗歌鉴赏辞典》对这首诗的解读大致也如此。王巍《建安文学概论》认为《定情诗》是爱情诗,写男女邂逅相遇、一见钟情,男子失约而诗歌并不提及负心③。孙明君《汉魏文学与政治》认为繁钦《定情诗》为爱情诗,写未婚女子私自与男子相爱,对偶然相逢的男子一见倾心,并立即想到愿与他入幽室、侍寝,甘愿忍受男子再三负约而仍然一往情深,纯真痴情、大胆热烈,将爱情视为生活的全部④。胡大雷认为繁钦《定情诗》之所谓"定情",当为曹植《种葛篇》中"与君初定情,结发恩义深"之义,诗歌前半部分写男女两情相悦、互赠信物以定情,后半部分写女子空等男子⑤。徐公持《魏晋文学史》则认为繁钦《定情

---

① 夏传才、唐绍忠校注:《曹丕集校注》,第26页。
② 张兰花、程晓菡校注:《三曹七子之外建安作家诗文合集校注》,第39页。
③ 王巍:《建安文学概论》,辽宁教育出版社2000年版,第215页。
④ 孙明君:《汉魏文学与政治》,第132页。
⑤ 胡大雷:《从全面关注到审视自身——论魏晋诗歌对女性及女性生活的描摹》,《广西师范学院学报》(哲学社会科学版)2003年第1期。

诗》托寓君臣情好或理想追求之义,取法《同声歌》《四愁诗》,继承发挥屈原君子美人诗歌创作传统;又认为张衡《定情赋》"思美人兮愁屏营",暗示袭用《楚辞·思美人》之义,以"美人"喻君①。

以上观点主要分两种,第一种认为《定情诗》是爱情诗,描写女子痴情而男子失约,但对于男子是否负心有分歧;第二种观点认为其并非爱情诗,而是托寓君臣情好和理想追求之义。这两种观点都忽略了《定情诗》创作的背景,即止欲情境。而《定情诗》的止欲写作情境之所以被忽略,其原因恰好是由于繁钦在诗歌里流露的男尊女卑观念所导致。下面首先分析《定情诗》的止欲主旨,然后解析男尊女卑观念如何植入到这个主旨当中。

二、繁钦《定情诗》的止欲主题解读

繁钦《定情诗》全诗如下:

> 我出东门游,邂逅承清尘。思君即幽房,侍寝执衣巾。时无桑中契,迫此路侧人。我既媚君姿,君亦悦我颜。何以致拳拳,绾臂双金环。何以致殷勤,约指一双银。何以致区区,耳中双明珠。何以致叩叩,香囊系肘后。何以致契阔,绕腕双跳脱。何以结恩情,佩玉缀罗缨。何以结中心,素缕连双针。何以结相於,金薄画幧头。何以消滞忧,足下双远游。何以慰别离,耳后玳瑁钗。何以答欢悦,纨素三条裙。何以结愁悲,白绢双中衣。与我期何所,乃期东山隅。日旰兮不来,谷风吹我襦。远望无所见,涕泣起踟蹰。与我期何所,乃期山南阳。日中兮不来,凯风吹我裳。逍遥莫谁睹,望君愁我肠。与我期何所,乃期西山侧。日夕兮不来,踯躅长叹息。远望凉风至,俯仰正衣服。与我期何所,

---

① 徐公持:《魏晋文学史》,第 144 页。

乃期山北岑。日暮兮不来,凄风吹我衿。望君不能坐,悲苦愁我心。爱身以何为,惜我华色时。中情既款款,然后克密期。褰衣蹑茂草,谓君不我欺。厕此丑陋质,徒倚无所之。自伤失所欲,泪下如连丝。①

止欲赋的创作在建安时期达到一个高峰,陈琳、阮瑀、应玚、刘桢、王粲、曹植均有作品留存,繁钦本人的《弭愁赋》乃为残篇,从题目和残存内容判断,亦当属于止欲系列。赋作存余部分乃描写一位美丽迷人的女子,最后在"时瞭眇以含笑,收婉媚以愁人"处戛然而止,后面部分当已佚失。结句的感伤情绪从何而来,佚失的部分内容是什么,按照止欲赋的写作模式,合理的推测就是,作者接下来书写的内容应当是自己虽然渴慕女子的美丽,但因为守礼自持的要求以及其他阻碍不能与女子相爱,从而达到止欲的目的。感伤既然是情欲带来的,当情欲得以收束,忧愁自然也得以消弭,所以赋作题目为"弭愁"。

如果不作这样的理解,以为男子必然如愿得到了女子,实现了情欲的渴望,这与当时的写作实际是相违背的。建安文人虽纵情享乐,不拘礼法,可以在作品中大胆抒发对情欲的向往,但他们却不在作品中描写纵欲的行为本身,以及展现情欲的满足。受止欲题材写作传统的影响,他们在抒写情欲的同时,反而必须强调情欲受阻的痛苦。从东汉张衡、蔡邕开始,止欲赋中的女性不再有宋玉、司马相如笔下主动勾引男子的行为,赋家主要抒发的是男子爱而不能、情欲受阻的痛苦惆怅。

繁钦《定情诗》模仿止欲赋的写作,但他将抒情主人公设置为女子,从女子的角度抒发情欲,所以诗中女子的行为,是极为大胆并逾

---

① 张兰花、程晓菡校注:《三曹七子之外建安作家诗文合集校注》,第37页。

越礼法的。为了表达女子对男子的爱意,诗人从女子的一件件贴身
饰物描写到贴身的衣物,这种细致的铺写,表达的是非常明显的性爱
意味。在止欲赋中,这种手法十分常见。保存完好的陶渊明《闲情
赋》,其"十愿十悲"就是通过幻想化为女子的一件件贴身物品,来实
现对女子身体各个部位的想象与爱抚,这与《定情诗》的表现手法从
本质上是相通的。这种手法通过文字的想象实现对女子身体的亲
昵,达到书写情欲的目的。繁钦笔下的女子,将戒指、耳坠、香囊、手
镯、佩玉、发钗等饰物都用以相赠,表达对男子的爱意,进而更以裙子
和内衣相赠——很明显,这不仅是爱情的表达,更是情欲的表达,是
对男欢女爱的幻想和文学化书写。如果将其理解为女子与男子真的
实现了肉体的结合,那么繁钦在诗歌里如此张扬地描写一段不符合
道德礼仪的性爱,并对纵情欲望的女性表示同情,这种行为即使在当
时亦是惊世骇俗之举,且从当时的社会背景和止欲赋创作的传统来
看,这种写法显然也是不合情理与套路的。

　　只有将《定情诗》纳入止欲创作情境中考查,才能够对其进行合
情合理的解读。诗歌开篇写"我出东门游,邂逅承清尘。思君即幽
房,侍寝执衣巾",描写的是女子在东门之外对男子一见钟情,恨不能
立即结为欢好,而并非写女子已经与男子堕入情网并产生肌肤之亲。
"思君即幽房"之"思"字,在这里宜理解为期盼和渴望的意思,也就
是想象的意思,如果真的存在两情相悦,就应当是"与君即幽房"。
"时无桑中契,迫此路侧人"两句,表达的是女子内心的遗憾,即说因
为与男子素不相识,缺少媒妁,所以没有机会与男子接近,否则当是
"虽无桑中契,迫此路侧人"。接下来的"我既媚君姿,君亦悦我颜"
两句,当是女子对两情相悦的想象,并由此引发后面借相赠饰物与衣
物表达情欲的一连串想象。值得关注的是,这一连十二个"何以"领
起的排比句,均是摹写女子单方面的示爱行为,抒发女子一个人内心
的情意。这不是在描写两个人浓情蜜意时的表现,更不是在描写床

第之欢,而是在描写女子单方面对爱情的热烈幻想。这种写法和止欲赋从男子方面入手描写对情欲的幻想,乃异曲同工之笔。而这种充满强烈情欲的描写,作者是不能任其发展的,必须以某种手段进行遏止,是为"止欲"。所以接下来写男子"日旰兮不来"、"日中兮不来"、"日夕兮不来"、"日暮兮不来",即为止欲的手段了。后世读者误视之为男子负心失约的表现,但事实上这只是止欲赋的典型写作套路。

三、《定情诗》中蕴含的男尊女卑观念

在繁钦笔下,诗歌前半部分是对摇荡情思的书写,后半部分是对情欲受阻的书写,至于情欲受阻的原因,按照今人的理解,很容易认为是男子负心薄情,但诗歌中并没有明确表示男子负心的诗句。郭茂倩《乐府诗集》解题认为:"《定情诗》,汉繁钦所作也。言妇人不能以礼从人,而自相悦媚。乃解衣服玩好致之,以结绸缪之志。若臂环致拳拳,指环致殷勤,耳珠致区区,香囊致扣扣,跳脱致契阔,佩玉结恩情,自以为得志。而期于山隅、山阳、山西、山北,终而不答,乃自悔伤焉。"[1]郭茂倩认为女子行为放纵,不以礼从人,主动将饰物衣物赠送给男子,以期达成与男子结为欢好的目的,且"自以为得志"。也就是说,郭茂倩认为女子只不过是一厢情愿而已,并未与男子达成欢好,所以她与男子的多次约定都得不到回应,最后只能后悔自伤。郭茂倩既没有强调男子是个负心薄情之人,也没有强调男子是因为守礼自持而拒绝女子,他所强调的,是女子对男子产生了爱意,并不顾道德礼仪的约束进行了热烈的表达,但并没有得到男子的回应。郭茂倩批评女子"不能以礼从人",表现出男尊女卑观念下对女性的歧视和苛求,但他准确地指出了男子失约并非由于负心所致,而是男子

---

① （宋）郭茂倩编:《乐府诗集》,中华书局 1979 年版,第 1068 页。

根本没有应答女子"自以为得志"的一厢情愿的邀约,也就是说男子和女子之间不存在什么约定。女子对男子炽烈的爱情,在一次次得不到回应的邀约中冷却,最终得到了遏止,这就是止欲情节。

繁钦构设这样的情节,不是为了批评男子负心,也不是为了捍卫礼教的男女大防,这些在诗歌里都找不到文本依据,他的目的就是为了给情欲本身设置一个阻碍,以完成止欲题材的书写结构。

建安止欲赋以男性为抒情主人公,其情欲受阻的原因通常不予以明确交代,赋家意在抒发男子对美丽女子的爱慕并最终表现出对情欲的约束。即使有些赋作最终似乎达成了欢好之愿,但也只是在梦中才能实现(如陈琳《止欲赋》)。繁钦《定情诗》乃是以女子为抒情主人公,从女子的角度出发书写情欲,正因为止欲书写必须在设置情欲受阻之前表现情欲的放纵,所以诗歌里女子的行为才能如此大胆奔放。但是,与其说这是对女性的真实描写,不如说是男性诗人在情欲幻想中对女性行为的假想。

在止欲赋中,男性作为抒情主人公出现,他们所追求的女子,并非现实生活中的真实存在,而只是一个代表爱情、美好和理想的象征,所以她们容颜绝世、性情宜人、志行高洁,不受男性主宰。在《定情诗》中,当女子一旦被设置为一个现实的存在,她的个人形象的光彩便被抹去,并被赋予了多情、专一、幽怨、柔弱的特征,这正是前文所说的男尊女卑社会中女性角色刻板印象。

《定情诗》结尾全是女子的自怜与恳求:"爱身以何为,惜我华色时。中情既款款,然后克密期。褰衣蹑茂草,谓君不我欺。厕此丑陋质,徙倚无所之。自伤失所欲,泪下如连丝。"这些言辞中没有对男子的埋怨和指责,更多的是自哀自怜,担心自己容颜易老,青春华色无人怜惜。在这个结局里,女主人公成为男尊女卑视角观照下的弱者和可怜人,因为得不到男子的垂爱,她自伤丑陋,无所适从,仿佛她的生命已完全没有存在的价值和意义,男性成为决定她命运和生命价值的人。这些描写,体现出男尊女卑观念对女性的要求和期待。但是,也必须看到,尽管男尊女卑观念占据着主导地位,建安文人总是表现出反思的一面,《定情诗》对女子在爱情中主动追求、大胆示爱的设定,展现出女性的情欲,尽管这情欲最终被约束被阻碍,但能够被书写出来,且没有将女子塑造为供批判的淫荡的奔女,这在男尊女卑社会中无疑也是难能可贵的了。后世读者如郭茂倩认为女子的结局乃因为不以礼从人而咎由自取,那是因为他以卫道士的眼光,忽略了止欲主题的写作传统。

最后,从诗歌题目上看,"定情"正是约束情欲的意思。若诗歌表现的是女子始与男子欢好而终被遗弃,又怎能以"定情"二字命名呢?《三曹七子之外建安作家诗文合集校注》在本诗注释中亦言,"定情"还有一种含义,即"镇定",也就是使感情镇定而不过分冲动①。其实这个解释,才是繁钦《定情诗》的本意,汉代张衡止欲赋即名为《定情赋》。如前所述,繁钦本人亦参与了止欲赋的创作,所以,在这样的创作共性和语境之下,繁钦《定情诗》之"定情",必当为止欲之意。繁钦将止欲题材引入诗中,又将抒情主人公设定为女性,可谓是追求新变的表现。

《定情诗》是建安时期诗歌赋化的特殊作品,形成于建安文人止欲创作的情境之中。这首诗运用了铺陈排比的赋法,其主旨、结构亦均是止欲赋套路,是极为少见的止欲诗,也是男尊女卑观念下的一首不免弱化女性,但在反思背景下又能展现女性情欲的大胆之作,而对女性情欲的正视,也只能在个体自觉背景下才有可能发生。

---

① 张兰花、程晓菡校注:《三曹七子之外建安作家诗文合集校注》,第39页。

第四章　建安文人对曹氏政权的
依附性和相对独立性

建安文人一方面依附于曹氏政权,另一方面又试图保持与政权的距离,在一定程度上追求自身人格的独立性,这种处境和心态对他们文学创作风貌的形成有着极大的影响。这个影响首先集中体现在征伐赋的写作中,因为建安文人归曹后参与政治事务,主要表现在从军征战方面,从现存作品来看,建安时期王粲写有从军诗,但是建安文人主要用赋来书写随军征伐的经历。以建安文人留存下来的征伐赋为切入点,可管窥他们与曹氏政权之间微妙的关系,并进而观照他们在这个关系影响下的创作特点。

第一节　征伐赋中的鼓吹者和记录者

建安时期,曹操连年征伐,在他的带领下,陈琳、阮瑀、徐幹、刘桢、应玚、王粲、杨修、繁钦等文人均有从军征战的亲身体验①。曹

---

① 俞绍初《建安七子年谱》考证,建安十年(205),应玚随曹操北征幽州;建安十二年(207),陈琳、阮瑀从征乌桓;建安十三年(208),陈琳、阮瑀、徐幹、刘桢、应玚从征刘表,预赤壁之役;建安十四年(209),曹操引军至谯,后又引军自涡入淮,王粲均随军而行;建安十六年(211),阮瑀、徐幹、应玚、王粲从征马超;建安十七年(212),王粲、应玚从征孙权;建安二十年(215),陈琳从征张鲁;建安二十一年(216),陈琳、王粲从征吴。《后汉书·杨修传》载其跟随曹操出兵汉中。参《后汉书》,第 1789 页。曹丕《叙繁钦》言"上西征,余守谯,繁钦从"。

丕、曹植兄弟,更是在曹操有意培养下,自小跟随军队南征北战。曹
丕《典论·自叙》言:"上以四方扰乱,教余学射,六岁而知射。又教
余骑马,八岁而知骑射矣。以时之多难,故每征,余常从。"①建安二
年(197),曹操进攻张绣,兵败,长子曹昂遇害,年仅十一岁的曹丕乘
马逃脱。建安十年(205),曹操征袁谭,年仅十四岁的曹植亦已跟随
父亲征战②。建安征伐赋由此发展起来,留存至今有 17 篇,这些赋作
虽有残缺,但仍能提供一定的信息以资考察。

一、征伐赋的写作传统及建安时期的热烈鼓吹者

战争题材很早就进入诗歌书写的领域,但战争诗与征伐赋由于
文体功能的不同,在写作主旨上是有区别的。一般来说,战争诗用以
表达人们对战争的复杂情感,在颂美正义战争的同时,亦抒发战争带
给人们的苦难和心灵创痛。如《诗经》中的战争诗,有一部分正面描
写天子、诸侯的武功,表现自豪感和乐观精神,但更多的则表达人们
对战争的厌倦和对和平的向往,充满感伤情绪③。汉乐府民歌《战城
南》与《十五从军征》均为名篇,前者通过描写激战之后惨烈的战场
情状展现战争的残酷,后者通过老年时方结束兵役的士卒家破人亡
的凄惨现实表达战争带给人们的创伤。这种反战情绪与《诗经》战争
诗一脉相承。

而征伐赋出现之初即呈现出热情歌颂和华丽渲染的面目,以达
到鼓舞士气、颂扬战功的目的。现存第一篇征伐赋出自东汉崔骃,这
也是两汉留存的唯一征伐赋④。除此之外,崔骃和班固、傅毅还作有

①　夏传才、唐绍忠校注:《曹丕集校注》,第 248 页。
②　张可礼编著:《三曹年谱》,第 66、89 页。
③　袁行霈主编:《中国文学史》第 1 卷,第 68 页。
④　这里的"两汉"指文学史意义上的两汉,不包括建安时代。

北征颂,描写窦宪北征匈奴的赫赫战绩,歌颂皇恩以及窦宪的功勋①。崔骃曾在窦宪出击匈奴时担任主簿,《后汉书·崔骃传》载:"宪擅权骄恣,骃数谏之,及出击匈奴,道路愈多不法,骃为主簿,前后奏记数十,指切长短。"②窦宪骄横放纵,崔骃不断上书加以讽谏规劝,以至触怒窦宪而遭冷遇。尽管如此,崔骃的《大将军西征赋》对窦宪征讨匈奴依然以歌颂为目的:

> 主簿骃言:愚闻昔在上世,义兵所克,工歌其诗,具陈其颂,书之庸器,列在明堂,所以显武功也。
> 于是袭孟秋而西征,跨雍梁而远踪。陟陇阻之峻城,升天梯以高翔。旗旄翼如游风,羽毛纷其覆云。金光皓以夺日,武鼓铿而雷震。③

赋文残缺不全,但崔骃自陈作赋的目的,乃在于歌颂窦宪及所率"义兵"的武功。赋中对窦宪出征的季节、方位以及行途的遥远艰难作了交代,然后对出征将士的军容军威进行了铺陈渲染:军中旌旗如云,鼓乐喧天,将士们手执兵器,甲光向日,营造出威武雄壮、昂扬进取的氛围。以崔骃的直言敢谏和颇多骨鲠之气的性格,他绝非出于阿谀奉承的目的而作赋,作为军中主簿,鼓舞士气、激励

---

① 东汉颂文的主要功用即在于歌颂,尚学峰指出东汉颂文从一开始就与国家的礼乐建设结合在一起,受到朝廷的提倡,其功用在于纪功与颂德。参尚学峰:《东汉颂文的文化特征》,《杭州师范大学学报》(社会科学版)2014年第5期。丁静《汉晋颂文考论》认为在北征颂中,傅毅、崔骃歌颂朝廷,班固主要歌颂窦宪。参丁静:《汉晋颂文考论》,湖北大学博士学位论文,2018年,第143页。
② 《后汉书》,第1721页。
③ 龚克昌、苏瑞隆评注:《两汉赋评注》,第442页。

将士为国效力,应是分内职责。崔骃的创作实际表明,对于正义的战争,作赋的目的主要在于颂美以彰显武功①,规劝讽谏之意则另以上书表达。所以征伐赋用于颂美,上书用于直谏,是由文体功能的不同决定的。

建安征伐赋承继汉赋的写作传统,大多数建安文人在征伐赋中以热情的鼓吹者形象出现,将鼓舞士气、纪功颂德视为自身的职责所在。他们基于曹操力挽狂澜、救皇室于危难的汉臣身份,对他的功业以及他所代表的正义性,给予了热烈的颂美。陈琳《神武赋序》言"建安十有二年,大司空武平侯曹公东征乌丸",繁钦《撰征赋》言"有汉丞相武平侯曹公,仗节东征",应玚《撰征赋》言"奋皇佐之丰烈,将亲戎乎幽邻",曹植《东征赋序》言"建安十九年,王师东征吴寇,余典禁兵,卫官省。然神武一举,东夷必克",他们强调曹操的官职,突出其汉室"皇佐"的重臣身份,突显曹操统领之下王师出征的正义性,彰显自豪感和对战斗的必胜信念。同时,他们也对曹操统领之下王师之军威军容以及卓越战功进行夸张渲染和热烈称颂,陈琳、繁钦笔下的曹军所向无敌、战功显赫,应玚、曹植笔下的曹军威武雄壮,曹丕《述征赋》"扬凯悌之丰惠兮,仰乾威之灵武",称赞曹操军队既为仁义之师又是威武之师,王粲《初征赋》"赖皇华之茂功,清四海之疆宇",称赞曹操平定四海的功绩,阮瑀《纪征赋》"五材陈而并序,静乱由乎干戈",颂扬曹操招贤纳士、削藩一统。

二、建安时期冷静克制的记录者

相较于大多数建安文人在征伐赋写作中的热情鼓吹者形象,徐

---

① 易闻晓指出汉赋的内容和功用表现出颂的倾向,这种情况在汉大赋中具有相当程度的普遍性,并称崔骃《大将军西征赋》为"主题即示歌颂的作品"。参易闻晓:《论汉代赋颂文体的交越互用》,《文学评论》2012年第1期。

幹却呈现出冷静克制的记录者形象,他在赋中观察思考行途所见并如实记录行军作战的经历。这一特征主要体现在其《序征赋》中,此赋作于徐幹跟随曹操南征刘表并参与赤壁之战之际,此年徐幹三十八岁,被曹操辟为丞相掾属①。此次从军的文人还有曹丕、陈琳、阮瑀、刘桢、应玚等人,王粲于是年归曹后参与赤壁之役②,其中曹丕、王粲、阮瑀和徐幹均有赋作留存③。

建安十三年(208),曹操南征刘表,顺利攻克荆州,继而在与孙刘联军交战之中大败于赤壁。但随军文人所作的征伐赋中,唯独徐幹对赤壁败绩有所书写。

关于赤壁之战,《三国志·武帝纪》记载为:

> 秋七月,公南征刘表。八月,表卒,其子琮代,屯襄阳,刘备屯樊。九月,公到新野,琮遂降,备走夏口。……(十二月)公至赤壁,与备战,不利。于是大疫,吏士多死者,乃引军还。④

事实上,赤壁之战曹军乃惨败,并非如陈寿所写那样仅止于交战不利,最后迫于瘟疫而退兵。《艺文类聚》卷八十引王粲《英雄记》记载曹操在周瑜火攻下败退的情形:

> 曹操欲从赤壁渡江南,无舡,乘簰从汉水下,住浦口,未及

---

① 俞绍初辑校:《建安七子集》,第 456 页。
② 曹丕《述征赋序》写自己于建安十三年从军南征。据俞绍初《建安七子年谱》考证,建安十三年,陈琳、阮瑀、徐幹、刘桢、应玚从征刘表,参与赤壁之役,王粲归曹后参与赤壁之役。参俞绍初:《建安七子集》,第 453—460 页。
③ 俞绍初《建安七子年谱》言,"瑀之《纪征》、幹之《序征》、粲之《初征》及丕之《述征》诸赋,皆叙征南荆州事"。参俞绍初辑校:《建安七子集》,第 463 页。
④《三国志》,第 30 页。

渡,瑜夜密使轻舸走舸百所艘,艘有五十人移棹,人持炬火。火
燃,则回船走去,去复还烧者,须臾烧数千簏。火大起,光上照
天,操夜去。①

《三国志·先主传》亦记载曹军大败之事:

> 先主遣诸葛亮自结于孙权,权遣周瑜、程普等水军数万,与
> 先主并力,与曹公战于赤壁,大破之,焚其舟船。先主与吴军水
> 陆并进,追到南郡,时又疾疫,北军多死,曹公引归。②

这次北归之路充满艰难辛苦。《三国志·武帝纪》注引《山阳公载
记》曰:

> 公船舰为备所烧,引军从华容道步归,遇泥泞,道不通,天又
> 大风,悉使羸兵负草填之,骑乃得过。羸兵为人马所蹈藉,陷泥
> 中,死者甚众。③

可见,赤壁之战曹军损失惨重,处境十分狼狈。

关于这次出征,曹丕作《述征赋》,其序言慷慨抒发克敌之志:
"建安之十三年,荆楚傲而弗臣。命元司以简旅,予愿奋武乎南邺。"
其赋文写王师回朝、镇抚荆楚之地的功绩:"遵往初之旧迹,顺归风以
长迈。镇江汉之遗民,静南畿之遗裔。"曹丕完全回避了赤壁兵败一

---

① (唐)欧阳询撰:《宋本艺文类聚》,上海古籍出版社2013年版,第2046页。
② 《三国志》,第878页。
③ 《三国志》,第31页。

事①。王粲于建安十三年刘琮投降后归曹,参与赤壁之战,后作《初征赋》颂美曹操功绩,抒写自己随军北归途中振奋的情绪,亦无半点赤壁兵败的痕迹②。阮瑀《纪征赋》残缺较严重③,依据残篇的结构大致可推知阮瑀亦避开了兵败一事。唯有徐幹《序征赋》以含蓄的笔调,表达了赤壁兵败后的怅然之情:

> 余因兹以从迈兮,聊畅目乎所经。观庶士之缪殊,察风流之浊清。沿江浦以左转,涉云梦之无陂。从青冥以极望,上连薄乎天维。刊梗林以广涂,填沮洳以高蹊。挐循环其万艘,亘千里之长湄。行兼时而易节,迄玄气之消微。道苍神之受谢,逼鹙鸟之将栖。虑前事之既终,亦何为乎久稽。乃振旅以复踪,溯朔风而北归。及中区以释勤,超栖迟而无依。④

徐幹赋中所写内容,多与史料记载相符合:"挐循环其万艘,亘千里之长湄",应当就是《英雄记》所提及的"数千艓"曹军;"溯朔风而北归"即《先主传》所载曹军遭遇火攻继而遭遇瘟疫、士卒多死、曹操率军北

---

① 龚克昌等《全三国赋评注》认为曹丕此赋隐去了与孙刘会战赤壁大败的经过。参龚克昌、周广璜、苏瑞隆评注:《全三国赋评注》,第 278 页。

② 关于王粲《初征赋》的作年,学界有两种观点,一种认为作于建安十三年随曹军北归途中,一种认为作于十四年随曹操征孙权之时。无论作于何时,须注意的是,王粲在赋中回顾了自己从归曹前长期怀才不遇到归曹后随军北返中原的经历,但略去了发生在这个过程中的重要事件——赤壁之战,这场战争是王粲归曹后第一次从军征伐,若非战败,王粲一定会将其写进赋中。

③ 除《建安七子年谱》外,《中古文学系年》亦将此赋系于建安十三年,依据是《典略》载曹操征荆州,使阮瑀作书与刘备,且阮瑀赋中有"惟蛮荆之作仇"之句,说明阮瑀于建安十三年从征并作赋。参陆侃如:《中古文学系年》,人民文学出版社 1985 年版,第 370 页。

④ 龚克昌、周广璜、苏瑞隆评注:《全三国赋评注》,第 58 页。

归之事。这次死伤惨重、仓皇逃命、几近穷途的经历,不仅在征战将士内心,也当在随军文人内心留下深刻的创痛。徐幹写"及中区以释勤,超栖迟而无依",就是对这种创痛的含蓄抒发。当然,徐幹所抒发的惆怅无依之情是否必然针对赤壁兵败,今人很难找到直接的文献依据,但首先可以肯定的是,这篇赋写于曹操南征、兵败赤壁之年①,而且班师回朝解除辛劳之后仍感觉惆怅无依,那么除了兵败之痛,很难找到其他合适的缘由。费振刚等《文白对照全汉赋》即将此赋称为"从败军一方书写战事感受的一篇作品"②。

曹操对赤壁败绩讳莫如深,今存《与孙权书》(阮瑀为曹操代笔之作)对赤壁之战的描述,正反映了曹操这种心态:"赤壁之役,值有疾病,孤烧船自退,横使周瑜虚获此名。"③在曹操的意识中,赤壁败绩是需要被淡化、被遗忘甚至被矫饰的,受制于曹操的这种态度,文人们在赋中多对败绩采取回避态度。尽管征伐赋以壮大声势、鼓舞士气、颂美武功为目的的文体功能决定着文人的写作态度,但作为鼓吹者,面对惨败的战局依然要作出热情歌颂的姿态,还是难免滑稽和尴尬。

徐幹《序征赋》因此更加具有特殊性。徐幹对赤壁败绩的暗示,不可能出于对曹操的不敬和冒犯,通过对文本的仔细分析,可推知徐幹的写作态度来自他对自我职责的定位和确认。正如鼓吹是从军文人的职责所在,对于徐幹而言,如实记录出征经历也是履行职责的手段。

"余因兹以从迈兮,聊畅目乎所经",徐幹将自己从军出征之行的

① 吴云考证此赋作于建安十三年,理由是曹军在建安二十二年(徐幹卒年)前南征而到达"江"、"云梦"者,唯十三年一次。参吴云校注:《建安七子集校注》,第417页。
② 费振刚、仇仲谦、刘南平校释:《文白对照全汉赋》,第751页。
③ 《三国志》,第1265页。

目的定为"畅目所经",也就是尽情观看所经过的每一个地方。他描写"沿江浦以左转,涉云梦之无陂",记录曹军南征的路线;他"观庶士之缪殊,察风流之浊清",以了解所到之处人才的优劣和风俗的好坏;他书写士卒"刊梗林、填沮洳"的经历,以表现行军途中砍树伐木、挖土填路的紧张疲惫。可见,徐幹的"畅目",并非一般性的游览观赏,而是带有考察性质和实录性质的观察。之所以称"考察",是因为"观庶士""察风流"带有考察了解的目的;之所以称"实录",则不仅在于《序征赋》暗示了曹操的赤壁败绩,抒发了惆怅低落的情绪,而且还对行军征途中所遇到的困难采取了实录态度。建安征伐赋实录行军艰难者仅此一篇,其余赋家对行军路途多进行浪漫的想象与美化,如建安十二年(207),曹操北征乌桓,陈琳、应玚随军,各作赋以称颂。陈琳《神武赋》铺叙曹军行军作战的场景:

> 陵九城而上跻,起齐轨乎玉绳。车轩辚于雷室,骑浮厉乎云官。晖曜连乎白日,旍旐继于电光。旆既轶乎白狼,殿未出乎卢龙。威凌天地,势括十冲,单鼓未伐,虏已溃崩。克俊馘首,枭其魁雄。①

陈琳对行军过程的描写主要运用了想象与夸张手法,以此渲染王师出征的气势与军容。作于同年的应玚《撰征赋》亦是如此②:

> 奋皇佐之丰烈,将亲戎乎幽邻。飞龙旗以云曜,披广路而北

---

① 龚克昌、周广璜、苏瑞隆评注:《全三国赋评注》,第16页。
② 徐公持《建安七子诗文系年考证》按语云:操平生北征至"长城",亲临幽州地界唯是年征乌桓一次。故此赋之作,必不出建安十二年(207)。参徐公持:《建安七子诗文系年考证》,《文学遗产》1982年增刊第14辑。

巡。崇殿郁其嵯峨,华宇烂而舒光。摛云藻之雕饰,流辉采之浑黄。辞曰:

> 烈烈征师,寻遐庭兮。悠悠万里,临长城兮。周览郡邑,思既盈兮。嘉想前哲,遗风声兮。①

实际上曹操征伐乌桓时,行军十分艰难,绝非"披广路而北巡"。《武帝纪》建安十二年(207)载:"秋七月,大水,傍海道不通,田畴请为乡导,公从之。引军出卢龙塞,塞外道绝不通,乃堑山堙谷五百余里,经白檀,历平冈,涉鲜卑庭,东指柳城。"②在陈琳与应玚赋中,跋山涉水、堑山堙谷的行军被赋予了浪漫色彩,雷室、云宫、白日、电光、广路、崇殿、华宇、云藻、辉采等带有强烈夸张、虚想、粉饰意味的华丽词语,将艰苦卓绝的行军变成了美好壮观的出巡。

通过比较,徐幹的记录者形象更加凸显出来,他以"肇循环其万艘,亘千里之长湄"记录数千艘曹军沿江摆开的阵容,并不进行过多的夸张渲染,这种做法与赋体文学通常的铺采摛文的特点不甚相符。建安文人以写作抒情小赋为主,但他们并不因为赋作体制变小、篇幅变短而放弃铺陈排比的手法,相反,铺陈排比仍然是主要的创作手段。如同时随军南征的曹丕,其《述征赋》以"伐灵鼓之硠隐兮,建长旗之飘飘。跃甲卒之皓旰兮,驰万骑之浏浏"铺陈军乐、军旗、步卒、骑兵,表现曹军南下行军时的阵容和军威。王粲《初征赋》主要抒写自己赤壁之战后随军北归时的心情,他以"野萧条以骋望,路周达而平夷。春风穆其和畅兮,庶卉焕以敷蕤"铺陈景物,表达自己归曹的喜悦心情。而徐幹赋几乎没有铺陈排比和夸张渲染,他如实地记录行军路线、经历和作战阵容,记录因征伐时间太久,季节已悄然变换,

---

① 龚克昌、周广璜、苏瑞隆评注:《全三国赋评注》,第91页。
② 《三国志》,第29页。

军队冒着北风之寒回师中原,到达中原地区后,因赤壁惨败的沮丧和行途的劳顿而感觉内心惆怅无助。

当然,建安赋多经由类书保存下来,能确定为篇幅完整者很少。但徐幹此赋所存部分从曹军挥师南下写到振旅北上,内容主体结构是完整的,所以可以作出以上判断。赋作没有表达昂扬的情绪与热情的歌颂,但这并不意味着徐幹对曹操征伐的淡漠情绪,他只是作为一个记录者,将所见所思如实地记录下来。徐幹对自身职责的思考和定位,决定了他选择对出征经历的记录而不是鼓吹和美化,他的这种思考在《西征赋》中也有所体现:

> 奉明辟之渥德,与游轸而西伐。过京邑以释驾,观帝居之旧制。伊吾侪之挺劣,获载笔而从师。无嘉谋以云补,徒荷禄而蒙私。非小人之所幸,虽身安而心危。庶区宇之今定,入告成乎后皇。登明堂而饮至,铭功烈乎帝裳。①

《西征赋》作于建安十六年(211)跟随曹操西征马超之时②,这一年徐幹四十一岁,为五官将文学③。徐幹处处不忘思考作为曹操属吏所当履行的职责,并担心自己不能很好地胜任之。"无嘉谋以云补,徒荷禄而蒙私",这并非故作姿态之语,而是徐幹内心真诚的焦虑和担忧的表现,他表明自己作为"载笔从师"的文人属吏,并没有抱着小人的侥幸心理,而是身安心危。徐幹的"心危"之事,就是在思考自己作为文人,怎样为曹操的征伐大业效力。

---

① 龚克昌、周广璜、苏瑞隆评注:《全三国赋评注》,第 59 页。
② 俞绍初《建安七子年谱》、陆侃如《中古文学系年》、吴云《建安七子集校注》、费振刚等《文白对照全汉赋》均认为此赋作于建安十六年曹操西征马超之时。
③ 俞绍初辑校:《建安七子集》,第 472 页。

　　赋中"观帝居之旧制"一句,颇有深意可寻。这里的"观",与《序征赋》之"观庶士""察风流"如出一辙。在建安作家的征伐赋中,用"察"字仅徐幹一例,用"观"字者,徐幹之外还有曹丕《浮淮赋序》中的"睹师徒,观旌帆",以及繁钦《撰征赋》中"观六军于三江,浮五湖以曜武",但这两个"观"都是观看欣赏的含义,并没有观看考察的含义,而如前所述,徐幹"观庶士之缪殊,察风流之浊清"的目的在于考察了解。至于"观帝居之旧制"的"观",虽有观览之意,但对于汉王朝昔日都城洛阳旧制的观览①,一定包含着思古幽情和对于历史兴亡盛衰的思考。如曹植《述行赋》写"寻曲路之南隅,观秦政之骊坟。哀黔首之罹毒,酷始皇之为君",即书写自己在对秦始皇陵的观览中生发怀古之情。"过京邑以释驾,观帝居之旧制",是徐幹对大军行程的记录,但紧接着他没有书写观览的具体内容,而是以"伊吾侪之挺劣,获载笔而从师。无嘉谋以云补,徒荷禄而蒙私"几句,比较突兀地表达了自己内心的愧疚和惶恐,似乎这种情感体验是因观览帝居旧制所触发。而在国人的文化传统中,帝居旧制所能触发的普遍情感,概莫过于黍离之悲。

　　在徐幹对汉帝国旧时都城的观察中,是否包含着盛衰兴亡的感慨和思考,其中有没有经验教训足以让后人引以为前车之鉴,徐幹是否会因此对曹操有所进言,赋中并没有书写,今人也不能随意设想猜测。但"非小人之所幸,虽身安而心危"一句表明,虽然没有嘉谋进献

---

① 龚克昌等《全三国赋评注》、费振刚等《文白对照全汉赋》均将此处"京邑"释为长安,吴云《建安七子集校注》则释为洛阳。据《三国志·武帝纪》知,建安十六年七月,曹操率军西征马超,九月渡渭河大破马超,十月自长安北征杨秋,可知这次西征确实到过长安。但从邺城西行征讨马超,首先须经过洛阳。徐幹写"奉明辟之渥德,与游轸而西伐。过京邑以释驾,观帝居之旧制",则"过京邑"之事应当在大军出发后不久,而非几个月之后,所以此处"京邑"指洛阳更合理。

曹操,但保持居安思危的警醒,也是一名载笔从师的文人能够尽忠曹操的地方了。由于赋作的不完整,无法判断其中有没有对黍离之悲、以史为鉴的感慨和思考,但徐幹对如何履行自身职责的思考和焦虑,却是十分明显的。赋作结尾"庶区宇之今定,入告成乎后皇。登明堂而饮至,铭功烈乎帝裳",表达了徐幹衷心希望曹操能建立功勋、为天下谋取太平并得到皇帝嘉奖的愿望,这是从军文人对主帅的祝愿、称颂和期待,也包含了自身参与建功立业的积极心态。

徐幹征伐赋的句式结构,也颇能指向他作为记录者的身份。《序征赋》由一个"余"字领起,使得以下所有的叙写都自然成为徐幹亲身的见闻和经历。赋中句式多由动词开头,如观庶士、察风流、涉云梦、刊楩林、填沮洳、擎万艘、行兼时、虑前事、溯朔风、及中区,这些动词词组潜在的施动者都是徐幹本人。《西征赋》开头"奉明辟之渥德"一句,"奉"字的潜在主语亦是徐幹本人,其后所用一系列动词开头的句子,如观帝居、获载笔、无嘉谋、庶区宇等,仍以徐幹为潜在主语。这表明徐幹赋中描写的每一件事、每一种情景,都由徐幹亲历并如实记录,这些对行军作战过程的实录,相当于一份军事行动的档案,以备保存和参考之需。作为一名随军文人,这也许是徐幹能采取的最直接的效力方式。

无论是鼓吹者还是记录者,其行为选择的本质都是为曹氏政权效力,表现出对这个政权的认同与支持。而且,曹操征战一生,极少败绩,建立了卓越功勋,鼓吹者们的热情歌颂,亦多真情流露。尽管徐幹没有在赋中热情鼓吹,但"擎循环其万艘,亘千里之长湄"表现出的自豪之情,与"奉明辟之渥德,与游轸而西伐"表达的对曹操的感恩戴德之情,都还是遵从征伐赋以歌颂为主的文体特征并表达出自己真实感受的。只是鼓吹者对曹操的心意更多揣度和迎合,表现出更强的依附性,而徐幹在一定程度上的实录,则体现出较强的人格独立精神。事实上,建安文人基本上都具有依附性和独立性共存的双重心态。

<h1 style="text-align:center">第二节　建安文人依附性和
独立性共存的成因</h1>

　　建安文人对曹氏政权的依附性和独立性共存的特点之成因，包含历史传承的因素，也包含社会政治、思想巨变所带来的新因素。建安文人所处之社会环境具有其特殊性，从社会政治上看，东汉末年大一统政权崩坏，整个社会陷入军阀割据的混乱局面；从思想领域看，帝国解体后经学风气随之瓦解、儒学衰微，老庄思想有所抬头。对于士人而言，这是一个无所依归但又复杂多元，具有各种可能性的时代。

　　建安文人对曹氏政权存在依附性是显而易见的，这种依附性源自建安文人对建功立业的渴望。建安文人对政治充满热情，在这一点上，他们与汉末党人最终疏离朝廷的态度有所不同。由于大一统帝国已解体，建安文人没有经历党人从忠君爱国到疏离朝廷的心路历程，没有遭遇来自朝廷的政治迫害，他们不会产生如党人那样强烈的忠愤情绪和绝望的悲凉，相反，他们在各路军阀逐鹿中原的战争中受到了英雄之气的感召，希望借此实现自我人生价值，所以即使身处乱世也满怀政治热情。孙明君说建安时代是文学与政治结合的黄金时代①，这个黄金时代正是由建安文人空前的政治热情所促成的。乱世浮沉之中，曹操是他们可以倚靠的实现人生理想的最佳对象，这个选择从一开始就决定了建安文人对曹氏政权的依附性，这种依附性在他们的生活和创作中表现为巴结逢迎、奉承吹捧。严羽就曾批评刘桢与王粲在作品中将曹操称为元后、圣君，无视汉帝的存在，当叩头伏罪。张溥为之辩护道："然诗颂铺张，词每过实，文人之言，岂

————————
① 孙明君：《汉魏文学与政治》，第 14 页。

必由中情哉?"①今人论建安文人,亦对此有所诟病。比如徐公持认为建安文人慑于曹操雄威,安于职分,不敢有越轨的言行,即使有清流意识,也不敢肆意表现。清流意识较弱者,便"参与贵游"、纵溺享乐甚至曲意奉承②。胡旭认为建安文人将政治理想寄托在曹操身上,热烈歌颂曹氏父子,积极参与活动,写出为文造情之作,甚至吹捧谄媚③。

但正如张溥所说,文人诗颂的应酬之语并非全是由衷之言,所以更不能因此否定文人在人格上的相对独立性。如本书研究综述部分所言,徐公持认为多数邺下文人保留着传统的对政治权力的依附性,独立人格尚未真正形成,但事实上建安文人处于东汉末年的特殊历史时期,党锢之祸带来的士人与朝廷的疏离心态,已经对传统的士人之于政治权力的依附性造成了冲击和改变。夏传才认为建安文人通过为某一政治集团服务赖以生存并谋求功禄,所以他们不可能有独立性。然而事实上建安文人虽有赖于曹氏集团谋求功禄,但东汉末年特殊的历史环境和士人个体自觉等因素,使得建安文人之于曹氏政权已不是绝对的依附关系。

首先,不受中央集权的控制约束以及对军阀的主动选择与投靠,决定了建安文人之于曹氏政权具有相对独立性。建安文人无法像帝国时代的士人那样,通过正常的选官制度步入仕途,即使被朝廷征召,也常因战乱而无法赴任。这种遭遇一方面令他们的生活动荡不安,但又同时将他们从帝国的集权中解放出来。如本书绪论所言,刘泽华论汉代士人品性,认为汉武帝罢黜百家、独尊儒术之后,大部分

---

① (明)张溥著,殷孟伦注:《汉魏六朝百三家集题辞注》,人民文学出版社1981年版,第84页。

② 徐公持:《魏晋文学史》,第101页。

③ 胡旭:《汉魏文学嬗变研究》,第33页。

士人变为皇权的从属物,他们将追求功名利禄作为人生目的,而不是
追求文化与理想①。随着帝国的崩坏,皇权名存实亡,士人随之摆脱
了皇权从属物的身份,他们被抛掷到时代更迭的洪流之中,受时势驱
使,同时也在对时势的判断中拥有了个人抉择的自由。他们可以根
据自己的鉴识,选择投靠某个强大有为的军阀,以实现自己的政治理
想和人生愿望。他们对于自己所效力的政权具有认同性和选择的主
动性。孙明君就曾指出用诗歌为现实政治服务是建安文人自觉自愿
的选择,不是被人逼迫的②。

　　其二,建安文人投靠军阀之际,汉代皇帝虽名存实亡,但依然具
有影响力,各路军阀常以勤王的名义发动战争,这种皇权和军阀势力
相互倚重的现实,给予建安文人以双重身份,一方面他们是汉代朝廷
的臣子,另一方面他们又是某个军阀的僚属。如前所述,陈琳《神武
赋序》、繁钦《撰征赋》、应玚《撰征赋》等作品均强调曹操的汉臣身
份,这无疑是将自己置于汉室臣子角色之上的。但同时,他们的实际
处境却是跟随曹操左右,作为曹氏政权的僚属与曹操荣辱与共,同甘
共苦,并将自己建功立业的人生理想寄托在曹操身上。张兰花将建
安时期士人与政权的关系描述为由与汉献帝君臣大夫关系变为与曹
氏共同扶政的臣臣关系,认为随着政治依附对象的实质性转变,绝大
多数士人转向曹氏集团,发生了由汉代士大夫转向曹氏集团幕府文
人官员的变化③。这种观点即立足于士人与朝廷及军阀政权关系的
亲疏程度,对建安文人的实际处境进行定义。但必须注意的是,曹丕
代汉之前,建安文人始终具有汉廷臣子与曹氏僚属的双重身份,即使
在建安十三年(208)曹操位居丞相独揽大权之后,作为丞相掾吏的繁

---

① 刘泽华:《士人与社会》(秦汉魏晋南北朝卷),第46页。
② 孙明君:《汉魏文学与政治》,第16页。
③ 张兰花:《曹魏士风递嬗与文学新变》,第48—49页。

钦、应场等人仍然在征伐赋中强调其汉臣身份。建安十九年(214)曹操东征孙权,杨修作《出征赋》言"肇天子之命公,總九伯而是征",亦突出显示汉献帝的至尊地位和曹操的朝臣身份。可见建安文人对自己身份的认同依然有"莫非王臣"的一面,基于这个身份,他们对曹氏政权具有一定的相对独立性。但同时曹操才是他们直接效力的对象,也是可以直接决定他们前途命运的权力代表,这个关系意味着建安文人实际上与朝廷又是相对疏离的,他们对曹氏政权具有事实上的依附性。双重身份的存在,使得依附性和独立性都具有相对性而非绝对关系。

其三,建安文人在人格独立方面的追求,亦决定了他们之于政权具有相对独立性。建安文人身处东汉末年,深受东汉党人个体觉醒的影响。东汉末年外戚、宦官交替擅权,朝廷无能,导致党锢之祸,清流党人遭遇迫害,形成了士人与朝廷政权之间的疏离。如余英时所论,在这个斗争过程中,士大夫阶层得以发生群体自觉,并同时产生了士人个体的自觉,士人追求独立精神,重视个人声名,珍视个人生命与精神,甚至超越外在的名声,注重内在的自足自乐①。如本书绪论所引,罗宗强指出东汉末年党锢之祸加深了士人对朝廷的疏离意识,士人把对于大一统政权和大一统思想的向心力转向了重视自我,独立人格在士人心理上的地位提高了。建安文人距离党锢之祸不远,当深受东汉末年士人群体与个体自觉的影响和熏陶。孔融、祢衡跌宕放言的名士行止,杨修的恃才放旷,刘桢平视甄氏而得罪,曹植"任性而行,不自雕励,饮酒不节",曹操、曹丕不拘礼法,以及建安文人群体之纵情任性,都是追求独立精神和独特个性的表现。对个体生命的重视和对自我价值的体认,尤其是对超越功名利禄的个体精神世界价值的认同,很大程度上减少了建安文人对政权的依附性。

---

① 余英时:《士与中国文化》,第269页。

如刘桢在作品中表达功成身退的愿望和高洁独立的品性①,徐幹以病辞官,"潜身穷巷,颐志保真",这些都是建安文人在个体自觉的情境下对独立人格的追求以及与政权保持距离的表现。孙明君认为汉末党人以天下为己任,建安文人继承这种精神,追求一统华夏、建立太平世界,他们的征伐赋、从军诗都流露出天下意识②。拥有天下意识的建安文人,其人生理想是超越个人功名利禄的,在这个意义上,他们与曹氏政权的关系,更像是勠力同心的合作关系。

其四,与之前的东汉党人与之后的正始和西晋文人相比,建安文人依附性和独立性共存的特点更能凸显。建安文人继承东汉末年党人的独立精神,由于所处时代背景发生变化,他们较之党人具有更多的政治热情,从而由党人对朝廷的疏离走向对政治集团的倚靠,与党人相比,他们对政权的依附性有所增强。但与正始和西晋文人相比,他们的独立性尤为突出。正始文人颇有独立精神并试图保持与政权的距离,但司马氏集团则对他们采取恐怖高压统治,如罗宗强所言,司马氏对依附曹魏的名士残酷杀戮,如何晏、夏侯玄等,对与自身不合作的名士如嵇康,亦加以杀戮。形成西晋一代士风的根本原因是政局③。这种政局迫使文人不得不妥协臣服,即使清高如阮籍也只能选择消极合作④。进入大一统的西晋之后,文人对政权的依附性极大增强,甚至到了士无节操的地步。西晋著名文人陆机、陆云、潘岳、左思等都曾依附权臣贾谧,位列二十四友。王瑶评论西晋文士,

---

① 参看本章第四节之"人格独立驱使下的文学创作样本"。
② 孙明君:《汉魏文学与政治》,第46—52页。
③ 罗宗强:《魏晋南北朝文学思想史》,第76页。
④ 孙明君言:阮籍不是曹魏政权的忠臣义士,也不是出卖曹魏投靠司马氏集团的小人,他与司马氏集团的关系是特殊时期政权与名士之间的特殊合作关系,对阮籍而言是被迫的,是消极合作。参孙明君:《汉魏文学与政治》,第159页。

说他们大半过着寄于外戚权臣的依附生活，在政治旋涡之中显出依从性和可怜相①。

　　相比之下，建安文人所处的政治环境要宽松自由得多，他们拥有一定程度出处的自由。曹操求贤若渴、礼贤下士，对于不愿意合作的隐逸之人，态度比较包容。如孙明君所言，曹魏统治者对隐士极为敬重，多次征辟、赏赐，对不应命、不合作者，亦能体谅、原宥。如田畴在曹操征乌桓中立功，却执意拒绝曹操封赏，"太祖知其至心，许而不夺"②。再比如徐幹，建安中，曹操特加旌命，徐幹以病辞；后又请他为上艾长，又以病不愿上任。《三国志》注引《先贤行状》称赞他"轻官忽禄，不耽世荣"③。宽松包容的政治生态环境，为建安文人保持人格的相对独立提供了可能性。

　　如果忽略建安文人对曹氏政权依附性和独立性并存的事实，在论及建安文学的创作特点时，往往容易出现前后矛盾的观点。

　　徐公持《魏晋文学史》认为建安文人对曹操的赞颂，在当时含有相当的真诚，但又指出这种赞颂是文人不能保持自身独立地位的"势必之事"④。这种观点忽略了建安文人保持相对独立性的努力，一定程度上夸大了赞颂的消极后果，使得真诚的赞颂和保持自身独立性成为矛盾对立的双方。再如胡旭认为建安文人满怀热情投身政治，当他们认识到自己类似倡优的地位，心理上便与曹氏政权产生疏离，个性与思想得以继续保持相对的独立⑤；又以祢衡、孔融、杨修之死以及刘桢被"减死输作"为例，证明曹操对士人的杀戮和打击导致文

---

① 王瑶：《中古文学史论》，第 256 页。
② 孙明君：《汉末士风与建安诗风》，第 125 页。
③《三国志》，第 599 页。
④ 徐公持：《魏晋文学史》，第 7—8 页。
⑤ 胡旭：《汉魏文学嬗变研究》，第 33 页。

人个性的消失①。这里所说的建安文人与曹氏政权产生疏离的过程与祢衡、孔融、杨修之死以及刘桢得罪的过程,本是同一个过程,怎样在其中既保持个性和思想的相对独立又同时丧失个性呢? 况且祢衡死于建安初年,孔融被杀在建安十三年,刘桢得罪于建安十六年,杨修之死在建安二十四年,这足以证明有个性的文人前仆后继,曹操的杀戮和打击并没有泯灭文人的个性。以上矛盾的叙说形成的根本原因,在于忽略了建安文人对曹氏政权同时具有依附性和独立性的事实。

第三节　建安文人对曹氏政权的主动选择和对自身职责的体认

一、建安文人为什么选择曹氏政权

建安文人将他们实现自我价值的愿望和理想,寄托于曹氏政权,他们和这个政权具有紧密的不可分割的联系。

建安文人身处乱世,处境艰难,如罗宗强《魏晋南北朝文学思想史》所言,在军阀割据的政治格局中,文人只能选择各为其主或者隐居避世,当时的著名士人大多选择了前者②。建安士人选择各为其主,目的正在于追求自我人生价值的实现,比如王粲长期依附刘表,陈琳先后投靠何进和袁绍,他们都曾意欲有所作为,但都因明珠暗投而未能如愿。曹操是在历史的选择淘汰中脱颖而出的英雄,对当时的士人具有极大的感召力。

① 胡旭:《汉魏文学嬗变研究》,第214页。
② 罗宗强:《魏晋南北朝文学思想史》,第6页。

　　首先,曹操采纳毛玠"奉天子以令不臣"的计谋①,一步步促成"挟天子以令诸侯"的形势,其所有的征伐,都变为拯救国难、振兴汉室的正义之举。事实上沮授也曾建议袁绍"迎大驾,安宫邺都,挟天子而令诸侯",但袁绍听从郭图、淳于琼的劝说,担心逢迎天子后陷入"从之则权轻,违之则拒命"的二难境地,未能采纳沮授的计谋,错失良机②。相比之下,曹操委实敢于担当,富于远见卓识。其次,曹操能征善战,有勇有谋,胆识过人。建安十二年(207)春二月,曹操下令分封功臣,令中总结了自己当时的征战成就:"吾起义兵诛暴乱,于今十九年,所征必克,岂吾功哉? 乃贤士大夫之力也!"③曹操所言不虚,亦谦虚为怀。他善于听取谋臣意见,善于分析敌我形势,善于抓住机会,决策果断,计谋诡谲,常出奇制胜,每战必身先士卒,英勇顽强,敢打硬仗。建安五年(200)与袁绍战于官渡,曹操依靠对谋士荀彧、荀攸、许攸的信任,凭借殊死作战的精神,打败实力最强的军阀袁绍,奠定了自己的地位④。曹操是一个杰出的军事家和统帅,也是一个在血雨腥风的实战中久经考验的英雄。因此,归曹成为许多建安文人改变命运、实现人生理想的契机。在这一点上,王粲无疑最具有代表性。

　　王粲的曾祖父和祖父均位列三公,其祖父与李膺交好,为汉末清流领袖之一。其父王谦为大将军何进长史,曾拒绝何进的联姻要求⑤。出身高贵、家风良好,王粲少年时代即博学多识,应对清奇,蔡邕对他极为赏识,目为奇才,延为上宾,直至倒屣相迎⑥,还将自己近

① 《三国志》,第 374 页。
② 《三国志》,第 195 页。
③ 《三国志》,第 28 页。
④ 《三国志》,第 19 页。
⑤ 《三国志》,第 597 页。
⑥ 《三国志》,第 597 页。

万卷藏书载数车相送①。王粲十六岁即被司徒征辟②，又诏为黄门侍郎，但均因董卓之乱未能赴任。王粲出身世家，少年成名，对自己的仕宦前途自然怀有极大的期待，但乱世阻碍了他原本亨通显达的命运。初平三年(192)，王粲与族兄王凯、友人士孙萌一起前往荆州依附刘表，此行的目的绝不仅止于避难，而是希望得到刘表的赏识和重用。但"表以粲貌寝而体弱通侻，不甚重也"③，所以王粲淹留荆州十数年，由少年至二毛之年，始终沉沦下僚、仕途偃蹇。

刘表本质上乃一介文士，并无戡乱之志，在群雄逐鹿中但求自保，王夫之《读通鉴论》言其"不为祸先而仅保其境，无袁、曹显著之逆，无公孙瓒乐杀之愚，故天下纷纭，而荆州自若"，王夫之又言："绍与操自灵帝以来，皆有兵戎之任，而表出自党锢，固雍容讽议之士尔。"④可见刘表乃享有令名、不好征战、据有荆州富庶之地、生活相对安定的雍容讽议之士，荆州固可为一时安身之地，却难以成为追求事功之所。陈寿在《三国志》中评价刘表"外宽内忌，好谋无决，有才而不能用，闻善而不能纳，废嫡立庶，舍礼崇爱"⑤，可见刘表实非可托之人。杜袭曾告诫繁钦不要在刘表面前表现自己的才能，只能藏身待时，亦是深知刘表并非"拨乱之主"⑥。

建安十三年(208)曹操南征刘表，曹军当前，王粲便积极劝降刘

---

① 《三国志·钟会传》注引《博物记》言："蔡邕有书近万卷，末年载数车与粲。"《三国志》，第796页。
② 《三国志》，第796页。《三国志·王粲传》记载他十七岁被司徒征辟、诏为黄门侍郎并赴荆州依附刘表，然俞绍初《建安七子集》之《建安七子年谱》考证当为十六岁。参俞绍初：《建安七子集》，第387页。
③ 《三国志》，第598页。
④ (清)王夫之撰，舒士彦点校：《读通鉴论》，中华书局1975年版，第245页。
⑤ 《三国志》，第217页。
⑥ 《三国志》，第665页。

琮,归曹后对曹操奉承有加。《三国志》本传载,王粲归曹之初,随大军由赤壁还,至襄阳,曹操置酒汉滨,王粲奉觞而贺:"明公定冀州之日,下车即缮其甲卒,收其豪杰而用之,以横行天下;及平江、汉,引其贤俊而置之列位,使海内回心,望风而愿治,文武并用,英雄毕力,此三王之举也。"①王粲批评刘表"不知所任,故国危而无辅",对曹操则极尽溢美之辞,其中包含着对曹操真诚的敬仰,也表达了期待曹操重用自己的热切心情。

　　繁钦与王粲一样,也对曹操充满向往和期待,希望依靠曹操实现追求功名的理想。王夫之《读通鉴论》言:"刘表旧与袁绍通,而曹操方挟天子以为雄长,绍之不敌操也,人皆知之,故杜袭、繁钦、王粲之徒,日夕思归操以取功名。"②"日夕思归操以取功名"可谓深谙王粲、繁钦等人的心理。王夫之又将王粲、繁钦描述为急于事功、邀宠谄媚之人:"(繁)钦与王粲则邀官爵燕乐之欢于曹丕者也,夫岂能鄙表而不屑与居者哉!"③王夫之对王粲、繁钦鄙视,正在于认为他们对曹氏政权的依附性太强而失去了独立的人格。

　　王粲对曹氏政权的依附性鲜明地表现在文学创作中,其诗歌代表作《从军诗》以及现存近一半的赋作,都与颂美曹氏政权、示好曹氏父子有所关联。徐公持《魏晋文学史》指出王粲表现追求功名的诗赋数量不少,且往往与赞颂曹操融为一体,并说王粲《从军诗》在对曹操的颂美和自我表态方面流露出过分姿态④。

　　陈琳归曹前从依附何进到投奔袁绍,都是所托非人。《后汉书·何进传》论何进"智不足而权有余"⑤,《三国志》载曹操评价袁绍"志

---

① 《三国志》,第598页。
② (清)王夫之撰,舒士彦点校:《读通鉴论》,第247页。
③ (清)王夫之撰,舒士彦点校:《读通鉴论》,第246页。
④ 徐公持:《魏晋文学史》,第110—111页。
⑤ 《后汉书》,第2253页。

大而智小,色厉而胆薄,忌克而少威"①。建安九年(204),曹操攻克
邺城,陈琳归曹,《三国志》载"太祖爱其才而不咎",并任命陈琳为司
空军谋祭酒,管记室②。徐公持《魏晋文学史》认为,虽然在当时陈
琳、阮瑀等所任官职品秩均不高,但他们都是曹操亲随吏员,与闻机
要的程度超过朝廷显贵③。可见归曹是陈琳一生中的巨大转机。

其余建安文人,清高如阮瑀,"建安初辞疾避役,不为曹洪屈,得
太祖召即投杖而起"④;孤傲如刘桢,其《遂志赋》写"幸遇明后,因志
东倾",肯定曹操是明主,表明自己投奔曹操的目的在于匡扶乱世;淡
泊如徐幹,亦著《中论》表达借论名实关系支持曹操唯才是举用人之
策的态度⑤。

可见,建安文人选择曹氏政权,原因在于他们唯有依靠曹操才能
实现建功立业的人生理想,他们的前途命运与曹氏政权紧密关联。
建安文人投奔曹氏政权,大多出自他们的主动选择,故曹军南征,王
粲主动劝降刘琮;陈琳虽因袁氏战败归曹,但也并非被胁迫而为。

二、建安文人对自身社会责任的体认和履行

作为鼓吹者的建安文人,他们对曹操也并非是一味地讨好逢迎,
而是在表现出依附性的同时,也试图通过劝勉曹操,履行自己的社会
责任和工作职责,努力保持自身的主动性和人格的独立性。

建安征伐赋往往将曹操描写为仁义之主,这是文人对他的颂美,
同时也是文人对他的期待、劝勉和要求,其中寄托了文人在安定天下

① 《三国志》,第 17 页。
② 《三国志》,第 600 页。
③ 徐公持:《魏晋文学史》,第 5 页。
④ 《三国志》,第 600 页。
⑤ 王晓卫:《曹丕〈典论·论文〉与徐幹〈中论〉》,《贵州大学学报》(社会科学
版)1999 年第 3 期。

大业中建功立业的理想,也寄寓了他们对太平盛世的向往。在这个意义上,建安征伐赋体现出一定的社会关怀和责任意识,体现出文人基于这种责任意识的独立人格。

章沧授《建安诸子辞赋创作的重新审视》一文认为,建安诸子以文学侍臣而非谋士身份归依曹氏集团,无权参与军政大事,无须表白政治志向,同时诸子对这种被动的处境感到不满,这两个原因促使建安诸子辞赋讽谏言志作用的消失,愉娱功能的强化代之而起①。这个说法并不完全符合实际。如《三国志》注引《典略》言“太祖初征荆州,使瑀作书与刘备,及征马超,又使瑀作书与韩遂”②,此二书乃军中文书,非文学侍从的粉饰歌颂之作,阮瑀奉命为之,正是徐公持所言“与闻机要”的体现;而且征伐赋以颂美为主的文体功能始于东汉,辞赋讽谏言志作用亦并没有消失于建安时期。事实上,建安文人在赋中对曹操的赞美和寄寓的希望,其本质就是劝勉和要求,这是赋的讽谏作用变化发展的结果,也就是从讽谏不要做什么发展到劝勉应该做什么。

建安十二年(207),曹操北征乌桓,陈琳《神武赋》先在序言中称颂曹操为“神武奕奕,有征无战者”,又在赋文中先后强调“恶先縠之惩寇,善魏绛之和戎”,“受金石而弗伐,盖礼乐而思终”,言下之意,都是歌颂曹操以仁义服人,不战而屈人之兵。陈琳这样写,一方面是遵从文学传统,“《诗经》战争诗中强调道德感化和军事力量的震慑,不具体写战场的厮杀、格斗,是我国古代崇德尚义、注重文德教化,使敌人不战而服的政治理想的体现”③。陈琳记录这次克敌制胜的情

---

① 章沧授主编:《建安诸子辞赋创作的重新审视》,《中国文化研究》1998 年秋之卷。

② 《三国志》,第 600 页。

③ 袁行霈主编:《中国文学史》第 1 卷,第 68 页。

形为："威凌天地,势括十冲,单鼓未伐,虏已溃崩。"王师兵不血刃、势如破竹,敌军不战而降。另一方面的原因,在于陈琳视曹操为王师领袖,将政治理想寄托在他身上,从而通过颂美加以劝勉。通过对比,可以更明确这一点。如陈琳《武军赋》描写建安四年(199)袁绍讨伐公孙瓒的决胜之役,但赋中并没有劝勉袁绍不战而屈人之兵,而是极尽夸张渲染之能事,再现战争中攻守双方的激烈交锋。赋作歌颂袁绍的军威,但终究限于对一个军阀所拥有的武力的奉承,不像将曹操视为王师领袖甚至人主那样郑重其事地进行劝勉。且陈琳深知战争的残酷性,建安五年官渡会战曹军打败袁绍部下后,割下将士的鼻子以及牛马唇舌震慑绍军使之怛惧①,曹操《上言破袁绍》又言"凡斩首七万余级";建安九年五月曹军决漳河水灌邺城,将城中人饿死大半②,这两次战争发生时陈琳都在袁氏军中。《神武赋》是陈琳归曹后第一次从军征伐,他以魏绛和戎比方曹操北征乌桓,并强调礼乐教化,应当是有劝勉之深意寄托的。建安十三年(208)曹操南征刘表,阮瑀《纪征赋》写道:"希笃圣之崇纲兮,惟弘哲而为纪。同天工而人代兮,匪贤智其能使。"直接表达希望曹操成为圣人,以非凡的德行智慧,建立纲纪,任用贤能,完成统一大业。

　　曹操曾在《对酒》里描绘了与孟子的理想王国一脉相承的太平景象,明代谢榛诟病他诗歌里写"耄耋皆得以寿终,恩泽广及草木昆虫",实际生活中却"坑流民四十余万",并以之为"行不顾言之诚"③。后世之人可以视曹操为历史的镜鉴,建安文人则须将自己的政治理想寄托在曹操身上,并时时加以劝勉。他们不仅希望曹操以

---

① 《三国志》,第21页。

② 《三国志》,第25页。

③ (明)谢榛著,宛平校点;(清)王夫之著,舒芜校点:《四溟诗话·姜斋诗话》,人民文学出版社1961年版,第15页。

武力统一天下,更要以王道安定天下,建立清明的政治和社会。所以,曹操不能仅仅是一个善战的统帅,更要是一个仁义之主,只有这样,他才有别于逐鹿中原的其他军阀。

　　建安征伐赋时有怀古之思,表达建安文人对太平盛世的向往。残酷的战争给社会带来巨大灾难,生灵涂炭,民不聊生,令人怀想古代社会的和平安宁,这种怀古之情使得曹操身上负载的仁义之主的理想成分更多,突显出文人对曹操寄予的厚望。陈琳《神武赋》写"觐狄民之故土,追大晋之遐踪",应玚《撰征赋》写"周览郡邑,思既盈兮。嘉想前哲,遗风声兮",阮瑀《纪征赋》写"仰天民之高衢兮,慕在昔之遐轨",无不寄寓着对曹操的歌颂和期待,希望他能效法古代贤哲,成就安邦定国之大业,实现治世盛景。

　　陈琳不仅利用征伐赋劝谏曹操,在与曹丕、曹植及诸子同题共作之时,他也坚持以儒家思想道德进行说教。如在《车渠碗赋》中,陈琳写"德兼圣哲,行应中庸",借描写车渠碗来宣扬儒家的道德标准;"指今弃宝,与齐民兮",则有规劝宝物主人曹操放弃宝碗①,与民同乐之意,体现了儒家的仁政思想。再如在《玛瑙勒赋》中,陈琳借"所贵在人,匪金玉兮",劝谏主人曹丕重视人而非沉溺于宝物②;借"初伤勿用,俟庆云兮",谈论出处之道;借"君子穷达,亦时然兮",论说时机的重要性。在这些咏物赋中,曹氏兄弟和其余诸子都重在体物描摹、展现文采、驰骋才气,唯有陈琳时时不忘说教。

　　陈琳咏物赋中亦有歌功颂德之辞,如其《柳赋》歌颂曹氏政权"救斯民之绝命""文武方作,大小率从""德音允塞"等等,还将柳树

---

① 《中华古今注》卷上有"魏武帝马勒酒椀"一条,记载"魏武帝以玛瑙石为马勒,车渠石为酒椀",可推知此处车渠碗的主人是曹操。参(五代)马缟撰,吴企明点校:《中华古今注》,中华书局2012年版,第78页。
② 曹丕《玛瑙勒赋序》言"余有斯勒,美而赋之。命陈琳、王粲并作",可见此处玛瑙勒的主人为曹丕。

比作《召南·甘棠》里的甘棠,以此象征百姓对曹氏政权的拥护。在
这些谀辞背后,蕴含着对曹氏政权的诚意和对其寄托的希望。

陈琳执着地借赋作进行劝谏和说教,其实也是对辞赋讽谏功能
的认可和自觉担承,他把应制作赋视为劝谏统治者、表达用世之志的
时机,在表现出政治依附性的同时也表现出了自己的人格独立性。

建安文人的人格独立性,在依附性最明显的王粲身上也有所体
现。王粲对权势与功名极度渴望,《三国志》本传记载他对侍中杜袭
与曹操夜谈一事表现出难以掩饰的妒忌和不安,陈寿评之为“性躁
竞”。即便躁竞如此,王粲亦曾在《从军诗》中表达自己内心真实的
感受。建安二十一年(216)十月,曹操南征孙权,王粲从征,作《从军
诗》其二、其三、其四、其五。其二写道:“征夫怀亲戚,谁能无此情。
拊衿倚舟樯,眷言思邺城。哀彼东山人,喟然感鹳鸣。”其三写道:“征
夫心多怀,恻怆令吾悲。”其五写道:“悠悠涉荒路,靡靡我心愁。四望
无烟火,但见林与丘。城郭生榛棘,蹊径无所由。……客子多悲伤,
泪下不可收。”这几首诗歌抒发了从军征战路途中,征夫多怀的恻怆、
悲伤之情,描写了沿途因战乱而凋敝的城郭乡村和诗人内心的感伤,
虽然这组诗歌最终的落脚点都是表达自己报效曹操、建功立业的渴
望,但诗歌里表达出来的对战争本身的厌倦之情也是很明显的,这种
情绪在征伐赋中绝难见到。不作一味的颂美和自我表态,而是敢于
抒发从军之苦,正是其人格有所独立的表现。

刘桢曾从军征伐①,没有留下征伐赋,但他的人格独立性十分鲜
明,甚至到了触怒曹操的境地。《三国志》卷二十一注引《典略》言:
“太子尝请诸文学,酒酣坐欢,命夫人甄氏出拜,众人咸伏,而桢独平

---

① 陆侃如《中古文学系年》(第370页)、俞绍初《建安七子集》(第422页)、张可
礼《三曹年谱》(第101页)均考证刘桢于建安十三年随军南征。

视,太祖闻之,乃收桢,减死输作。"①这是刘桢一生为人所知的最著名的事件,同时也成为他人生经历的重大挫折。曹操本不是主张道德礼法之人,他对刘桢的处罚,当出于维护曹氏政权的权威和尊严,他从刘桢的行为中,看到的是不服从的傲岸之气。《颜氏家训》言刘桢"屈强输作"②,倔强亦有不服从之意。但刘桢并非不支持曹氏政权,他的人生理想也是寄托于这个政权之上的,如前所述他在《遂志赋》中写"幸遇明后,因志东倾",就表达了这个想法。

即使是被曹操处死的杨修,也表现出依附性和独立性共存的特征。曹操在《与太尉杨彪书》中批评杨修"恃豪父之势,每不与吾同怀",可见杨修倚仗家世和父亲的声望而不拘小节,多次令曹操不快。《三国志·曹植传》记载:"植既以才见异,而丁仪、丁廙、杨修等为之羽翼。"③杨修支持曹植争夺储位,他的行为从本质上讲也是认同曹氏政权的,参与丕、植之争,其实质亦是为自己的前途命运打算,这就体现出对政权的依附性。同时,他的恃才放旷,又表现出人格上的相对独立性。

建安七子中,唯孔融在建安初由汉献帝征为将作大匠④,不属于曹氏集团,对曹氏政权没有表现出明显的依附心理。据《后汉书》记载,孔融曾上书请准古王畿制,"千里寰内,不以封建诸侯。操疑其所论建渐广,益惮之"⑤。《资治通鉴》卷六十五胡三省注言:"千里寰内不以封建,则操不可以居邺城。"⑥孔融上书的目的或在于试图约束

---

① 《三国志》,第 602 页。
② 王利器:《颜氏家训集解》,第 237 页。
③ 《三国志》,第 557 页。
④ 《后汉书》,第 2264 页。
⑤ 《后汉书》,第 2272 页。
⑥ (宋)司马光编著,(元)胡三省音注:《资治通鉴》,中华书局 1956 年版,第 2081 页。

曹操篡逆的野心,可见他与曹氏政权是相对立的。但即便如此,孔融称赞起曹操的时候,也曾一往情深,他视曹操为勤王将领:"瞻望关东可哀,梦想曹公归来",在《与王朗书》中称美"曹公辅政,思贤并立"。

强调建安文人与曹氏政权不可分割的同时,要看到他们之于政治集团的主动选择,以及对自身社会责任和工作职责的主动体认和履行,看到他们努力保持人格独立的种种言行。处在东汉末年和西晋士人与政权关系起落变化的中间阶段,建安文人既依附政权又在一定程度上追求人格独立,保持与政权的距离,这种双重心态表现出过渡性和特殊性,也影响着他们的文学创作呈现出相应的特征。

第四节　文人与政权的关系影响下的建安文学创作

一、当政治理想遇到超级权力

曹氏父子与其他建安文人在政治地位上有本质区别,曹操是权力的中心和文人依附的中心,曹丕作为权力的第一继承人,是文人簇拥围绕的对象,曹植一度成为太子人选的有力竞争者,亦有其党羽,但他们的政治处境有着极大的区别。作为政权的代表人物,拥有相王之尊的曹操不存在对政权的依附性,他因此充满主宰天下的豪气和自信。曹丕、曹植兄弟天然受到曹操的制约,并为争夺储位而须博取曹操的信任和赏识。身被副君之重的曹丕,尽管在王位继承上一度受到威胁,但他在政治影响方面始终占据优势地位,处境比较自由从容。仅具公子之豪的曹植,则须经历张扬个性人格与承受政治制约甚至蒙受迫害之间的冲突,从而表现出更为丰富和激越的情感。政治处境及其影响,很大程度上决定着曹氏父子的创作风格。

首先说曹操。与其他建安文人相比,曹操在文学创作上最突出的个性特征在于诗歌境界阔大,气势雄浑。如《步出夏门行》之《观沧海》被目为"有吞吐宇宙气象"①,《短歌行》被誉为"有风云之气"②等。关于曹操诗歌的特征,学界有精辟的见解。孙明君论曹操诗风,指出曹操诗歌具有天下意识和忧患意识,是原始儒学的诗化,风格莽苍悲凉、气盖一世,偏爱以阔大雄奇之象营造阔大雄奇之境③。傅刚论曹操在文学史上的贡献,指出曹操慷慨情怀的坦率表达、任侠使气的个性形成了其诗歌真气透露的特征④。这些都指出了曹操诗歌雄浑阔大特点的主要成因。

曹操诗歌雄浑阔大的气象与其自身在政治上的主宰地位有着密不可分的联系。从中平六年(189)曹操散家财、聚义兵、将伐董卓开始,他就不受其他权力集团的约束和控制。到了建安时期,他更是成为实际掌权者。由于汉室衰微,献帝仅为傀儡,虽然曹操时常自比周公以示恪守臣节,但作为实际的统治者,他对朝廷不存在依附性,也不受其约束,可谓横刀立马,睥睨当世。一方面他具有一统天下、建立太平盛世的高远政治理想,另一方面他又具有不受人约束控制的独立自由的政治处境,此二者相结合,形成其诗歌雄浑阔大的风格特征。

曹操对自身社会角色的定位,是拯济苍生的英雄豪杰、太平盛世的创建者和主宰者,具有极强的自主性和独立性。曹操诗歌《度关山》开篇写"天地间,人为贵。立君牧民,为之轨则",然后提出"省方

---

① (清)沈德潜:《古诗源》,中华书局 2006 年版,第 91 页。
② (清)魏源撰:《老子本义·净土四经·诗比兴笺》,岳麓书社 2010 年版,第 252 页。
③ 孙明君:《三曹与中国诗史》,商务印书馆 2013 年版,第 143—161 页。
④ 傅刚:《魏晋南北朝诗歌史论》,第 16 页。

黜陟,省刑薄赋"的政治改革措施①。夏传才猜测此诗作于曹操任济南相至托病辞官回乡期间,时间在中平元年(184)至中平四年(187),当时曹操三十出头②,可见曹操早年即胸怀天下,系念苍生,并形成了一整套政治革新的主张。其《对酒》讴歌"王者德泽广被,政理人和,万物咸遂"③的太平盛世,对于所要创建的理想社会有着十分清晰的构设。这两首诗歌是曹操政治理想和主张的反映,虽然语言质朴,不借助夸张的修辞手段,但作者放眼天下、积极进取的精神,赋予诗歌不凡的境界和气势。

　　古人对曹操往往作出两极分化的评价。褒扬者将其作品中的政治理想和人生追求视为帝王气象,如王世贞言《垓下歌》《大风歌》各自描写帝王兴衰气象,千载而下,惟曹操"山不厌高""老骥伏枥"以及司马仲达"天地开辟,日月重光"差可嗣响④;诟病者将其视为曹操篡国的阴谋,如朱熹认为曹操以周公自喻,乃是窃国之柄并窃圣人之法的行径⑤。朱熹受制于维护封建王朝一家一姓永久统治的立场,其观点有失偏颇,不如王世贞通达,但从反面观之,这恰恰说明朱熹看到了曹操作品中的帝王气概。事实上,曹操一生辛勤征战,统一北方,施行屯田,对稳定社会、恢复经济作出的贡献确实堪称惠及天下。所以,曹操不仅具有创建太平盛世、主宰天下的意识,更重要的是他还拥有与之相匹配的政治军事能力以及行动力,并因此得以掌控绝

---

① 吴兢《乐府古题要解》卷上论《度关山》内容为"言人君当自勤劳,省方黜陟,省刑薄赋也"。参(宋)郭茂倩:《乐府诗集》,第391页。
② 夏传才校注:《曹操集校注》,第2页。
③ 系吴兢《乐府古题要解》卷上所论。参(宋)郭茂倩编:《乐府诗集》,第403页。
④ (明)王世贞著,陆洁栋、周明初批注:《艺苑卮言》,凤凰出版社2009年版,第27页。
⑤ (宋)黎靖德编,王星贤点校:《朱子语类》,中华书局1986年版,第3324页。

对的政治权力,从而在作品中表现出时势主宰者的自信坦荡和拯济天下的豪迈情怀,写出诸如"山不厌高,水不厌深,周公吐哺,天下归心"的豪迈诗句。

相比较而言,其他建安文人在抒发实现建功立业、建立太平盛世的理想方面,表现出被动等待和仰仗明主的愿望,对自身社会角色的定位迥异于曹操。如王粲在《登楼赋》中表达对太平盛世的渴望时写道:"惟日月之逾迈兮,俟河清其未极。冀王道之一平兮,假高衢而骋力。"王粲用"俟"与"假",表明他所期待的太平盛世,不是由自己参与建立,而是由英雄、明主创建,自己则借助其形势实现经世济人的理想和自我价值。他在赋中感叹"惧匏瓜之徒悬兮,畏井渫之莫食",反映了渴望被及时起用的心愿。王粲将自己放置在被动等待而不是主动创造的位置,寄希望于得到重用提携,正因为如此,他的作品才表达出怀才不遇的牢骚痛苦,谢灵运言其"自伤情多"①,钟嵘言其"发愀怆之词,文秀而质羸"②。再如陈琳"收念还房寝,慷慨咏坟经。庶几及君在,立德垂功名"的铿锵之言,曹植《薤露行》"愿得展功勤,输力于明君。怀此王佐才,慷慨独不群",以及《与杨德祖书》"勠力上国,流惠下民,建永世之业,流金石之功"的豪壮言语,都没有像曹操那样表现出创建者和主宰者的气魄。当然这是由他们实际的社会角色决定的,也就是由他们的政治依附性决定的,所作诗文不像曹操诗歌那样激荡着担荷天下重任、建立和主宰新世界的英雄气概。

正因为对自身社会角色的定位和追求不一样,在文学创作的视野上,曹操也不同于其他文人。比如同样记录社会丧乱,陈琳《饮马

---

① 李善注《文选》在谢灵运《拟魏太子邺中集诗》下言王粲"家本秦川,贵公子孙,遭乱流寓,自伤情多"。参(梁)萧统编,(唐)李善注:《文选》,第437页。

② 钟嵘言王粲五言诗"其源出于李陵,发愀怆之词,文秀而质羸,在曹刘间别构一体,方陈思不足,比魏文有余"。参王叔岷:《钟嵘诗品笺证稿》,中华书局2007年版,第160页。

长城窟行》的视角放在修筑长城的太原卒和其家中思妇之上,王粲
《七哀诗》的视角聚焦于逃难中的自己和"抱子弃草间"的妇人之上,
阮瑀《驾出北郭门行》的视角置于被后母虐待的孤儿身上,这些都是
以小见大、体恤苍生的优秀作品。曹操《薤露》《蒿里行》则从国家、
时代、社会的丧乱角度着笔,如"贼臣持国柄,杀主灭宇京""铠甲生
虮虱,万姓以死亡",表现出一个政治家对大局和现实的关怀与牵挂。
再如诉说内心苦闷之时,陈琳"沉沦众庶间,与世无有殊",王粲"羁
旅无终极,忧思壮难任",徐幹"我思一何笃,其愁如三春",阮瑀"客
子易为戚,感此用哀伤",应场"良遇不可值,伸眉路何偕",刘桢"逝
者如流水,哀此遂离分",都表达出深挚感人的失意落魄、离别乡思之
个人情怀,而曹操之"生民百遗一,念之断人肠""我心何怫郁,思欲
一东归""忧从中来,不可断绝",都超越个人命运遭际,抒发对社会
丧乱、战争艰难、贤才难得的忧虑惆怅。

　　建安文学总体风格有慷慨激昂的一面,如刘勰所言"良由世积乱
离,风衰俗怨,并志深而笔长,故梗概而多气",但曹操之外,没有其他
建安文人的诗歌具有如此雄阔之境界、壮伟之气势、豪迈之胸襟,正
如刘熙载所言"曹公诗气雄力坚,足以笼罩一切,建安诸子,未有其匹
也"①。曹操诗歌的这种特征正是其政治理想和政治处境影响下的
个人文学风格的体现。

二、优越政治处境中的温润平和

　　曹丕诗赋多温润平和、宁静喜悦之作,这种创作个性与其性情相
关,也由他的政治处境决定。

　　曹丕一生政治处境优越,从贵公子、太子到帝王,基本没有遭遇

———————

① (清)刘熙载:《艺概》,上海古籍出版社 1978 年版,第 52 页。

多少挫折和失败,曹丕在物质享受和政治权力争夺方面都很幸运①。幸运的政治处境和丰厚的生活条件,加之天性因素,容易形成温润平和的处世态度。而且,作为曹操权力的合法继承人,曹丕不用像父亲那样筚路蓝缕、南征北战、殚精竭虑,也不用像兄弟曹植那样为争夺继承权而过于锋芒毕露,在相对平稳的处境中,他有充分的理由保持内心的闲适平静。当然,曹操对曹植的宠爱肯定对曹丕构成了威胁,《三国志·辛毗传》注引《世语》言曹丕被立为太子后,欢喜地抱着辛毗的脖子说"辛君知我喜不"②。从这则材料可看出曹丕在得到太子之位前内心并无完全把握,反而备受煎熬。《三国志·曹植传》中陈寿言曹丕矫情自饰,遂能争取太子之位,说明曹丕善于避开矛盾,隐藏自己的政治野心。所以在文学创作中,曹丕较少抒发政治理想和抱负,而是偏重书写对日常生活的热爱,这些作品没有激越铿锵、大起大落的情感,更多地表现出宁静喜悦的心绪。当然,曹丕对日常生活的热爱是真诚的,并非全出于政治考虑的惺惺作态。总体而言,曹丕创作个性的形成,与其政治处境密不可分。

曹丕善于运用细致的景物描写、细腻的心理感受以及平和的心态,来呈现宁静喜悦的文学意境。如其诗歌《于玄武陂作》:

> 兄弟共行游,驱车出西城。野田广开辟,川渠互相经。黍稷何郁郁,流波激悲声。菱芡覆绿水,芙蓉发丹荣。柳垂重阴绿,向我池边生。乘渚望长洲,群鸟欢哗鸣。萍藻泛滥浮,澹澹随风倾。忘忧其容与,畅此千秋情。③

---

① 孙明君:《三曹与中国诗史》,第171页。
② 《三国志》,第699页。
③ 夏传才、唐绍忠校注:《曹丕集校注》,第13页。

诗中描写田野上纵横的沟渠和茂密的庄稼,水中长满菱角、芡实与荷花,池塘边垂柳依依,沙洲上群鸟欢腾,浮萍与水藻自在地浮于水面,随风摇荡。这幅景象传达出富庶安定、生机盎然、自在自得的情感,营造出宁静喜悦的诗歌意境。不惟叙写行游之作如此,即使是奉曹操之命的应制之作《登台赋》,曹丕写来依然一派云淡风轻:

> 建安十七年春,游西园,登铜雀台,命余兄弟并作。其词曰:
> 登高台以骋望,好灵雀之丽娴。飞阁崛其特起,层楼俨以承天。步逍遥以容与,聊游目于西山。溪谷纡以交错,草木郁其相连。风飘飘而吹衣,鸟飞鸣而过前。申踌躇以周览,临城隅之通川。①

《登台赋》描写登台所见风景,"骋望"一词尽显悠闲自得之态,"好"字表达出内心的欢悦,更兼远处西山矗立,溪谷中春水流淌,草木茂盛,风吹起衣袂,鸟飞过眼前,大自然充满勃勃生机,令人惬意陶醉。陶渊明必定深味这宁静欢悦又生机充盈的意境,在《归去来兮辞》中直接引用曹丕成句,以"舟遥遥以轻飏,风飘飘而吹衣"来表达自己归隐田园之时的欢欣。建安十六年(211),曹丕为五官中郎将、副丞相,一时间"天下向慕,宾客如云"②。处境若此,曹丕自在自得的心态,都表现在文字中。

　　试比较曹丕、曹植同题赋作,更能突显曹丕的风格特征,曹植《登台赋》如下:

> 从明后而嬉游兮,聊登台以娱情。见太府之广开兮,观圣德之所营。建高殿之嵯峨兮,浮双阙乎太清。立中天之华观兮,连

---

① 龚克昌、周广璜、苏瑞隆评注:《全三国赋评注》,第286页。
② 张可礼编著:《三曹年谱》,第114页。

飞阁乎西城。临漳川之长流兮,望众果之滋荣。仰春风之和穆兮,听百鸟之悲鸣。天功坦其既立兮,家愿得而获呈。扬仁化于宇内兮,尽肃恭于上京。唯桓文之为盛兮,岂足方乎圣明!休矣美矣,惠泽远扬。翼佐我皇家兮,宁彼四方。同天地之矩量兮,齐日月之辉光。①

曹植此赋是否曹丕所言建安十七年(212)二人之同题共作,学界观点不一②,笔者倾向于曹植此赋作于建安十五年(210)铜雀台新成之际,其十七年所作或已佚失。但无论作于何时,曹氏兄弟《登台赋》都是奉曹操之命而作,因此具有可比性。

　　曹植《登台赋》着眼于歌颂曹操所开创的伟业,洋溢着热情和崇敬之情。其景物描写较之曹丕的明丽风格,显得雄伟壮阔:"建高殿之嵯峨兮,浮双阙乎太清。立中天之华观兮,连飞阁乎西城。"曹植重在运用夸张手法渲染景物的气势与格局,以此烘托曹操匡扶汉室的丰功伟绩,无怪乎曹操"甚异之"。曹植此举,既是为了应景,为铜雀台的落成增色鼓吹,同时也是为了博取曹操的欢心。而曹丕赋重在表现登台骋望的欢欣之情,并不刻意讨好父亲,这里面既有在政治上

① 龚克昌、周广璜、苏瑞隆评注:《全三国赋评注》,第402页。
② 《中古文学系年》与《三曹年谱》将曹植赋作年系于建安十七年,《全三国赋评注》《三曹诗文全集译注》则认为曹植此赋作于建安十五年,因为《三国志·曹植传》裴松之注引阴澹《魏纪》系此赋于铜雀台初成之际,《三国志·武帝纪》言曹操于十五年冬作铜雀台,那么此赋当作于十五年。但曹植赋所描写的乃是春景而非冬景,似乎又与曹丕赋序所说春游西园更相契合。傅亚庶认为赋作描写景物可能存在夸饰之词,不足为据,仍将此赋系于十五年。笔者认为系于建安十五年铜雀台初成之际似乎更为合理。参陆侃如:《中古文学系年》,第388页;张可礼编著:《三曹年谱》,第121页;龚克昌、周广璜、苏瑞隆评注:《全三国赋评注》,第403页;傅亚庶注译:《三曹诗文全集译注》,第722页。

韬光养晦的可能性,也有曹丕本来性情的体现。

曹丕笔下宁静喜悦的意境,往往都是生机充盈的。如其《临涡赋并序》:

> 建安十八年至谯,余兄弟从上拜坟墓,遂乘马游观。经东园,遵涡水,相佯乎高树之下,驻马书鞭,作《临涡》之赋,曰:
> 荫高树兮临曲涡,微风起兮水增波。鱼颉颃兮鸟逶迤,雌雄鸣兮声相和。萍藻生兮散茎柯,春水繁兮发丹华。①

建安十八年(213)春,曹丕跟随曹操征伐东吴,攻破孙权江西营,退兵至谯郡,沿涡河乘马游观,作此赋。赋文形式明显诗化,内容情感亦如诗歌一样流畅明丽:涡水之畔,高树投下阴凉,微风荡起涟漪,水中鱼儿舒尾,树上好鸟相鸣。水藻招摇,枝柯四布,春水涣涣,繁花盛开。曹丕对外部世界细致的体察和生动的描绘,成就一派盎然的春意,蕴含着无限生机,而序言中“相佯乎高树之下,驻马书鞭”的疏狂之举,又隐含着志得意满的喜悦。

曹丕对外部世界抱持着自在自适的心态,其文风便宁静喜悦。曹丕对大自然的观察以及对情感的体悟十分敏感,其文风便生机充盈。这是因性情使然,也是由处境成就。

在对待外部世界的矛盾时,曹丕诗赋表现出温和的包容状态。比如《莺赋》,笼莺虽然不幸被囚,但却能“升华堂而进御,奉明后之威神。唯今日之侥幸,得去死而就生”。笼莺认同自己的命运,对自己去死就生表示庆幸,甚至对“升华堂”、“奉明后”表示荣幸。而王粲的同题赋作,则悲叹笼莺的命运,带着强烈的身世之感。同类题材的祢衡《鹦鹉赋》,则是情感十分凄厉的一篇作品。这些作品都表现

---

① 龚克昌、周广璜、苏瑞隆评注:《全三国赋评注》,第292页。

出与现实的对立和格格不入,形成一种文学和情感的张力。而曹丕性情的温和与包容,则形成他的作品温润平和的风格。

曹丕诗赋在面对人生痛苦之时,还善于自宽。如《芙蓉池作》叙写夜游西园的情景,在惬意地赏观美景之时,他感叹"寿命非松乔,谁能得神仙",似乎颇有人生短促的乐极生悲之感,但接下来写"遨游快心意,保己终百年",又使得诗歌情感脱离了感伤而趋于达观平和。又如《善哉行》其二,在欢乐纵情的宴饮之时,曹丕突感"乐极哀情来,寥亮摧肝心",叹息"清角岂不妙? 德薄所不任",但在诗歌结尾他又自我勉励曰"大哉子野言! 弭弦且自禁",亦将悲伤之情转变为自我约束的平和心态。

即使表达无为出世之想,曹丕也并非发牢骚之言,而是更多地表现安闲自适的心绪。如《登城赋》展示了一幅欣欣向荣、富庶自足的田园美景:"平原博敞,中田辟除。嘉麦被垄,缘路带衢。流茎散叶,列倚相扶。水幡幡以长流,鱼裔裔而东驰。"在宁静美好的景物中,夕阳西下、时光逝去,并不勾引出内心的伤感消沉,反而生出"望旧馆而言旋,永优游而无为"的逍遥之想。在这里,优游无为的想法,并非曹丕刻意表现的人生态度,而是面对眼前景象自然生发的情感体验,这里没有现实世界与理想世界的冲突,也没有渴望摆脱和超越现实的迫切,更没有理想无法实现的痛苦。反观曹植赋作,其无为之想往往源于对现实世界的痛苦体验,源于与现实世界的对立。如《离缴雁赋》中"纵躯归命,无虑无求。饥食稻粱,渴饮清流"的愿望是面对突如其来的灾难之后的无奈选择;《闲居赋》"冀芬芳之可服,结春蕙以延仁。入虚廓之闲馆,步生风之广庑"的清静出尘之想,则源于"出靡时以娱志,入无乐以消忧"的痛苦。曹植即使在顺境中,也有着超乎常人的、对人生痛苦的敏感。

以上种种,形成曹丕温润平和的文学风格。他的这种性情、行为和处世智慧,不惟出自"矫情自饰"的政治机心,也出自优越政治处境培养出的温和包容与大度宽厚。

曹丕性格中的温和包容,在他做皇帝之后,也是一以贯之的。曹丕将上古传说中的禅让制变为现实①,以温情脉脉的姿态完成与汉献帝的皇权禅让,并给予山阳公许多特权,允许他在封国内保留汉代典制②。曹丕体恤何夔、礼遇杨彪不夺其志,废止日食弹劾太尉的成规,禁止人们报复私仇③,以及试图以仁德感化东吴的行为等等,都充分表明他对世界所持有的是温和包容,甚至带有一点理想化色彩的态度。

三、坎坷政治处境中的辞采与骨气

(一)曹植政治处境的特殊性

张溥在《汉魏六朝百三家集题辞》中论曹植文学创作"即自然深致,少逊其父,而才大思丽,兄似不如"④,可谓的评。曹植在文学创作上较之父兄,确实多一分刻意雕琢的意味,略逊一分自然深致的情韵。但曹植天赋彩笔,在文学创作的才情和异彩上,亦非父兄所能及。

曹植在创作上的刻意为之,目的是展现自我才华和理想抱负,这种刻意成就了他在文学形式上的审美创造,也成就了其作品刚健的精神内涵和慷慨的情感特征。曹植文学创作的艺术风格,在很大程度上由其政治处境的特殊性决定。作为曹氏政权的代表人物之一,

① 傅刚说曹丕"将传说中的禅让搬到现实中代汉自立,这也算是中国历史上的第一人"。参傅刚:《魏晋南北朝诗歌史论》,第22页。
② 见曹丕:《为汉帝置守冢诏》,夏传才、唐绍忠校注:《曹丕集校注》,第163页。
③ 体恤何夔、废止日食弹劾太尉、禁止人们报复私仇分别见《报何夔乞逊位诏》《日食勿劾太尉诏》《禁私复仇诏》。礼遇杨彪不夺其志,出自张溥《汉魏六朝百三家集题辞》"礼遇汉老臣杨彪不夺其志"。(明)张溥著,殷孟伦注:《汉魏六朝百三家集题辞注》,第67页。
④ (明)张溥著,殷孟伦注:《汉魏六朝百三家集题辞注》,第71页。

曹植不具备曹操的领导地位,也不具备曹丕合理合法的继承权,从这个角度观察,曹植对父亲甚至兄长所代表的政治权力具有必然的依附性。但曹植天性自由,不受约束,其人格独立的意愿非常强烈,《三国志》本传中陈寿以"任性而行,不自雕励"形容其个性。

曹植一度受到曹操宠爱,成为太子之位的人选,这种际遇滋长了他不安于现状的政治野心,使其功名之心和权力欲望进一步膨胀。王夫之《读通鉴论》曰:"故魏之亡,亡于孟德偏爱植而植思夺适之日。兄弟相猜,拱手以授之他人,非一旦一夕之故矣。"①王夫之认为兄弟阋墙,直接削弱了曹魏的实力。然而,尽管受到曹操宠爱,曹植在储位争夺过程中并不占有明显优势。建安十五年(210)曹植见宠于曹操,建安十六年(211)曹丕即"新晋五官中郎将,置官署,为丞相副,天下向慕,宾客如云",在政治上的影响大大超过曹植。而且曹植更多地具有文学家的性情而缺乏政治斗争的心机,在储位争夺的过程中,过于任性放纵,甚至在建安二十二年酒后擅闯司马门,建安二十四年又因醉酒不能受曹操军令,导致最终失宠于曹操,成为储位争夺的失败者。

由于储位之争的宿怨,曹植成为曹丕的心腹大患,直至曹丕即位魏王之时,兄弟的权力之争尚未尘埃落定。相关文献记载,曹操病卒,曹彰曾企图拥立曹植为王。后来曹丕代汉称帝之时,曹植又发服悲哭,深为曹丕忌恨②。曹丕去世后,曹植又一次成为曹叡权力的威

---

① (清)王夫之:《读通鉴论》,第 268 页。

② 《三国志》卷十五《贾逵传》载:"时鄢陵侯彰行越骑将军,从长安来赴,问逵先王玺绶所在。逵正色曰:'太子在邺,国有储付。先王玺绶,非君侯所宜问也。'"《三国志》,第 481 页。《三国志》卷十九《任城威王彰传》注引《魏略》曰:"彰至,谓临菑侯植曰:'先王召我者,欲立汝也。'植曰:'不可,不见袁氏兄弟乎!'"《三国志》,第 557 页。《三国志》卷十六《苏则传》载:"则及临菑侯植闻魏氏代汉,皆发服悲哭,文帝闻植如此,而不闻则也。帝在洛阳,尝从容言曰:'吾应天而禅,而闻有哭者,何也?'"注引《魏略》曰:"临菑侯植自伤失先帝意,亦怨激而哭。其后文帝出游,追恨临菑。"《三国志》,第 492 页。

胁者。《明帝纪》注引《魏略》："（太和二年）是时讹言,云帝已崩,从驾群臣迎立雍丘王植。京师自卞太后群公尽惧。及帝还,皆私察颜色。卞太后悲喜,欲推始言者,帝曰:'天下皆言,将何所推?'"①《魏略》记载可能并非信史,然曹植在明帝期间,虽积极进取,屡次上表,表达为国效力的心志,亦时时得到明帝回复,但依然不受重用②,可见明帝对他也是有所忌惮的。徐公持《魏晋文学史》认为这些表文毫不掩饰功名心,其急切参政、任性而行的态度,可能会引起明帝的怀疑和警惕。因此这些表文在文学上欣赏价值极高,在政治上却甚为拙劣③。

　　从以上对曹植处境的分析中可见,曹植终其一生,都希望得到曹操的宠爱以及曹丕、曹叡的重用,这种必然存在的政治依附性,决定了曹植试图通过文学创作以求自试的写作目的,这种功利性的创作动机和曹植过人的文学才华相结合,产生出异彩绽放的逞才之作。同时,虽曾蒙受宠爱,身处顺境,胸怀建功立业的壮志豪情,但在政治上并不具有实际优势,且纵情任性、不受约束的独立性情在现实中屡屡受挫,这种处境带来焦虑失意的情感体验,加之后半生遭受摧抑的悲惨经历,曹植的诗赋,在慷慨激昂之中又交织着感伤、忧虑、悲愤、怅惘的情感。

（二）展露文学才华与对功利性创作目的的背离

　　曹植具有极高的文学天赋,又刻意展现文学才华,在具体创作中有时会呈现出一种有趣的现象,就是作品往往绮丽动人、文采粲然,却存在喧宾夺主之嫌,与功利性的创作目的往往有所背离。如《七

① 《三国志》,第 95 页。
② 太和二年,曹植上《求自试表》,后复上此表;太和五年,曹植作《求通亲亲表》,曹叡作《诏报东阿王植》;曹植作《陈审举表》,曹叡优文答报;魏取诸国士息,曹植作《求免取士息表》,曹叡还所发士息。
③ 徐公持:《魏晋文学史》,第 84 页。

启》和《酒赋》,孙明君将二者视为曹植配合曹操的政治军事政策所作的宣传品,前者为配合曹操用人政策招隐士出山而作,后者为配合曹操禁酒令而作①。

先说《七启》。侯立兵《汉魏六朝赋多维研究》认为七体招隐主题集中体现了以儒服道的思想价值交锋②,诚然,一般招隐主题的七体都会在开篇将道家思想和行为树为批评对象,以儒道劝说隐士出山。

《七启》开篇以一段大气磅礴、超凡脱俗的文字,营造隐者玄微子与说客镜机子出场的宏大背景,以及他们对话内容的非凡气势:

> 玄微子隐居大荒之庭,飞遁离俗,澄神定灵。轻禄傲贵,与物无营。耽虚好静,羡此永生。独驰思于天云之际,无物象而能倾。于是镜机子闻而将往说焉。驾超野之驷,乘追风之舆。经迥漠,出幽墟,入乎泱漭之野,遂届玄微子之所居。其居也,左激水,右高岑。背洞溪,对芳林。冠皮弁,被文裘。出山岫之潜穴,倚峻崖而嬉游。志飘飘焉,峣峣焉,似若狭六合而隘九州。若将飞而未逝,若举翼而中留。于是镜机子攀葛藟而登,距岩而立,顺风而称曰:"予闻君子不遁俗而遗名,智士不背世而灭勋。今吾子弃道艺之华,遗仁义之英,耗精神乎虚廓,废人事之纪经。譬若画形于无象,造响于无声。未之思乎,何所规之不通也?"玄微子俯而应之曰:"嘻!有是言乎?夫太极之初,浑沌未分,万物纷错,与道俱隆。盖有形必朽,有迹必穷。芒芒元气,谁知其终?名秽我身,位累我躬。窃慕古人之所志,仰老庄之遗风。假灵龟

---

① 孙明君:《三曹与中国诗史》,第 203 页。
② 侯立兵:《汉魏六朝赋多维研究》,人民出版社 2007 年版,第 250—253 页。

以托喻,宁掉尾于涂中。"①

　　细读这段文字,"大荒之庭"首先构设出一个高远渺茫的境界,玄微子身处其间,驰骋思绪于天云之际,高妙悠远无人能及,其"左激水,右高岑,背洞溪,对芳林"的居所环境,带着得道仙人的气息,读之似有仙风拂面。玄微子之言"太极之初,浑沌未分,万物纷错,与道俱隆。盖有形必朽,有迹必穷。芒芒元气,谁知其终"又营造出无限久远阔大的时空意境,唤起读者幽眇怅惘的古今、兴亡、存灭的思绪。在这段描写中,道家代表玄微子的言行,被赋予了超凡脱俗、令人向往的魅力,导致镜机子批评玄微子"弃道艺之华,遗仁义之英,耗精神乎虚廓,废人事之纪经"的言语,显得过于温和无力。而玄微子的一段自我辩白,进一步削弱了批评之言的力度和效果。

　　东汉及建安其他招隐主题的七体,如傅毅《七激》、张衡《七辩》和王粲《七释》,开篇都比较简洁,不作大段铺陈渲染。王粲《七释》与曹植乃同时所作,对道家的批评态度就十分鲜明。曹植却不着力于批评,反而充分运用想象、夸张、烘托、渲染的艺术手法,营造高远渺茫的境界以及非凡的气势,展现文学的情韵与魅力,由此不仅导致对道家批评力度的减弱,甚至表现出对道家自由超脱的向往,在儒、道之间表现出游移的态度。从鼓吹用人政策以招隐的角度评判,《七启》的实用性可谓大打折扣。但其文学成就却得到后世公认,刘勰《杂文》曰"陈思七启,取美于宏壮",傅玄《七谟序》曰"七启之奔逸壮丽,七释之情密闲理,亦近代之所希也",二者不约而同地强调了曹植赋作的文采风流。

　　《七启》在句式上的精心构结,亦显出曹植创作艺术上的刻意性。对比《七启》与枚乘《七发》关于美食的描写,可看出这个特点。

────────

① 龚克昌、周广璜、苏瑞隆评注:《全三国赋评注》,第380页。

《七发》云：

> 熊蹯之臑，芍药之酱，薄耆之炙，鲜鲤之鲙，秋黄之苏，白露之茹。①

《七启》云：

> 芳菰精粺，霜蓄露葵，玄熊素肤，肥豢脓肌。②

可见，《七发》句式整饬但结构松散，散文化特点明显，而《七启》句式结构紧密精致，有骈化特征。《七启》不仅采用对偶手法，还采用句内对偶之法，以芳菰对精粺，霜蓄对露葵，且四个短句用了两种句式结构。二者相较，曹植赋形式精巧，内容凝练，风格雅致。曹植被视为赋作骈化或最早写作骈赋的代表，这正是他对赋作形式之美刻意追求的结果。

再如《酒赋》极力铺陈饮酒之乐：

> 尔乃王孙公子，游侠翱翔。将承欢以接意，会陵云之朱堂。献酬交错，宴笑无方。于是饮者并醉，纵横谨哗。或扬袂屡舞，或扣剑清歌。或噎噈辞觞，或奋爵横飞。或叹骊驹既驾，或称朝露未晞。于斯时也，质者或文，刚者或仁；卑者忘贱，窭者忘贫。和睚眦之宿憾，虽怨仇其必亲。③

---

① 龚克昌、苏瑞隆评注：《两汉赋评注》，第 24 页。
② 龚克昌、周广璜、苏瑞隆评注：《全三国赋评注》，第 381 页。
③ 龚克昌、周广璜、苏瑞隆评注：《全三国赋评注》，第 408 页。

这段文字将王孙公子欢饮场景描写得非常生动,尤其描写醉后潇洒不羁、纵乐无度、得意忘形、贫贱无忧、宿怨冰释之情状,令醉酒成为超脱人生局限、进入极乐状态的捷径。虽然赋中亦批评饮酒乃"荒淫之源","先王所禁,君子所斥",但这种曲终奏雅式的批评,在配合禁酒令的实际作用方面也不过是劝百讽一甚至不讽反劝了。

王粲《酒赋》则先叙写酒的起源,然后铺写饮酒之美与饮酒之弊,铺写弊端尤为详细:"贼功业而败事,毁名行以取诬。遗大耻于载籍,满简帛而见书。……昔在公旦,极兹话言。濡首屡舞,谈易作难。大禹所忌,文王是艰。"孔融曾作《难曹公禁酒书》,引经据典陈述饮酒之美德,借以讥讽曹操。王粲《酒赋》或当作于归曹之初,时孔融新死,作此赋似有肃清流毒配合曹操禁酒令之意,与曹植赋可能作于同时。二者相比,在批评饮酒弊端方面,王粲态度鲜明,措辞严厉,更具针对性和战斗力。但在文学方面,曹植赋生动有趣,文采富丽,非王粲赋所能及。

尽管有着为政权效力的功利性创作目的,但曹植凭借超逸的文学才华和逞才的创作态度,将政治宣传品写成文学名篇,在表现出对政权依附性的同时,亦表现出热爱文学、自由创作的相对独立性。

曹植代表作《洛神赋》,也可用来观察曹植与政权的关系。关于《洛神赋》的主旨,古人有感甄说和寄心文帝说,前者颇荒唐,后者则有简单化之嫌。实际上,曹植此赋继承前代神女赋和止欲赋的传统,以一段人神相恋受阻的故事,寄托自己内心种种牢骚愤懑、痛苦悲愁,借助情欲体验释放内心的郁结,借助文学创作实现自我的宽慰。若将《洛神赋》单纯理解为寄心文帝表达忠诚的作品,未免夸大了曹植在政治上的依附性而忽略了他个性的相对独立性。黄初四年,曹植上表献诗,是为《责躬并表》,清人吴淇论及此诗,言"句句是服罪,却句句不服罪。不惟不服罪,且更跨一步,求假兵权,词特崛强。然却字字本忠爱之道,来的浑身不露,是为合作"①。秉持傲骨不服罪才是曹植性情的真实写照,"合作"是其"忠爱之道"的体现,"不服罪"则是他个性突出、不受约束的独立性的体现。

曹植后半生处境极为艰难,他曾多次示好曹丕②,希望冰释前嫌,但始终不被信任,他在政治上不得不依附于曹丕,但这种依附却得不到任何希望,同时他的独立性又遭到极大的压制,堪称进退维谷,不知出路在何方。这种困境造成了曹植人生的大不幸,也造就了他在文学创作上的异彩绽放。

四、鼓吹者的逞才之作

(一)表现治国理政才能的七体名篇

作为政权鼓吹者的建安文人,其作品并非尽是歌功颂德与阿谀奉承之辞,而是更多地展现自己的文学才华与思想见解,表现出逞才的特征。王粲是公认的依附性极强、缺乏独立性的建安文人,不妨以王粲的创作为考察的中心对象,一窥鼓吹者的创作特点。

徐公持认为,王粲归曹前人格较独立,社会及个人忧患意识浓厚,归曹后对曹氏的依附关系或主从关系十分明确,独立人格削弱,忧患意识淡薄,所以文学成就不如归曹前③。诚然,归曹后王粲没有写出《登楼赋》那样的名作,但也必须看到归曹后新的局面、新的希望

---

① (清)吴淇著,汪俊、黄进德点校:《六朝选诗定论》,广陵书社2009年版,第109页。
② 黄初元年,曹植作《魏德论》《魏德论讴》,歌颂曹丕文治武功及政治制度。作《大魏篇》,为魏代汉叙写灵符祥瑞,作《秋胡行》歌魏德,又作《上先帝赐铠表》(先帝所赐铠甲,"今代以升平,兵革无事,乞悉以付铠曹自理")、《献文帝马表》(先帝时所得大宛紫骍马,调教完毕)、《献璧表》、《上银鞍表》(先武皇帝所赐)、《上牛表》(形少有殊,敢不献上)等,借进献先帝所赐以及其他珍稀之物频频向曹丕示好。
③ 徐公持:《魏晋文学史》,第113页。

在王粲心中引发的创作激情,看到在带有竞技色彩的同题共作中王粲的出色表现以及对曹氏兄弟创作的影响,看到在替曹氏政权鼓吹的情况下王粲展露出的才华。

张溥《汉魏六朝百三家集》之《王侍中集》题辞言:"子桓子建交怨若仇,仲宣婉娈其间,耦居无猜。身没之后,太子临丧,陈思作诔……彼固善处人骨肉,亦由天性宿深,长于感激,不但和光宴咏,为两公子楼护也。"①言辞之间对王粲重情、懂情、善于与人相处的性格特征欣赏有加,同时也展现出王粲安然地周旋于曹氏兄弟之间并受到他们的尊重与喜爱的历史场景。王粲除了劝降刘琮有功于曹氏政权,歌功颂德讨好于曹家之外,亦凭借自己的文学才能建立起自己的交游地位,与曹氏兄弟交好并得其赏识,在诸子与曹氏兄弟乃至曹操的文学应酬活动中,他的同题赋作数量最多②。以下从其赋作入手进行分析。

王粲《七释》是以鼓吹者身份创作的名篇。曹植《七启序》言"并命王粲作焉",可知《七释》与《七启》两篇为同题共作③。《七释》《七启》均为招隐主题,如前所述,是为曹操招贤纳士进行鼓吹的作品。孙明君认为劝隐士出山的《七启》是曹植配合曹操的政治军事政策所作的宣传品④,王鹏廷认为《七启》与曹操"唯才是举"的政治主张相

---

① (明)张溥著,殷孟伦注:《汉魏六朝百三家集题辞注》,第78页。
② 王粲所存29篇赋作,其中《登楼赋》可知作于荆州依附刘表之时,《感丘赋》《弹棋赋》《思友赋》三篇无法确定写作背景及时间,其余25篇均当作于归曹之后,其中有20篇当属与曹氏兄弟及诸子乃至曹操的同题共作。王粲与曹操、曹植同题之作是"鹦鹉赋",与曹操、曹丕同题共作"沧海",曹操赋均仅余存目。
③ 王粲与曹植的赋作具体作于何年已无法考证,只能排除建安二十二年,因为这年初王粲病逝,《建安七子集》将其作年系于建安十八年或稍后。参俞绍初辑校:《建安七子集》,第446页。
④ 孙明君:《三曹与中国诗史》,第203页。

一致①,朱秀敏认为《七启》中的盛世图景是曹操兼用儒术、刑名之学等的治国方略的艺术表现②。唯王德华认为《七启》表达的圣世理想以及崇儒招贤的愿望与曹操的求才旨趣背道而驰,是对曹操的求才过于唯才是举的微讽③。但这个观点并不准确,实际上《七启》所标举的用人之道,乃是"举不遗才,进各异方",与唯才是举本质相同。且曹操的唯才是举,并不排斥德行,其中体现的是原始儒学精神④,与崇儒招贤并不背道而驰。所以,《七释》与《七启》应当是为配合曹操的用人手段和政治措施而作。曹操的求贤令需要强大的舆论为之造势,故而赋家以文学的手法为之鼓吹。

　　七体招隐主题始自东汉傅毅《七激》,《后汉书·傅毅传》载,显宗"求贤不笃",缺乏诚意,天下贤人多隐居不仕,傅毅作赋以讽⑤。后世张衡、王粲、曹植七体均沿用这个主题。在这些七体文中,说客欲以要言妙道(儒道)最终说服隐者出山,这些劝服的语言,具有论辩说理的色彩,而王粲说理尤为精妙。

　　首先,《七释》说理时态度鲜明,褒贬明确,批评有力。王粲首先表明"圣人居上,国无室士"的观点和立场,将潜虚丈人所代表的无为的道家和利己的杨朱作为批评对象,进而指出潜虚丈人"外无所营,内无所事,有目而不视,有心而不思",并将其比作穷川之鱼、槁木之枝,褒贬十分明确,措辞严厉而辛辣,具有较强的批评力度。曹植《七

---

① 王鹏廷:《建安七子述论》,中国社会科学院研究生院博士学位论文,2002年,第87页。
② 朱秀敏:《建安散文研究》,山东师范大学博士学位论文,2011年,第217页。
③ 王德华:《唐前七体讽谏功能发微》,《学术月刊》2010年第2期。
④ 孙明君指出曹操求才并不排斥德行,求贤三令是对两汉高度形式化、虚伪化的用人制度的反动,是向原始儒学人才思想的回归。参孙明君:《汉魏文学与政治》,第110页。
⑤ 《后汉书》,第2613页。

启》描写玄微子"隐居大荒之庭，飞遁离俗，澄神定灵。轻禄傲贵，与物无营。耽虚好静，羡此永生。独驰思于天云之际，无物象而能倾"，作为批评对象，这种诗意的描述不仅没有突显对方的弊病，反而令人心生向往之意。且《七启》虽批评玄微子"弃道艺之华，遗仁义之英"，却又借其自我辩护之言表达"名秽我身，位累我躬。窃慕古人之所志，仰老庄之遗风"的想法，在一定程度上似乎体现了曹植自身在儒道之间的游移。两者相较，王粲《七释》的态度十分鲜明。

其次，《七释》条分缕析，内容具体，主张明确。这一点主要体现在文章结尾关于要言妙道的陈述方面。枚乘《七发》关于要言妙道的陈说极其简略，不过列举了"庄周、魏牟、杨朱、墨翟、便蜎、詹何之伦"这一连串名称，对于实际内容并不交代。之后傅毅《七激》、张衡《七辩》阐述儒家圣王德政比较具体，王粲与曹植则将这个内容进一步细化拓展，描绘出更为诱人的盛世图景。但曹植的叙写更注重文学性，而王粲则以内容的充实、完备为重。

王粲笔下的文籍大夫陈说圣王德政以打动潜虚丈人，首先描述"大人在位，时迈其德"，将大人塑造为顺应天命、严格自律、睿智勤政的圣王形象。然后陈说圣王治国理政的一系列措施：选贤任能，建雍宫，立明堂，考宪度，修旧章，行礼乐，宣教化。接下来描绘太平盛世景象：社会安定，民风淳朴，民众知礼，四方来朝，风调雨顺，祥瑞遍生。王粲所写，俨然是具体而微的圣王施政纲领，以及切实构建儒家太平盛世的指导原则。反观曹植所写，多从渲染角度虚写，如"世有圣宰，翼帝霸世。同量乾坤，等曜日月。玄化参神，与灵合契"，对圣王的道德、行为均是以夸张渲染为主，并无具体的陈说。这与王粲"先天弗违，稽若古则。睿哲文明，允恭玄塞。旁施业业，勤厘万机"的实实在在的圣王形象相比，确乎是浪漫而模糊的。

最后，《七释》还善于取譬设喻，正反对比。如文籍大夫描述合乎儒家思想规范的行为举止，以"观海然后知江河之浅，登岳然后见丘陵之狭"的譬喻引领下文,海洋之深与江河之浅、山岳之高与丘陵之小的对比,十分生动形象,由此类比"君子志乎其大,小人玩乎所狎",十分形象贴切。君子所为,小人之行,形成鲜明的正反对比,增加了说服力和感染力。

《七释》十分注重实用性,在鼓吹的时候不仅意在展现文学才能,更重在表现自己治国理政方面的见识以及自身的文化修养,这种创作态度体现了王粲投曹后积极参政、报效曹操以及渴望获得欣赏和重用的心理。《七释》和《七启》是优秀的七体文代表,后世论者常将二者相提并论。如傅玄称赞《七释》精密闲理、《七启》奔丽壮逸,刘勰称赞《七释》致辨于事理、《七启》取美于宏壮,二人观点一致,可谓的评。王粲《七释》具有丰富的知识和细致绵密的说理论辩,言辞温润,内涵丰厚,风格稳健,不愧名作。

所以,即使抱着鼓吹的态度,仍然可以产生文学的佳作名篇。鼓吹态度固然是依附性的体现,但这个态度并不意味着文人必然失去自身的个性和相对独立性,他们对自身思想见识和才华的自由表达,即是个性与独立性存在的明证。

(二)文采飞扬的鼓吹者之作

为了达到烘托渲染的造势效果,鼓吹者之作一般都具有华丽的形式,能充分展现作者的文采,这在征伐赋中表现得最为突出。建安征伐赋中最具有文学感染力的是曹丕、王粲的《浮淮赋》,陈琳《神武赋》以及繁钦、应玚各自的《撰征赋》等次之。这些赋作无不充满阳刚气质与尚武精神,充满对战争的热情鼓吹,展现出征伐的气势和作者的文采。

前文比较徐干与鼓吹者的赋作,可见徐干征伐赋相对比较平实单调,鼓吹者之作则热情浪漫,追求艺术手法和艺术形式的丰富新颖。徐干《序征赋》和《西征赋》都采用整齐的六言句式,节奏单一平缓,情感克制冷静,这正是观察者的态度。而鼓吹者通常会采用句式的变化来获取语言节奏的改变，以增强赋作的气势，达到鼓吹的目的。下面先对曹丕和王粲的同题之作加以分析。

曹丕《浮淮赋》云：

> 浮飞舟之万艘兮，建干将之铦戈。扬云旗之缤纷兮，聆榜人之喧哗。乃撞金钟，爰伐雷鼓。白旄冲天，黄钺扈扈。武将奋发，骁骑赫怒。于是惊风泛，涌波骇。众帆张，群棹起。①

王粲《浮淮赋》云：

> 泛洪槽于中潮兮，飞轻舟乎滨济。建众樯以成林兮，譬无山之树艺。于是迅风兴，涛波动。长濑潭泯，滂沛汹溶。钲鼓若雷，旌麾翳日，飞云天回。苍鹰飘逸，递相竞轶。凌惊波以高骛，驰骇浪而赴质。加舟徒之巧极，美榜人之闲疾。②

此二赋在建安征伐赋中最具文采，其句式变化多端，三、四、六言以及骚体句式交错运用。仔细体会其语言的节奏，赋中的骚体句式和去掉"兮"字的六言句式节奏相对舒缓，往往用于铺垫和蓄势；四字句节奏明快，用于铺陈排比；三字句节奏紧促，用以情感气势的冲顶。几种句式交错使用，在节奏的张弛变化中，取得收放自如、酣畅淋漓的表达效果。曹丕、王粲运用铺陈排比、渲染夸张、句式变化等文学手段，展现骁勇的战将、技艺高超的舟徒榜人、喧天的军鼓、成片的轻舟、成林的船帆，以及迅疾的大风和翻涌的惊涛骇浪，描绘出一个强大有力的、向外散发着巨大威慑力的军队阵容，与赋中无往不胜、主

① 龚克昌、周广璜、苏瑞隆评注：《全三国赋评注》，第278页。
② 龚克昌、周广璜、苏瑞隆评注：《全三国赋评注》，第147页。

宰天下的豪情相得益彰,而这正是曹操所需要的鼓吹效果。

这次出征,曹操并没有打算与东吴作战,《三国志·武帝纪》载:"十四年春三月,军至谯,作轻舟,治水军。秋七月,自涡入淮,出肥水,军合肥。……十二月,军还谯。"①曹操为雪建安十三年冬赤壁战败之辱,匆忙地于次年春重整旗鼓,虚张声势,威慑孙权。曹丕、王粲的鼓吹之作,可谓正中曹操下怀。

曹丕、王粲作为鼓吹者,在创作中更多地调动了自身的激情和文学才华,他们的征伐赋热情昂扬,文采斐然,给人酣畅淋漓的阅读感受。徐幹的观察者之赋,不仅情绪冷静克制,在文学艺术手法方面也不事雕琢。其实徐幹的赋风并非一味平实质朴,如现存其《齐都赋》残篇,描述齐都的河流"洪河洋洋,发源昆仑,九流分逝,北朝沧渊,惊波沛厉,浮沫扬奔。南望无垠,北顾无鄂,蒹葭苍苍,莞菰沃若",可见徐幹也很擅长铺排造势。又如他写海边晒盐之事,"若其大利,则海滨博诸,溲盐是钟,金赖其肤。皓皓乎若白雪之积,鄂鄂乎若景阿之崇",短句用以叙述说明,长句用以比喻夸张和感叹,可谓精心构设。所以,徐幹征伐赋的风格面貌,不是受制于其创作才华和审美取向,而是取决于他的创作初衷。

陈琳《武军赋》是一篇特殊的作品,作于其归曹前,描写建安四年(199)袁绍讨伐公孙瓒的决胜之役,是描写袁绍军容军威和战斗功勋的赋作,虽非为曹操效力之作,但仍可见鼓吹态度下作家所迸发的文采和营造的气势。这场战役《三国志》有载,其背景为:"瓒军数败,乃走还易京固守。为围堑十重,于堑里筑京,皆高五六丈,为楼其上;中堑为京,特高十丈,自居焉,积谷三百万斛。"②面对公孙瓒的死守战术,袁绍采取了强攻加巧取的策略。《三国志》注引《英雄记》言:

---

① 《三国志》,第 32 页。
② 《三国志》,第 243 页。

"袁绍分部攻者掘地为道,穿穴其楼下,稍稍施木柱之,度足达半,便烧所施之柱,楼辄倾倒。"①这一作战过程被记录在《武军赋序》里:

> 回天军(震雷霆之威)于易水之阳,以讨瓒焉。鸿沟参周,鹿箛十里,荐之以棘。乃建修橹,干青霄,窴深隧,下三泉。②

序文言简意赅地交代了两军对峙的情景,公孙瓒的防守工事坚不可摧,而袁绍的进攻势头锐不可当,序文充满张力,预示着一场激烈的战斗。

此赋详尽铺陈了袁绍军队的军威军容以及冲锋攻城的场景。陈琳首先强调此次征伐的正义性以及一呼百应的影响力和将士旺盛的士气:"当天符之佐运,承斗刚而曜震。……于是武臣赫然,飏炎天之隆怒,叫诸夏而号八荒。……于是启明戒旦,长庚告昏,火烈具举,鼓角并震。千徒从唱,亿夫求和。"然后渲染军队兵器装备之精良,从刃、铠、弩、弓、矢、马几方面进行铺陈,又夸张军乐之震慑人心:"金春作,箫管起,灵鼓发,雷鼓奏。骇轰嘈嗷,荡心惧耳。"最有意思的是,赋中描写了袁绍军队冲锋的情形:"元戎先驰,甲骑踵继。"攻城的情形:"排雷冲则高炉略,掣炬然则顿名楼。"敌城陷落的情形:"冲钩竞进,熊虎争先。堕垣百叠,敝楼数千。崇京魁而独处,表完垫而陨颠。"获胜后的情形:"百队方置,天行地止。干戈森其若林,牙旗翻以容裔。"这些场景再现了《三国志》关于这次战役的描写并形成详略补充。全赋展示了丰富的军事知识,在文学效果方面可谓铺采摘文、句式多变、节奏明快、场面宏大、气势非凡、酣畅淋漓。

其余如陈琳归曹后从征乌桓时所作《神武赋》,该赋虽然从格局、

---

① 《三国志》,第247页。
② 龚克昌、周广璜、苏瑞隆评注:《全三国赋评注》,第6页。

气势、文采等方面都较《武军赋》逊色许多,但它对战斗场景的描绘,包括所撷取的细节,无不展现出一种尚武的精神、阳刚的气质以及勃发的生命活力。繁钦描写建安十七年(212)冬曹操东征孙权之《撰征赋》,亦颇具文采和气势:

> 素甲玄焰,皓旰流光。左骈雄戟,右攒干将。彤旌朱缯,丹羽绛房。望之妒火,焰夺朝阳。华旗翳云霓,聚刃曜日铓。于是辕辒云趋,威弧雨发。钲鼓雷鸣,猛火风烈,跃刃雾散,虏锋摧折,呼吸无闻,丑类剥灭。①

繁钦赋对军队装备、军队阵容、作战场景的描写,以及其内蕴的尚武精神,充满力量的语言和修辞,逼人的气势,华丽的词句,都很明显地受到陈琳《武军赋》《神武赋》以及王粲、曹丕《浮淮赋》的影响,可见鼓吹者在创作上具有一定的审美趋同性。

五、依附性和独立性的对抗与共存

建安文人对曹氏政权的依附性和独立性之间大多呈现出和谐共存状态,唯祢衡的内心独立性和依附性表现为激烈对抗状态,并最终导致了其悲剧命运。《后汉书》卷八十《文苑列传》对祢衡一生经历的简要记载,充分展现出这种对抗的激烈:

> 建安初,来游许下。……融既爱衡才,数称述于曹操。操欲见之,而衡素相轻疾,自称狂病,不肯往,而数有恣言。……融复见操,说衡狂疾,今求得自谢。操喜,敕门者有客便通,待之极晏。衡乃著布单衣、疏巾,手持三尺棁杖,坐大营门,以杖捶地大

---

① 龚克昌、周广璜、苏瑞隆评注:《全三国赋评注》,第242页。

骂。……后复侮慢于表,表耻不能容……后黄祖在蒙冲船上,大会宾客,而衡言不逊顺,祖惭,乃呵之……衡方大骂,祖恚,遂令杀之。①

祢衡弱冠之年游历许都,正是意欲在政治上有所作为,本传称其"少有才辩,而尚气刚傲,好矫时慢物"②。祢衡对掌权者曹操的态度十分轻慢,从史书记载看,其对曹操的"素相轻疾"并无具体来由,他傲慢不恭的言行更像是一种趋于病态的名士行径,或许他只是想借此表现自己殊异的个性来获得名气和优待,也或许他确实不愿于权力门下有丝毫屈尊之意。这种鲜明而颇为极端化的个性和自我意识,正是祢衡内心独立性的体现。

孔融曾极力向曹操举荐祢衡并以"狂疾"为由替祢衡圆场,可见孔融一方面认为祢衡投靠曹操是正确的选择,故而力荐之;另一方面对祢衡极端的独立性并不完全赞同,故以"狂疾"相称。结合祢衡后来对刘表和黄祖同样侮慢放肆的不敬言行,可看出祢衡对曹操的"素相轻疾",与曹操本人的人品言行并无直接关联,而是很大程度上源于祢衡对权力、权威本身的冒犯与挑战。祢衡对个人精神独立的渴望无疑是走向极端化的,以至于他根本无法与权力相处,但同时他又渴望在政治上有所建树,不得不投靠权力集团。在依附性和独立性之间,祢衡无法做到适度取舍使之和谐共存,尽管刘表、黄祖一度对他都很器重优待,但他无法收束狂野而极端的自我独立性并最终因此葬送了性命。

建安文人中对权力的依附性和独立性处于极端对抗状态的唯祢衡一人,祢衡也因此创作出了表现这种对抗的痛苦、尤为悲切感人的

①《后汉书》,第 2653—2658 页。
②《后汉书》,第 2652 页。

《鹦鹉赋》。祢衡称美鹦鹉,在于其艳丽的外表:"绀趾丹觜,绿衣翠衿";在于其聪慧的本性:"性辩慧而能言,才聪明以识机";在于其高洁不群的品性:"飞不妄集,翔必择林",这些美好的品质,正是祢衡追求个性和精神独立的象征。然而鹦鹉却因美慧高洁受累,时刻面临杀身之祸,最后不得不顺天委命、哀鸣乞怜,这正是祢衡心中独立性和依附性强烈对抗的表现。不甘于依附又不得不依附,执着于独立却又不得不妥协,祢衡与现实社会的关系是对立和紧张的,他无法协调自我独立的理想与不得不依附的现实之间的关系。

祢衡凭借自己坎坷的身世,内心的深情,过人的文采,使《鹦鹉赋》成为禽鸟赋的经典之作和巅峰之作,标志着禽鸟赋的成熟,确立了禽鸟赋状禽鸟之美、发身世之感的托物喻人的书写模式,为后世赋家广泛模拟。

建安中后期留存下来五篇《鹦鹉赋》,分别由陈琳、王粲、应场、阮瑀、曹植所作。因多为残篇(唯曹植赋表意完整,颇似全篇),难窥全貌,很难对这些赋作进行细致的描述和准确的评价,但是从存留的片段来看,这些《鹦鹉赋》都有模仿祢衡赋的痕迹。汉魏六朝时文学模拟之风盛行,祢衡之后的建安文人集体创作《鹦鹉赋》,并非有感个人身世而发,而是同题共赋的游戏之作。这些《鹦鹉赋》大多存状禽鸟之美的片段,唯王粲和曹植赋留存了叹鹦鹉身世之悲的部分,但由于篇幅大大缩短,又是模拟之作,故而在情感的铺垫渲染和抒发上比较平淡,有套路化的感觉,读后让人不再具有读祢衡原作凄厉紧张的阅读感受。

但值得注意的是,应场、阮瑀描写鹦鹉的词句中,出现了一些新的含蕴。阮瑀《鹦鹉赋》开篇写道:"惟翩翩之艳鸟,诞嘉类于京都。秽夷风而弗处,慕圣惠而来徂。"这里面的鹦鹉已变为主动投奔圣人、蒙受圣人恩惠的积极形象。应场《鹦鹉赋》则写:"苞明哲之弘虑,从阴阳之消息。秋风厉而潜行,苍神发而动翼。"赋中将鹦鹉塑造为审时度势、明哲保身的智者形象，纯然一种识时务者的气派。

王晓卫《魏晋的鹦鹉赋与当时文士的英才情结》一文指出，文学上的鹦鹉符合魏晋文士心目中的英才标准，他们基于这一点对祢衡《鹦鹉赋》进行扬弃，捐弃祢衡赋过于悲观的色彩，以英才自居，并以鹦鹉作为宣情寄意的载体①。诚然，建安士人多以鹦鹉自喻，如果说祢衡赋鹦鹉是对于自身命运的抗争和乞怜，而阮瑀、应场赋鹦鹉则表现出对自身境遇的认同和肯定。鹦鹉与现实的关系从祢衡笔下的极度紧张和对立，转变为阮瑀、应场笔下的和谐，独立性和依附性相对抗的痛苦消失了，代之以二者共存的和谐。祢衡狂傲不羁的名士做派，变为阮瑀和应场儒雅温和的文士风度。建安文人身处乱世，有强烈的建功立业的愿望，他们从不掩藏自己的用世之心，除了祢衡性情狂悖、无所顾忌地执迷于追求独立性之外，其他文人都会不同程度地寻求独立性和依附性之间的和谐共存，所以阮瑀和应场笔下的鹦鹉，或"秽夷风而弗处，慕圣惠而来徂"，或"秋风厉而潜行，苍神发而动翼"，它们都拥有决定自身进退的主动性，而这正象征着文人主动投靠曹操政权、决定自身命运走向的独立性，只是这种独立性是相对的，因为它必然受制于曹操的权力和个人好恶。大多数建安文人在独立性和依附性中寻求到了平衡之策，《鹦鹉赋》的创作新变可谓是这种心态在文学创作中的典型表现。

应场、阮瑀关于鹦鹉明哲保身、谙识时务的处世智慧的发明受到后世赋家的重视和继承。南朝颜延之《白鹦鹉赋》，写白鹦鹉"性温言达"；谢庄《赤鹦鹉赋》写赤鹦鹉"惠性生昭，和机自晓"。他们笔下的鹦鹉，已全无祢衡不容于世的悲哀忧惧，成为性情温润、通晓出处之道的达人。鹦鹉之外的其他禽鸟赋也莫不如此，如西晋傅咸《仪凤赋》《燕赋》称仪凤与燕子"随时宜以行藏"，成公绥《鸿雁赋》序言曰

① 王晓卫：《魏晋作家创作心态研究》，贵州人民出版社2004年版，第270页。

"余又奇其应气而知时",《玄鸟赋》又言"潜幽巢而穴处兮,将待期于中春",以上均是对明哲保身、进止有序的出处之道的肯定。甚至祢衡笔下鹦鹉被"闭以雕笼,剪其翅羽"的悲惨遭遇和无奈哀鸣,在后世禽鸟赋中亦转为顺其自然、逍遥自在的处世智慧,故而人们读到孙楚《雉赋》"遂戢翼以就养,随笼栖而言归。恒逍遥于阶庭,阴朝阳之盛晖",以及挚虞《鸤鹆赋》描写鸤鹆"剪翼就养"、桓玄《鹦鹉赋》描写鹦鹉"剪羽翮以应用",就不足为怪了。这种创作倾向与建安之后老庄思想复兴、玄学兴起以及因社会政治环境变化而带来的士风改变有直接关联,与建安时期文人追求独立性和依附性共存的情形,又有所不同了。

六、人格独立驱使下的文学创作样本

如前所述,建安文人对于政权大多具有依附性和相对独立性并存的特征,他们的文学创作因此呈现出丰富性和多面性的特点。当然,依附性和独立性并不是均衡地体现在每一个文人身上,从留存至今的数量有限的文学作品即史料来看,有些文人表现出较多的依附性,比如王粲;而有些文人则表现出更多的独立性,比如刘桢。

(一)刘桢的人格独立性

刘桢所存诗、赋、文,与其余诸子最大的不同,在于他的作品里少有称美歌颂奉承曹氏父子之辞。比如诸子同题所作公宴诗以及赠曹丕的诗作中,王粲《公宴诗》写"愿我贤主人,与天享巍巍。克符周公业,奕世不可追";阮瑀《公宴诗》写"阳春和气动,贤主以崇仁";应玚《公宴诗》写"巍巍主人德,佳会被四方",《侍五官中郎将建章台集诗》写"凡百敬尔位,以副饥渴怀"(呼吁众人敬慎己身,以慰曹丕求贤若渴之情怀)。而刘桢《公宴诗》通篇没有称颂祝福之语,结尾写"投翰长叹息,绮丽不可忘",似是对欢宴的留恋以及曲终人散、乐极生悲的感叹。其《赠五官中郎将诗》共四首,第一首回忆欢宴盛会,第二首感念自己病中得到曹丕的关怀并诉说离别的情意,第三首抒发时光飞逝的感叹以及对曹丕远征的牵挂,第四首则想象曹丕征战的居所和终夜赋诗的情形,并称赞曹丕"君侯多壮思,文雅纵横飞"。从这组诗最能见出刘桢心目中对自己和曹丕关系的定位,他视曹丕为挚友,对其充满真心的感激、思念、牵挂和欣赏,他们之间似乎没有地位之悬殊,身份之差异,正如《赠五官中郎将诗》之一所写:"夕我从元后,整驾至南乡。过彼丰沛都,与君共翱翔。"诗中刘桢与曹丕相共翱翔,乃是平等之人。而第四首对曹丕的赞誉,也是出自对曹丕文学才华的肯定、欣赏和客观评价,并无谄媚之意。刘桢作品消解了他与曹丕身份地位的差异所应具有的痕迹,这种骨子里的傲岸之气,或许正是他平视甄氏的原因。

前文引严羽批评刘桢与王粲无视汉帝的存在、张溥为之辩护一事,严羽的批评确乎有些苛责,刘桢《遂志赋》称曹操为"明后",《射鸢诗》称之为"我后",《赠五官中郎将诗》称之为"元后",但仅此而已,诗赋中并无歌颂赞美曹操的谀辞,可见这个称呼在当时是常见通用的,对作者而言,并无特别的谄媚之意。建安士人身处乱世,但他们积极进取,大多怀抱济世之志,在追求理想的过程中,对明主的向往期盼与称颂赞美本无可厚非,但刘桢在其作品中对称颂之事克制有加的做法,展现的是一个士人有意保持独立人格的努力。

说刘桢有意为之,绝非揣测虚妄之言。在刘桢诗歌中,诸如"得托芳兰苑,列植高山足"(失题诗一)、"幸蒙庇养恩,分惠不可赀"(失题诗二)这类表达,都比较含蓄蕴藉,无法坐实为对曹氏政权的感恩戴德。即使在《遂志赋》中,亦只是不卑不亢地写"幸遇明后,因志东倾",刘桢肯定曹操是明主,但也表明自己投奔曹操之举,乃是因为有志于匡扶乱世。对歌功颂德、奉承阿谀之辞的克制,于此可见。

另举一例。《文心雕龙·书记》言:"公幹笺记,丽而规益,子桓弗论,故世所共遗。若略名取实,则有美于为诗矣。"①刘桢之文散佚甚多,"丽而规益"的笺记,仅存《谏平原侯植书》,从中不仅可见刘桢为文表述精准有力,言辞典雅精练,亦可见其气节与人格。文中针对曹植对自己礼遇殊特,对家丞邢颙却疏远简慢进行劝谏,指出这种做法会招致"习近不肖、礼贤不足"的罪名。全文如下:

> 家丞邢颙,北土之彦。少秉高节,玄静澹泊,言少理多,真雅士也。桢诚不足同贯斯人,并列左右。而桢礼遇殊特,颙反疏简,私惧观者将谓君侯习近不肖,礼贤不足,采庶子之春华,忘家丞之秋实。为上招谤,其罪不小,以此反侧。②

《三国志》卷十二《邢颙传》载,邢颙为平原侯家丞,因"防闲以礼,无所屈挠",与曹植不和。本传又载:"初,太子未定,而临菑侯植有宠,丁仪等并赞翼其美。太祖问颙,颙对曰:'以庶代宗,先世之戒也。愿殿下深重察之!'"③从史书记载可知,邢颙不仅以礼约束曹植,在立储问题上,也反对废长立幼,不支持曹植争夺太子位。所以曹植对邢颙的态度,不仅止于嫌恶,可能还有顾忌甚至怨恨之情。刘桢劝谏曹植礼遇邢颙,正值曹氏兄弟储位之争渐趋激烈、兄弟二人各自培植党羽之时,要求曹植亲近礼让一个在政治立场上不支持自己的人,并对其大加赞赏以及为其打抱不平,似乎并非明智之举。可见刘桢作为平原侯庶子,不以党羽自居投其所好,而是将自己置于一个与曹植平等的立场,以朋友身份提醒他"为上招谤,其罪不小",从君子道德和人格修养方面去劝谏曹植礼遇贤才雅士,这正是刘桢的气

---

① (梁)刘勰著,陆侃如、牟世金译注:《文心雕龙译注》,第345页。
② 林家骊校注:《阮瑀应玚刘桢合集校注》,第155页。
③《三国志》,第383页。

节和独立人格的体现。

刘桢的人生理想和价值取向还具有一定的复杂性,通过对《处士国文甫碑》一文的解读可以探究这种复杂性的本质特征。碑主国文甫,史料不载,只能通过刘桢撰写的碑文了解其生平事迹。刘桢笔下的国文甫,"长安师其仁,朋友钦其义,闺门称其慈,宗属怀其惠",俨然一介道德高尚的儒士形象。但此儒士并不入世为官,而是"潜身穷岩,游心载籍,薄世名也",又仿佛一位淡泊名利的隐士。此隐士又并非超凡脱俗、不关世事之人:"初海内之乱,不视膳羞十有余年,忧思泣血,不胜其哀。形销气竭,以建安十七年四月卒。"作为一个隐士,却比在乱世中积极进取、怀抱济世之志的士人更加忧心家国命运,以致食不知味、哀痛泣血而死。不知国文甫是否实有其人,但不得不说,无论他是否真实存在,在这篇碑文里,其生平事迹负载的,亦有刘桢自身的价值观和人生理想。这种价值观和理想与传统儒家士人经世济人的理想有所不同,它带有道家淡泊名利、超越俗世的色彩,但同时又主张在乱世心系家国甚至以死相殉,与道家全身远害的思想相去甚远,与孔子所言"邦无道,危行言孙"亦相去甚远,孔子亦是主张在乱世中当保全自身的。此文反映出刘桢看似矛盾的人生理想和价值取向的本质是对儒家和道家思想的调和,既包含着对社会和家国命运的深切关怀,又包含着对人格独立、逍遥世外的追求和向往。

(二)人格独立性在创作中的主导作用

刘桢的人格独立性蕴含在其文学作品中,表现为豪壮洒脱、高洁傲岸的气度和气质,此为历代论者公认。钟嵘列刘桢诗为上品,言其"仗气爱奇,动多振绝。真骨凌霜,高风跨俗"[1],刘勰《文心雕龙·才略》言"刘桢情高以会采"。《赠从弟》组诗被视为刘桢的代表作,很好地体现了他的创作风格与个性:

---

[1] 王叔岷:《钟嵘诗品笺证稿》,第 156 页。

其一

泛泛东流水,磷磷水中石。萍藻生其涯,华叶纷扰溺。
采之荐宗庙,可以羞嘉客。岂无园中葵? 懿此出深泽。

其二

亭亭山上松,瑟瑟谷中风。风声一何盛,松枝一何劲。
冰霜正惨凄,终岁常端正。岂不罗凝寒? 松柏有本性。

其三

凤凰集南岳,徘徊孤竹根。于心有不厌,奋翅凌紫氛。
岂不常勤苦? 羞与黄雀群。何时当来仪,将须圣明君。①

　　组诗运用比兴手法,分别以萍藻、山松、凤凰喻人,以此勉励从弟坚守高洁本性,树立高远志向。萍藻、山松、凤凰均为出类拔萃之物,天赋异禀,不同流俗,志存高远。萍藻出于深泽,用以荐宗庙,羞嘉客,普通的园中葵与之不可同日而语,宗庙、嘉客所指,正如公西华"端章甫,愿为小相焉"的志向一样,乃是要效力王室与国家。山松历经严寒而不凋零,犹如身处乱世之人,无论环境如何残酷恶劣,终须守住自身高洁本性。凤凰有凌云之志,但绝不会明珠暗投,而是亟待圣明君主,以求有为于世。《赠从弟》以萍藻、山松、凤凰勉励从弟,实际亦是以此自喻,借以表达自身志向情操与理想追求。刘桢以此等奇异之物自喻,足见其自信洒脱的心性。而他对所寄托之物的赞美,亦体现了对人格独立、气节高尚的追求和爱惜。对自身之才能有自信,对自身之作为有选择,对自身之人格气节有坚守,刘桢的高洁傲岸,从中得以展现。组诗语言清丽,不事雕琢,全诗以沛然正气横贯其中,有着"向前敲瘦骨,犹自带铜声"的铿锵豪壮,充满生气,自有一种感染人心的力量。

---

① 林家骊校注:《阮瑀应玚刘桢合集校注》,第 116 页。

　　在现存作品中,刘桢极少抒写建功立业的人生志向和对功业荣名的向往;而其余诸子,或多或少都会表达对现世功名或身后修名的向往。如陈琳、王粲直抒胸臆,表达建功立业的理想:陈琳写"庶几及君在,立德垂功名"(《游览》之二),王粲写"冀王道之一平兮,假高衢而骋力"(《登楼赋》);如徐幹、应玚、孔融,间接表达对功业的向往:徐幹《西征赋》颂曹操西征而写"登明堂而饮至,铭功烈乎帝裳",应玚《慜骥赋》借良马不遇写"制衔辔于常御兮,安获骋于遐道",孔融《荐祢衡疏》肯定贾谊、终军所建立的奇功;或如阮瑀对身后修名的肯定,在《吊伯夷文》中称赞伯夷、叔齐"没而不朽,身沉名飞"。

　　刘桢是有用世之志的,其《赠从弟》组诗虽重在展现人格志向之高洁,但也表达了用世之意,提倡投奔贤明君主,有所作为,但他又对建立功业、追求荣名持淡泊态度,借国文甫表达"薄世名"之观念。在《遂志赋》中,他表达了对曹氏政权统一天下、建立太平盛世的憧憬,却在赋末抒写自己功成身退的理想:"袭初服之芜薉,托蓬芦以游翔。"同时,刘桢还表达了希冀君主无为而治的政治理想:"四寓尊以无为,玄道穆以普将。"

　　由此可见,刘桢试图将儒家的积极入世与道家的逍遥出世结合起来,既不辜负作为儒生所应担负的社会责任、家国情怀,同时又能超越名利世俗,功成身退,完成对自身修洁和独立人格的建立与追求,做到仕隐两全。刘桢作品大部分已散佚,或许在散佚的作品中,存在不同的理想和人格的表达,也或许"心画心声总失真,文章宁复见为人",作者所写与实际所想存在差距,但是,刘桢现存诗、赋、文呈现出同样的不慕荣名、功成身退的价值取向,这是历史所能呈现给今人的最真实的刘桢。

　　理解这一点,在解读刘桢作品的时候,才不会出现分歧。《遂志赋》虽出自《艺文类聚》,然结构完整,似是完篇。对这篇赋的解读,今人存在较大分歧。全文照录如下:

　　幸遇明后，因志东倾。披此丰草，乃命小生。生之小矣，何兹云当？牧马于路，役车低昂。怆恨恻切，我独西行。去峻溪之鸿洞，观日月于朝阳。释丛棘之馀刺，践樲林之柔芳。嗷玉粲以曜目，荣日华以舒光。信此山之多灵，何神分之煌煌！聊且游观，周历高岑。仰攀高枝，侧身遗阴。磷磷礌礌，以广其心。伊天皇之树叶，必结根于仁方。梢吴夷于东隅，掣叛臣乎南荆。戢干戈于内库，我马絷而不行。扬洪恩于无涯，听颂声之洋洋。四寓尊以无为，玄道穆以普将。翼俊义于上列，退仄陋于下场。袭初服之芜藏，托蓬芦以游翔。岂放言而云尔，乃旦夕之可忘？①

　　费振刚等《文白对照全汉赋》认为此赋表达了刘桢被曹操征辟时的心情②，吴云《建安七子集校注》认为此赋抒写了希望曹魏统一天下、重用贤能、无为而治的政治理想，且认为其乃刘桢自东平归附曹操时所作（或作于某次奉曹操之命远行之时）③。二者观点接近。但是龚克昌等《全三国赋评注》却认为此赋当作于建安十三年（208）间，刘桢遭遇打击，心情沮丧，所以产生了归隐之想④。刘桢所受打击即前文提到的平视甄氏遭"减死输作"一事，但此事并非发生在建安十三年，《世说新语》载此事于建安十六年（211），《建安七子年谱》亦系于此年⑤。从赋作内容分析，刘桢所写"梢吴夷于东隅，掣叛臣乎南荆"，与后文所写"四寓尊以无为，玄道穆以普将。翼俊义于上列，退仄陋于下场"都是他对曹氏政权的歌颂以及期待，并非都是对往事的回忆。所以，龚本所言刘桢的归隐之想乃遭受打击之后产生

---

① 龚克昌、周广璜、苏瑞隆评注：《全三国赋评注》，第117页。
② 费振刚、仇仲谦、刘南平校释：《文白对照全汉赋》，第866页。
③ 吴云校注：《建安七子集校注》，第602页。
④ 龚克昌、周广璜、苏瑞隆评注：《全三国赋评注》，第118页。
⑤ 俞绍初辑校：《建安七子集》，第438页。

的念头这一观点并不正确。结合刘桢的性情和价值取向,"袭初服之芜蔋,托蓬芦以游翔"并非牢骚之语,而是功成身退的愿望之表达,这个愿望与赋中所描述的无为而治的盛世图景也是相谐和的。且赋作结句为"岂放言而云尔,乃旦夕之可忘",更是表明作者自己的归隐之想并非一时冲动说说而已的牢骚,而是一贯的志向。

刘桢身处乱世,济世之志既难以实现,亦苦于世事纷杂,厌倦公务劳累,其《杂诗》写道:

> 职事相填委,文墨纷消散。驰翰未暇食,日昃不知晏。沈迷簿领书,回回自昏乱。释此出西城,登高且游观。方塘含白水,中有凫与雁。安得萧萧羽,从尔浮波澜。①

诗歌表达了对公务的厌倦以及对自由的向往。令人沉迷、昏乱的事务,代表着俗世间一切不得已而为之之事,或为了谋生不能放弃,或迫于世情无从推拒,或因其他原因不得不忍受。无论原因如何,刘桢笔下的现实生活是深受束缚和役使的,所以他羡慕塘中飞鸟,恨不能生出羽翼,随其自由浮泛绿波之上,不求庙堂之高,但求江湖之远,体现出人格精神的独立性。

刘桢《射鸢诗》很好地体现了其人格独立性在创作中的主导作用:

> 鸣鸢弄双翼,飘飘薄青云。我后横怒起,意气陵神仙。发机如惊焱,三发两鸢连。流血洒墙屋,飞毛从风旋。庶士同声赞,君射一何妍。②

---

① 林家骊校注:《阮瑀应场刘桢合集校注》,第 118 页。
② 林家骊校注:《阮瑀应场刘桢合集校注》,第 119 页。

这首诗节奏非常明快,畅达的语言,一气贯通的描写,将鸢鸟高飞戾天到血洒墙屋,以及射者横怒发机到观者同声称赞的过程,凝练为一个瞬间,读来干脆利落,酣畅淋漓。其空间从高远的天空转换到地面的人群,声响从庶士的凝神静气转换到高声喝彩,场景和音效的设置起到了极好的烘托效果,一个英姿勃发、意气昂扬、技艺超群的射手跃然纸上——这个人就是曹操。但见他横怒而起,发箭如飞,三箭中两鸢,娴熟高妙的动作令人目不暇接。而鸢鸟则应声而落,血溅当场,它脱落的羽毛,在空中盘旋飘飞。这个场景描写动静结合,刚柔相济,尤其对飞旋的毛羽的描写,既真实又取得了超逸的艺术效果,仿佛这是观者眼花缭乱、猝不及防后的一个小小的缓冲,他们未看清射者如何暴起,未看清猎物如何落地,但他们看见了那飞旋在空中的轻盈的羽毛,于是恍然大悟,欢声雷动。《射鸢诗》以明快的节奏,乐观的基调,豪迈的气概,一气呵成的酣畅,以及阔大的场景,纷至沓来的画面,远近高低、刚柔动静的镜头转换等手法,使其蕴蓄的情感格外昂扬澎湃、刚健有力。《采菽堂古诗选》称赞《射鸢诗》言:"'流血'二句生动,'庶士'二句健,是建安调。"

　　这首诗的可贵之处,在于刘桢没有运用阿谀奉承之语,诗歌中"意气陵神仙"的射手是曹操,也可以不是曹操,曹操作为权力代表的形象在诗歌中是虚化的,诗歌突显的只是一个技艺超群的射手形象。这首本来应当是歌颂赞美曹操的应制之诗,在刘桢独立人格的主导作用下,跳脱出了一般的写作套路,表现出超然的文学魅力。

结　语

　　在中国古代社会的发展历程中,建安时期无疑是一个重要转关,它处于结束汉帝国的统一、开启三国鼎立分裂局面的历史节点上。在这个时期,中国社会的政治经济、思想文化均处于剧变之中。

　　这是一个创造奇迹的时代,历代论者都不吝赞誉这动荡而短暂的数十年间创造出的文学成就。刘勰所谓雅好慷慨、志深笔长、梗概多气,钟嵘所谓建安风力,陈子昂所谓汉魏风骨,莫不如此。当今论者,更是高度评价其文学史意义和文学观念的进步,推重这个时期开风气之先的文学批评,称美诗酒风流的邺下文人集团,追慕他们深情华彩的文学书写。这个时代凭什么能超越社会和自然的诸种灾难,而获得感人至深的文学魅力呢?答案就在于这个时代的文人追求自我人生价值的实现,追求独立的人格精神,追求个人性情的自由释放,以真实坦诚的态度书写他们的政治理想、日常生活和蓬勃的欲望。

　　建安文人具有强烈的自我意识,反映在精神气质上,就是自信。建安文人的自信近乎狂放,这样的文人群体,可谓前所未有。曹丕《典论·论文》形容建安七子"于学无所遗,于辞无所假,咸以自骋骥骤于千里,仰其足而并驰",曹植《与杨德祖书》形容诸子"人人自谓握灵蛇之珠,家家自谓抱荆山之玉",生动地展现出诸子一往无前、互不服输的精神风貌,而致力于建永世之业、流金石之功的曹植,又何尝不是睥睨天下之辈?然而,虽文人相轻,自古而然,但建安文人集团却做到了在曹氏父子的带领下,勠力同心,共襄文学盛举。

　　建安文人的自信,源于他们思想的自由开放。建安是一个风云变幻、变动不居的时代,唯此,建安社会才得以呈现出自由活跃的形态,文人们既保持儒家积极入世的精神,葆有对社会政治的关怀与责任,同时又不受大一统政权的制约和儒学独尊思想的束缚,可以自由进行文学创作与表达,并在文学作品中充分展现自己真实的性情和人生理想。曹植的进取与对人生痛苦的敏感体验,阮瑀的孤独与对生死的沉痛感悟,曹丕的好奇尚异与对生活的雍容大度,王粲的躁竞与文采风流,刘桢的傲岸与特立独行,徐幹的恬淡寡欲与冷静客观,陈琳的老成持重与自信洒脱,应玚的积极有为与巧思逶迤,包括祢衡的狂放与现实人生的紧张对立,无不展示着建安文学丰富的个性特征和生气灌注的神采内蕴。

　　建安文人重视自我,热爱自我,张扬自我,他们甚至通过书写自我来体认自我的存在,构建美好的自我形象。这一点以曹丕为代表。曹丕多次在赋作中代入第一人称,将自身作为书写对象,其《愁霖赋》中"岂在余之惮劳,哀行旅之艰难"的描写,塑造出一个心系苍生的自我形象;其《喜霁赋》以"振余策而长驱,忽临食而忘饥。思寄身于鸿鸾,举六翮而轻飞",描写自己策马飞奔、临食忘饥的举止,抒发化身鸿鸾的希冀,表达久雨放晴之后的欢喜心情和将即帝位的踌躇满志,塑造和构建出一个性情真率、情感丰富的自我形象。曹丕还善于通过叙述描写自身日常生活细节,构建和展现自我形象,他在多篇赋序中叙写自己亲手种植甘蔗、迷迭、柳树,或陶醉于花香,或游观于树荫,俨然一个热爱生活、极具生活趣味的贵公子。他叙写自己徜徉高树之下,驻马书鞭,尽显文人潇洒疏狂之态。面对亲手种植的甘蔗与柳树,他感叹岁月不居,生命无常,情思深挚丰富而敏感。曹丕甚至在治国理政中也表现出强烈的自我体认和自我形象构建的意识。《三国志·文帝纪》注引胡冲《吴历》,记载曹丕为了表示不以武力迫孙权归附,特"以素书所著《典论》及诗赋饷孙权,又以纸写一通与张昭"①,以示感化,史臣评曰:"其欲秉持中道,以为帝王仪表者如此。"如史臣所言,曹丕的行为反映了他有意构建帝王仪表、树立仁君形象的意图。曹丕并非是一个政治幼稚的君主,他是想借助这种类似行为艺术的举动来构建理想中的仁君形象。可贵的是,曹丕的自我构建并不是沽名钓誉之举,而是他内心真诚意愿的一贯体现②。

　　建安文人对自我和个性的重视与张扬,正是个体自觉新思潮的体现,如本书绪论所言,这一思潮决定了建安文学形成慷慨、通侻、感伤、乐观的风格,具有理性、真诚、多元、个人化与超越的内涵,这正是建安文学独有的丰富内蕴和精神气质。

　　建安文学的风格是多层次多面相的,建安文人的心态也是复杂多元甚至矛盾统一的。处在社会历史文化的剧变时期,他们既受益于自由开放的思想意识形态,也在一定程度上受困于一些尚未定型的或者落后的思想观念。如前所述,建安文人正好处在古人的死亡观发生变化的历史转关,他们对死后世界表示怀疑乃至否定,不笃信灵魂、仙乡,所以死亡恐惧心理得不到主观幻想层面的抚慰;他们处于玄学将兴未兴和佛教尚未能提供终极关怀的时代,又不服膺庄子的乐死观,所以死亡恐惧心理也得不到理性层面的淡化和消释。他们因此对死亡恐惧有着极为真切和痛苦的体验,在死亡书写中流露出感伤、消沉甚至绝望的情绪。但他们尊重、爱惜个体生命,追求个人价值的实现,具有以道自任的担当,因此焕发出积极昂扬、乐观进取的时代精神与死亡恐惧抗衡。所以,建安士风的主流固然是关怀现实、积极进取的,但不能只强调其精神积极的一面,必须承认他们情感的复杂性、丰富性乃至矛盾性,承认其情感及文学书写中悲观消

①《三国志》,第88—89页。
② 参看本书第四章第四节第二部分论述。

极的一面,体会其悲凉感伤的风格,体味他们的消极颓丧甚至绝望,也接受他们积极进取精神的感召和激励,从而感受文学对人性的最真实的书写。

建安文人纵情享乐、肯定物欲,在文学书写中建立起亲密的物我关系,他们书写"物"的过程,也是展现自我情感与生命印迹的过程,他们在对生活琐碎细节的审美观照中,表现日常生活的情趣,在对"物"的爱赏中得到了物欲的满足,也实现了情感的释放并寄托了生命不朽的愿望,从而获得了超越的意义。他们生活在男性中心社会,男尊女卑根植于他们观念意识的深处,但个体自觉精神影响下的尊重爱惜生命的人道精神,又使他们产生了同情女性并反思男权的进步思想。这种对男尊女卑观念既认同又反思的矛盾统一心理,在他们的女性书写中呈现出丰富复杂的内涵和特定的艺术手法。建安文人追求政治功业,对曹氏政权既依附又保持相对独立,表现出他们多元的价值取向,这也是他们重视个体生命价值且以道自任的反映,他们将个体自觉思想和先秦士人的传统美德结合在一起,将个人自我实现与利他精神结合在一起。

建安文人心态的丰富多元,形成于汉末思想文化背景中。建安时期处在汉代大一统政权瓦解的时间段上,军阀割据的政治局面形成,依附汉帝国而居于思想领域主导地位的儒家思想及其经典失去约束力,伴随经学意识形态的衰微,道家思想复兴。种种社会剧变引发了士人心态和认知的转变。须注意的是,尽管论者多以儒学衰微来形容这个时代的思想变化,但事实上儒学的影响并没有中断,建安士人体现出对儒家思想的继承和延续。曹氏父子以及诸子虽有许多不合礼法的任诞举止,但他们依然表现出对儒家事功与社会理想的认同与追求。徐幹写作《中论》,在后世被归为儒家著作;建安诸子注释儒家经典且积极用世;曹操的乐府诗《对酒》,书写君贤臣良、民无争讼、仓有余粮、老有所养、风调雨顺、官吏爱民、政治清明的太平盛世理想,俨然是孟子笔下理想王国的再现,这些都表现出儒家思想的作用和影响。建安时期被打破的,不是儒家思想本身,而是汉代皓首穷经、死啃书本的经学风气,所以俞绍初《建安七子集》指出,建安时期,在曹操统治的地区内文学取代了传统的经术,得到了空前的繁荣①。张振龙《汉末儒学及建安七子的儒家思想》也认为,儒学在汉末和建安七子的思想中仍占主导地位,不能因今文经学的衰落而把汉末视为是儒学主导地位丧失的时代②。当然,建安文人所认同的儒家思想,与汉儒固守的经学是不一样的,孙明君认为曹操以两汉经学的叛逆者面貌出现,其精神实质是向原始儒学人文精神的回归③。

　　建安士人的个体自觉,并非是一个思想文化的断层,而是在承续、绵延前代思想文化过程中产生的新变,它受道家思想复兴的影响,也渊源于原始儒学,它在对今文经学风气的叛逆中产生,也在对古文经学的继承中成长④,它的核心精神是积极向上的。在无尽的历史长河里,具有个体自觉精神的建安文人,书写下真实而特出的自我。就像千百年后,当我们读到孔融著名的书信《与曹公论盛孝章书》所写"岁月不居,时节如流。五十之年,忽焉已至。公为始满,融又过二。海内知识,零落殆尽"之时,深觉时光飘忽之感扑面而来,人生暮年,知交零落,深情诚挚之间,说不出的感伤心绪笼罩心头。但它绝不仅仅是感伤的,它是自我的真实表达,是情感的任性驰骋,是对今世与生命的眷恋和热爱。

① 俞绍初辑校:《建安七子集》,第 2 页。
② 张振龙:《汉末儒学及建安七子的儒家思想》,《信阳师范学院学报》(哲学社会科学版)2007 年第 3 期。
③ 孙明君:《三曹与中国诗史》,第 133—142 页。
④ 孙明君认为曹操主张注重义理阐发的古文经学,反对死啃书本、皓首穷经的腐儒,他学习儒学的目的在于以之指导现实政治、人生、社会。参孙明君:《三曹与中国诗史》,第 140 页。

参考文献

古籍

（汉）班固撰，（唐）颜师古注：《汉书》，中华书局 1962 年版。

（汉）刘熙撰，（清）毕沅疏证，（清）王先谦补，祝敏彻、孙玉文点校：《释名疏证补》，中华书局 2008 年版。

（汉）刘向撰，向宗鲁校证：《说苑校证》，中华书局 1987 年版。

（汉）司马迁撰，（南朝宋）裴骃集解，（唐）司马贞索隐，（唐）张守节正义：《史记》，中华书局 1959 年版。

（汉）应劭撰，王利器校注：《风俗通义校注》，中华书局 2010 年版。

（三国魏）曹植著，赵幼文校注：《曹植集校注》，中华书局 2017 年版。

（三国魏）徐幹撰，孙启治解诂：《中论解诂》，中华书局 2014 年版。

（晋）陈寿撰，（南朝宋）裴松之注：《三国志》，中华书局 1959 年版。

（晋）杜预注，（唐）孔颖达等正义：《春秋左传正义》，上海古籍出版社 1990 年版。

（晋）张华撰，范宁校证：《博物志校证》，中华书局 2014 年版。

（南朝宋）范晔撰，（唐）李贤等注：《后汉书》，中华书局 1965 年版。

（梁）皇侃撰：《论语义疏》，中华书局 2013 年版。

（梁）刘勰著，陆侃如、牟世金译注：《文心雕龙译注》，齐鲁书社 1995 年版。

（梁）萧统编，（唐）李善注：《文选》，中华书局 1977 年版。

（陈）徐陵编，（清）吴兆宜注、程琰删补，穆克宏点校：《玉台新咏笺注》，中华书局 1985 年版。

（唐）房玄龄等撰：《晋书》，中华书局 1974 年版。

（唐）欧阳询撰：《宋本艺文类聚》，上海古籍出版社 2013 年版。

（五代）马缟撰，吴企明点校：《中华古今注》，中华书局 2012 年版。

（宋）郭茂倩编：《乐府诗集》，中华书局 1979 年版。

（宋）洪迈撰，孔凡礼点校：《容斋随笔》，中华书局 2005 年版。

（宋）黎靖德编，王星贤点校：《朱子语类》，中华书局 1986 年版。

（宋）司马光编著，（元）胡三省音注：《资治通鉴》，中华书局 1956 年版。

（宋）朱熹集撰，赵长征点校：《诗集传》，中华书局 2017 年版。

（宋）朱熹著，黄灵庚点校：《楚辞集注》，上海古籍出版社 2015 年版。

（明）贺复徵编：《文章辨体汇选》，《景印文渊阁四库全书》第 1409 册，台湾商务印书馆 1986 年版。

（明）王世贞著，陆洁栋、周明初批注：《艺苑卮言》，凤凰出版社 2009 年版。

（明）张溥著，殷孟伦注：《汉魏六朝百三家集题辞注》，人民文学出版社 1981 年版。

（清）陈祚明评选，李金松点校：《采菽堂古诗选》，上海古籍出版社 2008 年版。

（清）方东树著，汪绍楹校点：《昭昧詹言》，人民文学出版社 1961 年版。

（清）何文焕辑：《历代诗话》，中华书局 1981 年版。

（清）何焯著，崔高维点校：《义门读书记》，中华书局 1987 年版。

（清）洪亮吉撰，李解民点校：《春秋左传诂》，中华书局 1987 年版。

（清）刘熙载著：《艺概》，上海古籍出版社 1978 年版。

（清）浦铣著，何新文、路成文校证：《历代赋话校证：附〈复小斋赋话〉》，上海古籍出版社 2007 年版。

（清）钱仪吉撰：《三国会要》，上海古籍出版社 2012 年版。

（清）沈德潜选：《古诗源》，中华书局 2006 年版。

（清）王夫之撰，舒士彦点校：《读通鉴论》，中华书局 1975 年版。

（清）王聘珍撰：《大戴礼记解诂》，中华书局 1983 年版。

（清）魏源撰：《老子本义·净土四经·诗比兴笺》，岳麓书社 2010
　　年版。

（清）吴淇著，汪俊、黄进德点校：《六朝选诗定论》，广陵书社 2009
　　年版。

（清）严可均辑：《全上古三代秦汉三国六朝文》，中华书局 1958
　　年版。

（清）章学诚著，叶瑛校注：《文史通义校注》，中华书局 1985 年版。

（清）朱乾编：《乐府正义》，《域外汉籍珍本文库》，人民出版社、西南
　　师范大学出版社 2009 年版。

程俊英、蒋见元：《诗经注析》，中华书局 2017 年版。

丁福保辑：《历代诗话续编》，中华书局 1983 年版。

杜志勇校注：《孔融陈琳合集校注》，河北教育出版社 2013 年版。

费振刚、仇仲谦、刘南平校释：《文白对照全汉赋》，广东教育出版社
　　2006 年版。

费振刚、仇仲谦校注：《全汉赋校注》，广东教育出版社 2005 年版。

傅亚庶注译：《三曹诗文全集译注》，吉林文史出版社 1997 年版。

龚克昌、苏瑞隆评注：《两汉赋评注》，山东大学出版社 2011 年版。

龚克昌、周广璜、苏瑞隆评注：《全三国赋评注》，齐鲁书社 2013 年版。

韩格平、沈薇薇、韩璐、袁敏校注：《全魏晋赋校注》，吉林文史出版社
　　2008 年版。

林家骊校注：《阮瑀应场刘桢合集校注》，河北教育出版社 2013 年版。

林家骊校注：《徐幹集校注》，河北教育出版社 2013 年版。

逯钦立辑校:《先秦汉魏晋南北朝诗》,中华书局 1983 年版。

马积高主编:《历代辞赋总汇》,湖南文艺出版社 2014 年版。

王利器:《颜氏家训集解》,中华书局 2014 年版。

王明:《抱朴子内篇校释》,中华书局 1985 年版。

王叔岷:《钟嵘诗品笺证稿》,中华书局 2007 年版。

王巍校注:《曹植集校注》,河北教育出版社 2013 年版。

吴云校注:《建安七子集校注》,天津古籍出版社 2005 年版。

夏传才、唐绍忠校注:《曹丕集校注》,河北教育出版社,2013 年版。

夏传才校注:《曹操集校注》,河北教育出版社 2013 年版。

徐震堮:《世说新语校笺》,中华书局 1984 年版。

俞绍初辑校:《建安七子集》,中华书局 2005 年版。

张可礼、宿美丽编选:《曹操、曹丕、曹植集》,凤凰出版社 2014 年版。

张兰花、程晓菡校注:《三曹七子之外建安作家诗文合集校注》,河北
　教育出版社 2013 年版。

张蕾校注:《王粲集校注》,河北教育出版社 2013 年版。

今人著作

曹道衡:《汉魏六朝辞赋》,上海古籍出版社 2011 年版。

陈师曾:《中国绘画史》,中华书局 2010 年版。

程章灿:《魏晋南北朝赋史》,江苏古籍出版社 1992 年版。

傅刚:《汉魏六朝文学与文献论稿》,商务印书馆 2016 年版。

傅刚:《魏晋南北朝诗歌史论》,商务印书馆 2017 年版。

葛晓音:《八代诗史》,中华书局 2007 年版。

葛兆光:《道教与中国文化》,上海人民出版社 1987 年版。

葛兆光:《中国思想史》,复旦大学出版社 2013 年版。

郭英德、过常宝:《中国古代文学史》,中国人民大学出版社 2012
　年版。

过常宝:《楚辞与原始宗教》,中国人民大学出版社 2014 年版。

汉宝德:《物象与心境:中国的园林》,生活·读书·新知三联书店 2014 年版。

侯立兵:《汉魏六朝赋多维研究》,人民出版社 2007 年版。

胡大雷:《中古赋学研究》,广西师范大学出版社 2011 年版。

胡旭:《汉魏文学嬗变研究》,厦门大学出版社 2004 年版。

金春峰:《汉代思想史》,中国社会科学出版社 1987 年版。

李虹:《死与重生——汉代的墓葬及其信仰》,四川人民出版社 2020 年版。

李泽厚:《美的历程》,广西师范大学出版社 2001 年版。

刘大杰:《中国文学发展史》,商务印书馆 2015 年版。

刘慧英:《走出男权传统的樊篱——文学中男权意识的批判》,生活·读书·新知三联书店 1996 年版。

刘师培:《中国中古文学史讲义》,中国人民大学出版社 2004 年版。

刘淑丽:《先秦汉魏晋妇女观与文学中的女性》,学苑出版社 2008 年版。

刘兴均:《〈周礼〉名物词研究》,巴蜀书社 2001 年版。

刘跃进:《门阀士族与文学总集》,世界图书出版西安有限公司 2014 年版。

刘泽华:《士人与社会》(秦汉魏晋南北朝卷),天津人民出版社 1992 年版。

刘振东:《冥界的秩序——中国古代墓葬制度概论》,文物出版社 2015 年版。

刘知渐:《建安文学编年史》,重庆出版社 1985 年版。

陆侃如:《中古文学系年》,人民文学出版社 1985 年版。

罗宗强:《魏晋南北朝文学思想史》,中华书局 1996 年版。

罗宗强:《玄学与魏晋士人心态》,天津教育出版社 2005 年版。

马积高:《赋史》,上海古籍出版社 1987 年版。

钱志熙:《唐前生命观和文学生命主题》,东方出版社 1997 年版。

钱锺书:《管锥编》,生活·读书·新知三联书店 2007 年版。

孙明君:《汉魏文学与政治》,商务印书馆 2003 年版。

孙明君:《三曹与中国诗史》,商务印书馆 2013 年版。

田艳霞:《汉代女性研究》,河南人民出版社 2013 年版。

王琳:《六朝辞赋史》,世界图书出版西安有限公司 2014 年版。

王玫:《建安文学接受史论》,上海古籍出版社 2005 年版。

王鹏廷:《建安七子研究》,北京大学出版社 2004 年版。

王巍:《曹氏父子与建安文学》,辽海出版社 2011 年版。

王巍:《建安文学概论》,辽宁教育出版社 2000 年版。

王晓卫:《魏晋作家创作心态研究》,贵州人民出版社 2004 年版。

魏宏灿、杨素萍:《曹魏文学论》,合肥工业大学出版社 2013 年版。

魏宏灿:《逞才任情的乐章——曹操父子与建安文学》,安徽大学出版
    社 2010 年版。

邢培顺:《汉魏文学散论》,齐鲁书社 2017 年版。

徐公持:《魏晋文学史》,人民文学出版社 1999 年版。

徐吉军、贺云翱:《中国丧葬礼俗》,浙江人民出版社 1991 年版。

徐吉军:《中国丧葬史》,武汉大学出版社 2012 年版。

于景祥、李贵银编著:《中国历代碑志文话》,辽海出版社 2017 年版。

余英时:《士与中国文化》,上海人民出版社 2013 年版。

余英时著,何俊编,侯旭东等译:《东汉生死观》,上海古籍出版社
    2005 年版。

袁行霈主编:《中国文学史》,高等教育出版社 2005 年版。

张可礼编著:《三曹年谱》,齐鲁书社 1983 年版。

张兰花:《曹魏士风递嬗与文学新变》,人民出版社 2015 年版。

张三夕:《死亡之思与死亡之诗》,华中理工大学出版社 1993 年版。

章培恒、骆玉明主编:《中国文学史新著》,复旦大学出版社 2007
　　年版。

赵敏俐、谭家健主编:《中国古代文学通论》(先秦两汉卷),辽宁人民
　　出版社 2016 年版。

(法)西蒙娜・德・波伏瓦著,郑克鲁译:《第二性》,上海译文出版社
　　2015 年版。

(美)欧文・D. 亚隆著,黄峥、张怡玲、沈东郁译:《存在主义心理治
　　疗》,商务印书馆 2015 年版。

(美)巫鸿:《美术史十议》,生活・读书・新知三联书店 2016 年版。

(美)巫鸿:《全球景观中的中国古代艺术》,生活・读书・新知三联
　　书店 2017 年版。

(美)Dennis Coon,John O. Mitterer 著,郑钢译:《心理学导论》,中国轻
　　工业出版社 2014 年版。

(日)青木正儿著,范建明译:《中华名物考》(外一种),中华书局
　　2005 年版。

(日)前野直彬主编,骆玉明、贺圣遂等译:《中国文学史》,复旦大学
　　出版社 2012 年版。

期刊论文

陈显望:《〈古诗十九首〉之"死亡"母题探赜》,《南昌教育学院学报》
　　2018 年第 6 期。

陈宪年、查振科、凤文学:《略论中国古典文学中的死亡意识》,《江淮
　　论坛》1994 年第 2 期。

葛晓音:《左延年〈秦女休行〉本事新探》,《苏州大学学报》(哲学社会
　　科学版)1984 年第 4 期。

胡大雷:《从全面关注到审视自身——论魏晋诗歌对女性及女性生活
　　的描摹》,《广西师范学院学报》(哲学社会科学版)2003 年第 1 期。

李建明:《〈赵飞燕外传〉对唐传奇的引领》,《湖南社会科学》2018 年第 2 期。

李建中:《魏晋诗人的死亡意识与生命悲歌》,《中南民族学院学报》(哲学社会科学版)1999 年第 1 期。

李剑国:《"传奇之首"〈赵飞燕外传〉》,《古典文学知识》2004 年第 1 期。

刘建国:《向死而生:建安文学的死亡意识》,《曲靖师专学报》2000 年第 5 期。

刘淑丽:《汉代儒家正统妇女观的演变》,《社会科学辑刊》2003 年第 6 期。

马宝记:《建安女性文学及其精神意蕴》,《许昌师专学报》(社会科学版)1991 年第 3 期。

秦俊香:《试论建安文人诗赋中女性的悲剧》,《河南师范大学学报》(哲学社会科学版)1997 年第 3 期。

尚学峰:《道家思想与汉末文人五言诗》,《北京师范大学学报》(人文社会科学版)2000 年第 5 期。

尚学峰:《东汉颂文的文化特征》,《杭州师范大学学报》(社会科学版)2014 年第 5 期。

沈元:《急就篇研究》,《历史研究》1962 年第 3 期。

孙明君:《建安时代"文的自觉"说再审视》,《北京大学学报》(哲学社会科学版)1996 年第 6 期。

孙明君:《生命意义的追寻——曹丕〈大墙上蒿行〉赏析》,《古典文学知识》1996 年第 2 期。

孙振田:《〈西京杂记〉伪托刘歆作补论二则》,《图书馆杂志》2012 年第 6 期。

陶东风:《中国文学中的死亡主题及其诸变型》,《文艺争鸣》1992 年第 3 期。

汪泽:《汉乐府民歌中的死亡意识》,《宜宾学院学报》2015 年第 1 期。

王德华:《唐前七体讽谏功能发微》,《学术月刊》2010 年第 2 期。

王琳:《魏晋人对大赋的态度及魏晋大赋的地位》,《文学评论》2002
年第 2 期。

王晓卫:《曹丕〈典论·论文〉与徐幹〈中论〉》,《贵州大学学报》(社
会科学版)1999 年第 3 期。

王运熙:《论建安文学的新面貌》,《郑州大学学报》(哲学社会科学
版)1979 年第 4 期。

王子今:《曹操七十二疑冢辨疑》,《南都学坛》2010 年第 4 期。

王子今:《龟兹"孔雀"考》,《南开学报》(哲学社会科学版)2013 年第
4 期。

魏宏灿:《曹氏父子的婚恋心态与建安女性文学》,《阜阳师范学院学
报》(社会科学版)2003 年第 6 期。

文焕然、何业恒:《中国古代的孔雀》,《化石》1980 年第 3 期。

吴从祥:《论建安时期女性文学兴盛的原因》,《中南民族大学学报》
(人文社会科学版)2006 年第 2 期。

夏增民:《从张家山汉简〈二年律令〉推论汉初女性社会地位》,《浙江
学刊》2010 年第 1 期。

徐公持:《汉代文学的知识化特征——以汉赋"博物"取向为中心的
考察》,《文学遗产》2014 年第 1 期。

徐公持:《建安七子论》,《文学评论》1981 年第 4 期。

徐公持:《建安七子诗文系年考证》,《文学遗产》1982 年增刊第
14 辑。

易闻晓:《汉赋"凭虚"论》,《文艺研究》2012 年第 12 期。

易闻晓:《论汉代赋颂文体的交越互用》,《文学评论》2012 年第 1 期。

于翠玲:《从"博物"观念到"博物"学科》,《华中科技大学学报》(社
会科学版)2006 年第 3 期。

袁胜文:《汉代诸侯王墓用玉制度研究》,《南开学报》(哲学社会科学版)2012 年第 5 期。

张松辉、张海英:《论庄子灵魂不死思想》,《湖南大学学报》(社会科学版)2010 年第 1 期。

张振龙:《汉末儒学及建安七子的儒家思想》,《信阳师范学院学报》(哲学社会科学版)2007 年第 3 期。

章沧授:《建安诸子辞赋创作的重新审视》,《中国文化研究》1998 年秋之卷。

朱渊清:《魏晋博物学》,《华东师范大学学报》(哲学社会科学版)2000 年第 5 期。

学位论文

丁静:《汉晋颂文考论》,湖北大学博士学位论文,2018 年。

刘建波:《女性主义视角下先秦两汉文学中的女性形象研究》,山东大学博士学位论文,2008 年。

刘伟杰:《急就篇研究》,山东大学博士学位论文,2007 年。

马媛媛:《两周秦汉社会对女性特质的建构过程研究》,南京大学博士学位论文,2011 年。

王鹏廷:《建安七子述论》,中国社会科学院研究生院博士学位论文,2002 年。

王小燕:《中古诗歌中的女性形象研究》,复旦大学博士学位论文,2011 年。

吴从祥:《唐前文学作品中的女性形象研究》,山东大学博士学位论文,2006 年。

周峨:《唐前女性题材诗歌研究》,复旦大学博士学位论文,2007 年。

朱秀敏:《建安散文研究》,山东师范大学博士学位论文,2011 年。

博士学位论文致谢

多年以后,回忆攻读博士学位的岁月,准会想起诸葛忆兵师带领大家围坐在国学馆104室的桌边,一起开读书会的那些遥远的夜晚。

春秋代序,四年时光,师门的学术训练和交流就在那些高谈娱心、奇文共赏、疑义与析的夜晚,在充满善意却又十分激烈尖锐的讨论、批评中得以完成。师生共读清真词,既有云霞满纸、余香满口的会心胜解,又有谐趣横生、互不相让的论辩争锋;有作为主讲人偶露破绽被围追堵截的慌乱狼狈,也有得到老师和同门赞同支持的窃喜自得。美成有知,亦当惊讶和感动于其每首词,从创作情境的还原,旨意情感的揣摩,细节的设想,人物的塑造,手法的运用,风格的呈现直到字词的理解,都得到了尽可能合乎情理的反复斟酌、敲定或存疑。不知不觉间,在面对一首作品时,懂得通过怎样的方法和门径,如庖丁解牛一般游刃其间,消除种种解读的障碍——这正是在师门细读文本的训练中蓄积起来的一点功力。

相比读词的清雅趣致,提交论文给师门读书会,则是另一番复杂滋味。每篇论文均须在问题意识、概念界定、结构层次、内在逻辑、语言表达、学术规范、格式标点、笔误疏漏等不拘巨细的方方面面,接受同门的各种质疑、诘难、批评和建议,最后还须经受老师提纲挈领、主次分明、一针见血甚至残酷补刀、重锤出击、近乎无情的分析总结。这是一个淬火般的过程,自己的种种缺点和不足被暴露和放大,犹如炽烈火焰炙烤下的反复敲打。而冷静之后的自省和自我完善,则犹如增加硬度和强度的降温工序。在这个反复锤炼的过程中,批评他人论文的能力与日逐增,常被老师戏谑为已达到博导水平,然而自身论文的痼疾如影随形,又常被老师揶揄为说别人的缺点总是那么容易。平日里读书写文章,在键盘上每打下一句话,耳边都似乎会响起同门和老师的发难。如此不断琢磨思考,终于在毕业论文完稿之时,得到了老师的肯定和表扬。但我深知,无论为人还是为学,都须像老师本人和他教诲、期望我们的那样脚踏实地,有严谨的态度,厚重的底蕴,刚直的品性。

犹记初入师门,老师即要求我们点评著名学者包括太老师陶尔夫先生和老师自己的论文,培养我们不迷信权威、独立思考、敢于质疑的观念和能力。老师告诫我们,做研究写论文,不必先急于设置框架结构,这种做法往往是观念先行的拍脑袋行为,正确的做法是在认真读书的过程中去发现问题,然后逐一解决并将它们融会贯通起来。这一点我体会很深,因为只要真正发现了问题,即使它们看起来很分散,其实也是围绕某个中心的,这个中心会在思考过程中逐渐浮现出来,而这实际上就是老师一直强调的问题意识。老师还要求我们读书搜集资料须竭泽而渔,我虽尽力而为,但因为惰性和方法问题始终留有遗憾。老师因材施教,对症下药,多次指出我的论文存在平面化的问题,为此我苦苦思索如何避免在同一维度上洋洒千言、下笔不止,如何建立起多重的立体的研究维度并力求要言不烦。2019 年 8 月 23 日,老师发微信说,刚看过我提交的一篇论文,完全没有了平面化问题,他很开心。那天正好是我接受一个大手术的时间,或因麻药的作用思维比较迟钝,我竟没有太多感触。2020 年 4 月初,毕业论文完稿之时,翻看这条留言,不禁热泪长流。

老师在日常生活中很是风趣随和,甚至时不时在言语上捉弄一下诸弟子,以至于我们亦不惧"犯上",时不时也斗胆打趣老师。但是在学业上,老师对我们的懈怠绝不宽容,对缺点和不足更是大力针砭。敏感的我有时会比较苦闷,善良、智慧、温婉的师母则会在这个时候给予我及时的关心、爱护和开导。老师在学业上对我要求虽然严格,但当我有进步之时,老师亦从不吝惜表扬之辞。望之俨然,即之也温,听其言也厉,正是诸葛师的写照。

读博期间,有幸聆听中国人民大学国学院诸位老师的授课,获益匪浅。在中期检查、论文开题时曾得到袁济喜老师和李萌昀老师的指导,尤其在开题后陷入瓶颈的苦闷时期,曾得到李老师的指点并就此打开思路。去北大蹭课期间,在张鸣老师、张剑老师的课堂上亦多所悟与所得。

负笈京城的四年时光里,无论是一起开读书会的同门,包括小师兄、小师姐、访问学者,本硕博三个层次的师弟、师妹,甚至已经毕业的师姐和来京城探望的朋友,都曾给予我诸多帮助和启发。

由于疫情原因未能如期返校,居家时期,论文写到自我迷惑处,曾邀犬子来质疑我的逻辑和表达,母子常热烈讨论至深夜。有一定心理学基础的犬子不仅给我推荐参考书,提供相关知识和名词,还修正我的某些论述。在我生病期间,姐姐从湖北老家来到贵州,无微不至地照顾我。孩子和我一起外出读书,先生独自在家,努力工作,为妻儿安心求学提供了有力的保障。

人生何其有幸,在求学之时能得到恩师、师母以及诸位老师、同门、朋友和家人的倾力帮助和支持,让我在人到中年的岁月里,完成了知识和思想拔节生长的梦想。回首往昔,每至晴日,国学馆 104 室窗外的竹影,印在浅色窗帘上,随着阳光、微风和那些苦读的时光一起摇曳。浮生若梦,这些经历便是梦里的归宿。人生实苦,这些记忆便是一辈子的幸福。

2020 年 4 月 29 日星期三

后　记

从"个体自觉"角度观照建安文学无疑是缺乏新意的老调重弹，但是在细读作品过程中生出的种种感受与想法，却总是不吐不快。

如何涉过建安文学这片经过研究者精耕细作的文学土壤，将脑海里那些挥之不去的、自认为尚可进一步论述以及尚未引起足够关注的众多小问题，从零散状态变为具有系统性的认知和表达，从而更为深入细致地彰显建安文学的个性风貌，正是本书不自量力的野心与奢望。

这本书原是我的博士毕业论文，在攻读博士学位期间，由于须先完成"建安赋研究"的课题（国家社科基金西部项目），我的研究范围主要集中于建安文学领域。尽管我的初衷是跟随诸葛忆兵师研究宋代文史，但因课题任务较重无法转身，只能在这条道路上坚持走下去。诸葛忆兵师同意我的研究方向，并鼓励我在这个已经很成熟的研究领域大胆地去发现问题。

在全面细读建安诗文的过程中，我逐渐意识到自己所发现的众多小问题归属于四大主题：死亡书写，名物书写，女性书写，政治书写，它们表现出来的值得关注和研究的核心点在于：建安文人面对死亡恐惧时的消极无助和积极抗衡，建安文人书写"物"的态度与手法的转变，建安文人对男权思想观念的表达与反思，建安文人面对曹氏政权时依附性和独立性共存的现象。这些问题在已有的研究成果中，或有所涉及但是探讨不够深入细致，或存在一些认知上的矛盾和偏差,或尚未得到足够关注。

　　比如从死亡书写来看,建安文人大量书写死亡,除了感叹人生苦短的诗赋,还有哀悼类作品,诸如哀悼题材赋作、哀辞、诔文、凭吊类诗歌、具有哀悼色彩的战争题材诗歌,以及绝命辞和安排自身丧葬事宜的帝王终制和遗令等。建安文学对死亡书写的深化和丰富,建安文人在书写死亡时的情感体验和艺术手法的特征,有待进一步充分阐释和论述。

　　从名物书写来看,建安文人大量写"物",包括动植物、食物、衣饰、布帛、兵器、乐器、日用器物、个人珍玩等物品,这些物与他们的个人生活和情感紧密相连,形成日常化、私人化的亲密的物我关系,这个关系促成了建安文人书写名物以及写作咏物赋时态度和手法的转向,他们以笔下之"物"表达自己的物质欲望、情感寄托和审美需求。建安文人对"物"的书写尚未引起足够的关注,相关研究成果较少。

　　从女性书写来看,建安女性题材的作品吸引了众多研究者的注意力,但由于切入角度和关注点的不同,学者们对建安文人女性观的评价呈现出两极分化的状态。

　　从政治书写来看,学界对建安文人思想自由、个体自觉、有人格独立精神的评价和描述,与认为他们完全依附曹氏政权不具有独立人格的评价和表述,存在着一定程度的矛盾。建安文人在政治上同时具有依附性和相对独立性的特点,值得深入思考与公允评价。

　　因此,在"建安赋研究"课题结题后,我决定将课题成果未能涵括的这些感受与想法作为博士论文的选题方向。

　　开题之后我经历了一个艰难的瓶颈状态——由于找不到办法来组织看起来零碎分散却又时时刻刻萦绕在心头的感受和想法,无法准确地捕捉和清晰地表达它们,我曾近乎疯魔般地求助于每一个可能给自己建议的人,包括导师、同门、国学院的其他老师,甚至还有来看望我的闺蜜。

　　经过反复思考，我的认知逐渐清晰起来，我发现用"个体自觉"这个老旧的概念作为核心来统摄以上的感受和想法，依然是那样的妥帖。

　　建安文人对死亡的书写非常真实而深刻，他们抒发面对死亡恐惧时的无助、敏感和消沉，也书写与死亡恐惧相抗衡时的积极有为的生活态度和方式，充分体现出他们对生命的珍视，体现出人道精神，也体现出他们对生离死别的深刻认识和对痛苦之情的深度体察。建安文人对欲望的书写大胆直接，他们肯定情欲，也肯定物欲，但他们并不沉溺于欲望，而是在表达情欲的过程中通过书写女性的悲剧命运反思社会观念、制度和自我，在书写物的过程中表现日常生活的情趣和超越有限生命的渴望，取得了追求向上的积极效果。他们书写对功业的渴望，表现出积极昂扬的生活态度，最为难能可贵的是，他们在依附曹氏政权以图建立功业的同时，努力保持自身人格的独立性。对待政治处境的不同态度以及个人选择的差异，令他们的文学创作呈现出鲜明个性。

　　所以，建安文人对死亡、名物、女性、政治四大主题的书写，其本质是文人个体自觉的外化和表现，它们为建安时期的个体自觉精神，提供了载体和形态。

　　建安文人在书写死亡时，除了想要超越生命的有限性之外，也想要超越庸碌的人生；在书写物欲时，他们表现出对永恒的向往；在书写女性时，他们表现出对人生理想的苦苦求索；在书写政治时，他们表现出实现生命价值和意义的努力。建安文学在思想情感方面呈现出多面相的特点，在慷慨、感伤、通侻、乐观、向上之外，还具有理性、真诚、多元、个人化与追求超越的内涵和风貌。

　　一旦可以提纲挈领、纲举目张，思路便如泉涌一般，而我也终于能够策笔纵马，在这片天地中恣意驰骋。我希望自己留下的每一个足迹，不仅审慎严谨，亦如大漠芨芨草一般富有生命力，引导我在古典文学研究的探索之路上,不辍不休。

从开始进入建安文学研究领域,到拙著付梓,已然八年时光流逝。拙著就像艰难破土的种子,既期待多年的努力得到关注与认同,如受益于阳光雨露的滋养;也预备坦然承受所有的批评与考验,仿佛涉过风雨寒暑,方能茁壮生长。在毕业论文外审及答辩期间,众位学术成就斐然、令人如沐春风的外审专家与答辩委员,既给予论文肯定与鼓励,亦赐予切中肯綮的修改建议,以及令我一生受益的治学方法。

感谢中华书局对拙著的接纳,感谢学术著作出版中心主任罗华彤老师促成此事,以及对我的帮助和信任。在书稿修改期间,责任编辑王贵彬老师的细致审慎和由此体现出来的专业素养以及善良包容的态度,令我佩服和感动。

在博士学位论文写作之初,我就憧憬着用《百年孤独》开篇"多年以后……准会想起……"的句式作为论文致谢的开头,来刻画在中国人民大学国学院四年里既热烈欢欣同时又历尽艰难和孤独的求学经历;最重要的是,那些经历最终沉淀为珍贵的治学精神与路径,以及最美好纯粹的情意,留在我的生命里。

2024 年 2 月 29 日星期四